はなれがたいけもの 想いは通う

八十庭《やそにわ》たづ

Cover Illustration 佐々木久美子《ささきくみこ》

この物語はフィクションであり、
実際の人物・団体・事件等とは、いっさい関係ありません。

CHARACTER

ユドハ

ディリヤを愛する金狼族最強のオス。国王代理。姿を消したディリヤを六年間ずっと探し求めていた。怖い顔をしているが、お世話好きで良いイクパパ

ディリヤ

元・敵国の兵士。強く、厳しく、優しい男。金狼族の王を暗殺するために差し向けられて、当時兄王の影武者をしていたユドハに抱かれ、彼の子供を身ごもる。卓越した身体能力を持つ赤目赤毛のアスリフ族の出身

ララ&ジジ

アシュの弟で双子。まだ赤ちゃん

アシュ

ユドハとディリヤの間に生まれた、勇敢な狼の仔。苺色の艶がある、ふわふわの金の毛並み。りっぱなもふもふを目指して、日々成長中！

エドナ

ユドハの姉で、金狼族の姫。美しく、芯のある女性

コウラン

一家が父のように慕う老師。面白くて心温かな賢人

イェヒテ

アスリフ族。ディリヤと同じ村で育った幼馴染のような存在

はなれがたいけもの　想いは通う

第一章

五つ年上に鬼神のごとき女がいる。

名前はマルスィヤ。

横顔の美しい女だ。

狼にもたとえられる鋭い瞳には強い意志が宿り、その眼球は禍々《まがまが》しい赤い月にも似ていて、視線が合ったすべての生き物に呼吸を忘れさせてしまうほど印象深い。

絹糸のように滑らかな髪は長く美しく、根元は深みのある赤で、肩口のあたりで真紅に変わり、背中に流れる頃には赤に、太腿のあたりで朱に、毛先へ行くにつれ橙色《だいだいいろ》が混じる。この世の赤をすべて閉じ込めたかのような髪は、一本の三つ編みにしてひとつに纏められ、簡素な髪紐で縛られていた。

アスリフ族は長身痩軀《そうく》が多いが、マルスィヤもそれに同じく身の丈は六尺弱あり、恵まれた体軀と均整のとれた四肢の持ち主で、その身ひとつで断崖絶壁を物ともせず踏破し、岩も山も軽々と越え、馬でも弓でも槍でも己の体の一部のように扱った。

だが、体ひとつで生き抜けるほどこの時代は生易しくない。時に、マルスィヤは機転を利かせ、知恵を絞り、冷酷に、無慈悲に、傲慢《ごうまん》に、己の命を最大限に活《い》かして生きてきた。

そのマルスィヤが、禍々しい瞳を潤ませ、癖のない髪を解き、武器を手放し、白皙《はくせき》の美貌を艶めかせ、雪のように白い肌をたった一人のつがいにだけ晒《さら》し、思考するよりも先に本能で求める……、などということは、到底、想像できなかった。

なにせ、マルスィヤという生き物は、女である前に、獣であり、アスリフ族だ。

マルスィヤは、己が築き上げた死屍累々《ししるいるい》を見渡し、敵の死骸の山の上に立ち、返り血に濡れそぼった頬で高笑いをあげる女だ。

アスリフでは死神と嘯《うそぶ》かれているが、エリハは、あの女をたとえるべき最適な単語は鬼神こそ相応《ふさわ》しいと人知れず思っている。

エリハは、マルスィヤと接点が多いわけではないが、目立つ人物だったこともあり、その存在を認識していた。

マルスィヤは独立心旺盛で、アスリフの男たちよりもずっと腕っ節が立つ。独特の思考回路の持ち主だが優秀で、冷静な判断力を持ち、自分のなかにある譲れない信念というものを確固としていた。

マルスィヤは個人主義だが、他人が嫌いというわけではなく、話しかけられれば当たり障《さわ》りなく応じていた。……というよりも、周りがマルスィヤを放っておかなかった。まるで異国の王子様に見惚れる不特定多数のように、自然とマルスィヤの周りには侍《はべ》る男女がいた。

彼ら彼女らは、マルスィヤが素っ気なく返事をすれば頬を赤らめ、マルスィヤが鬱陶《うっとう》しげに前髪を掻き上げれば悩ましげに溜め息をつき、笑えばともに嬉しげな歓声を上げ、酔ってふらついた時にマルスィヤの腕に抱かれて運ばれた男は心臓がどきどきして破裂しそうだったと後日語った。

他人はマルスィヤのことをよく語るのだが、マルスィヤは自分のことも他人のことも語らない生き物だった。

必ずなにかを考えているはずなのに、喜怒哀楽も好き嫌いも得手《えて》不得手《ふえて》もなにも悟らせず、他人や自然環境や世間の情勢をよく観察していて、それを楽しんでいるようにも思えた。

よく分からない女だったが、エリハの知るかぎり、マルスィヤは足癖の悪い奴だった。

「邪魔だ」

「……っ」

マルスィヤがエリハを蹴った。

村外れで栽培している薬草を採取していたエリハは、「ここは俺の畑で、俺しか来ない場所で、アンタのことは呼んでないのに勝手に来て蹴るとは何事だ」と思ったが、マルスィヤという獣は不器用な生き物だとエリハは知っている。

マルスィヤがエリハを蹴っていなければ、皮膚かぶれを起こす草にエリハの肌が触れていただろう。咄嗟《とっさ》に「危ない！」と思ったら、居ても立ってもいられず言葉より先に行動に出てしまう。それがマルスィヤだ。

エリハも、その草がその場所に生えていることは分かっていたが、ついつい薬草の育ち具合を見極めるほうに集中してしまい、その存在を失念していた。

「言葉で言え」

「はっ……」

マルスィヤは鼻先で笑い、畑の畦道《あぜみち》沿いの土手に寝転ぶ。

マルスィヤはいつもこんな調子だ。

出稼ぎに出て、誰よりも稼いで帰ってきて、ふらりとエリハの傍《そば》に寄ってきて、蹴って、土手に寝転び、昼寝をする。

そして、また出稼ぎに出る。

いつ帰ってくるとか、いってきますとか、そういうのはない。エリハも、村の誰も彼女の行動を知らない。ある日、急に帰ってきて、急にいなくなる。

一人暮らしをする自分の家にエリハが帰ると、鍵付きの戸棚にしまってあった薬草や調合した薬が無断でごっそり持っていかれている。その代わり、この地方では手に入らない薬の原料や珍しい薬草、薬品などが大量に戸棚に詰め込まれていて、無断で持ち出された薬の対価にしては釣り銭を返さなくてはいけないほどだった。

いつもそうだ。どこでどう手に入れたのか、マルスィヤは、アスリフの村全体へではなくエリハにだけ内緒で貴重品を融通してくれた。

まぁ、エリハも、村に提供するのではなくマルスィヤにだけ薬を提供していたから、これは二人の秘密だったのかもしれない。

「エリ、エリハ」

「なんだ？」

「なんでもない」

「なぁ、アンタ……」

「うん？」

「いや、なんでもない」

エリハは、問いかけようとして、やめた。

マルスィヤはいつもそうだ。

ただ、名前を呼ぶだけ。

マルスィヤは、時折、こういう言葉遊びをする。

歌うように、エリハを呼ぶ。

エリハは、そう呼ばれることが満更でもなかった。


五つ年下に面白かわいい男がいる。

名前はエリハ。

凛《りん》とした立ち姿が美しい男だ。

瞳は透き通るような赤一色。濁りも、気泡も入っていないガラス玉。マルスィヤのように陽光や月光で色変わりせず、いつ見ても変わりない瞳は永遠性を訴えかけてくる。

目つきが悪く、世の中を斜《しゃ》に構えて観察していて、それがそのまま視線に表れていた。嘘をつかない瞳は、同時に、他人の嘘も見抜くかのようで、生きとし生けるもの誰しもが彼と目を合わせることを忌避した。

髪も瞳と同じだ。なんの混じり気もない清廉《せいれん》な赤は、彼の性格そのものだ。アスリフ族は男も女も長髪が多いが、「手入れが面倒だ。敵にも摑まれやすい」という理由で珍しく短髪にしていて、それがまたよく似合っていた。猫毛なのか、髪質はやわらかで、直毛のマルスィヤとはまったく違う手触りをしている。

エリハには人間味がなかった。

マルスィヤよりもずっと口数が少なく、村内でも、村外でも、人付き合いはほとんどしていなかった。

あれは、人付き合いが苦手というより他人が嫌いなのだろう。

常に無表情で、唇を真横に引き結び、なにを考えているか悟らせず、無機質だった。それでも、マルスィヤの前では、なにかの拍子に困り眉になったり、頰の端をゆるめたりしてみせた。

六尺以上ある背丈はアスリフの男としては珍しくなかったし、鍛《きた》えられた体軀が痩せ身であることも一般的だったが、脱げば惚れ惚れすることをマルスィヤだけは知っている。

……まぁ、水浴びしているところに出くわしただけなのだが。

あの時のエリハときたら、思い出しても笑えてくる。マルスィヤに肌を見られて目を丸くして、生娘《きむすめ》のような、か細い悲鳴を発した。

狼の群れに囲まれても取り乱さない男が、そんなことで狼狽《うろた》えて、「悪い……」と謝罪までして慌てて服を着るという人間らしい素振りを見せた。

なんて面白かわいい男だろう。生きているエリハはとてもかわいい。水浴びをしていたこともありエリハがキラキラして見えた。

この時の記憶はマルスィヤの宝物だ。

エリハは器用な男で、薬草の栽培、薬物の調合、短刀の扱いで右に出る者はおらず、ちょっとした手品やイカサマ博打《ばくち》、詐欺、ヤラセ等をさせればマルスィヤですら見抜けぬことがあった。

食事、風呂、掃除、洗濯、人間としてのごくありふれた営《いとな》みを行っている雰囲気が皆無で、つまりは生活感がなかった。

人間らしさのないガラス玉の瞳が情欲に支配され、触り心地が好い襟足の髪に汗が滲《にじ》み、彫像のごとき筋肉を張り詰めさせ、賢い男が頭を空っぽにしてつがいの体を貪り、肌を重ね、言葉もなく快楽を求める……などという姿は想像すらできない。

なにせ、エリハという生き物は、男である前に、獣であり、アスリフ族だ。

己が屠《ほふ》った敵の屍《しかばね》から流れた赤い川を睥睨《へいげい》し、血に染まる足もとに無表情で新しい川筋を作り上げる男だ。

まぁ、人間のみならず獣も交尾をするから、野生に生きる一匹狼としてならば、エリハも繁殖行為に励むかもしれない。ただし、そんなことを本人の前で口にしようものならば、無表情でそっぽを向いて、三日はマルスィヤを見ないだろう。そして、四日目になって「そろそろマルスィヤと目を合わせてやってもいい」などとエリハが思った時には、マルスィヤはもう次の仕事に出かけていて、エリハは呆然とその場に立ち尽くすのだ。

その姿がありありと想像できる。

エリハは捻《ひね》くれているけれど、真面目で、仕事が丁寧で、知恵が回り、利口で、考え抜いて作戦を成功に導くためなら味方すら殺す男だ。

きっちりと一歩ずつ踏みしめて生きている。

自分が決めたことへの責任感が強い。

そして、ちょっと不器用な男だ。

畑の周辺に茫々と生い茂る野草を刈り取り、マルスィヤが歩きやすいように畦道を作り、寝転びやすいように土を均《なら》し、乾いた土と砂で地面を固め、「アンタのためじゃない」と言うのがエリハだ。

かわいい。

マルスィヤのためとは言わずとも、マルスィヤのためだけにエリハの家の戸棚には、いつも薬がそろえられていた。マルスィヤのおおよその身長体重と体調に合わせて調合されていて、ほかの村人のものはない。

それらはきちんと鍵付きの戸棚に入れてあり、そこを開けられるのは、エリハとマルスィヤだけだ。ほかのアスリフが解錠するにはちょっと難しい仕掛けが施されている。

エリハはマルスィヤのためにせっせと薬を作り、消費期限が切れる前に薬を入れ替え、常に新鮮な薬で戸棚を満たした。

エリハからそうすると申し出たわけでもなく、マルスィヤがそうするように頼んだわけでもない。ただただ、なんとなく、いつの頃からか、そういうことになっていた。

エリハも出稼ぎに行くが、マルスィヤと違い、エリハは遠出をしないし、何年もかかるような長期の仕事も受けない。よくて半年だ。畑が気になるのだろう。時には、村には顔を出さずとも畑だけは様子を見に戻っている。

エリハの得意とする仕事が短期集中型という性質もある。

傭兵として前線に立ち、剣を振るい、拳《こぶし》で分からせるマルスィヤとは異なり、エリハは静かな男で、闇夜に紛れて要人や王族を殺すことを得手としていた。

戦死に見せかけた毒死、事故死、病死、怪死、さまざまな暗殺、それこそ呪い殺されたかのように殺すことさえお手の物で、ひとつの仕事で目が飛び出るほどの金を稼いできた。

もちろん、エリハはマルスィヤのような戦い方もできるが、しなかった。

エリハは強すぎて、しかも口が悪すぎて、素行も態度も悪すぎて、集団行動が大嫌いで、アスリフ内では異質だった。

他人に優しくしているところを一度も見たことがないし、他人に優しくするつもりもないし、優しくしてもらうことも求めていない。

ただただ、自分のことを放っておいてほしい。生きるも死ぬも自分で勝手にするから。エリハ曰《いわ》く、そういうことらしい。

「アスリフが存続するための互助的な関係性は愚かだ。思想も歪《いびつ》だ。アスリフという集団を存続させるためにすべての駒に役割を与え、それらをどう扱うかのみに特化している。抜きん出て優秀な者を有用できていない。……気に食わない。この村にいれば腐る」

「たまに口を開いたと思ったら、急にたくさん話すな。それも爆弾発言を……」

マルスィヤは目を見開き、エリハを見やる。

この男は、時々、危険だ。

マルスィヤ以外のアスリフがいまの言葉を耳にしたなら、「危険思想の持ち主だ。村から排除しろ」と騒ぎ立てられる。

ところがエリハは村からの排除も気にしていないらしい。

事実、エリハは、「自分が稼いだ金を自分のために使ってなにが悪い？　村には平均的な額を寄付してやっている。富も、財も、才能も、実力も、多く持つ者こそ持たざる者に与えよなどと言うのはクソ喰らえだ」と言い放った。そのうえ本当に仲間を捨てて自分だけが生き残る道を選んだことさえある。

マルスィヤもどちらかと言えばその部類だが、まだ、その境地には達していない。そこまで達観できていない。自分と他人。自分のために生きて死ぬか、他人のために生きて死ぬか。究極の選択だ。その取捨選択ができているエリハはマルスィヤよりもひとつ先を行っているように思えた。

エリハはもともとアスリフ内での心証が悪いうえに、そうした考えが透けて見えることもあり、すこぶる評判が悪く、なんなら嫌われていた。

疫病神などと呼ばれていた。

……まぁ、エリハ本人も人類すべてが嫌いだと公言するような人間性だから、どっちもどっちだ。

「エリ、エリハ……」

「なんだ?」

「なんでもない」

「おい、アンタな……」

エリハはいつもマルスィヤを「アンタ」と呼ぶ。

悪い気はしない。

エリハがそう呼ぶのはマルスィヤだけで、エリハがそう呼ぶと、まるで、「おい、お前さん」「なんだいアンタ」などという昔話のつれあいへの呼びかけのように聞こえるからだ。

児戯《じぎ》のようなやりとりだが、マルスィヤはそれが聞きたくて、意味もなく、よく「エリ、エリハ」と呼びかけた。


エリハとマルスィヤは、お互いに「あっちのほうがおかしい」「あいつのほうが異端だ」と思っているが、第三者からしてみればどちらも等しくおかしいし、似たところのある二人ともがアスリフでは異端だった。

マルスィヤは、死神だ。目の前の一人の命を迅速に刈り取り、収穫した星の数ほどの命で「今年も豊作だ」と死神帳が埋まったことを笑う。

エリハは、疫病神だ。敵と、敵の血縁関係や友人知人をすべて不幸にして、血と涙でできた泥のような赤い川で武器を洗う。

どちらもタチが悪いが、二人のどちらもが「あちらのほうがタチが悪い」と思っているからお互い様だ。

その二人が、ある日、それぞれ出稼ぎのためにアスリフの村を出た。

いつものごとく、互いへの挨拶《あいさつ》もなく、連れ立って出かけるわけでもなく、各々が別々の仕事へ向かった。

それから約二ヵ月後、二人は、とある街道で再会した。

エリハが十七歳、マルスィヤが二十二歳の時だ。

エリハはアスリフへの帰り道で、マルスィヤはアスリフ方面から別の国へ移動中だった。

二本の街道が交差する辻の角で、お互い、馬に乗ったまま鉢合わせた。親しげに挨拶する気にはなれず、二人ともがそのまま通り過ぎようとしたが、すれ違いざまにお互いから血の匂いを感じ、馬を止め、背後を振り返った。

「どこだ」

「どこをやった」

二人の声が重なる。

怪我をしたのはどこだ。

どこを怪我した。

それを確かめる言葉が二人の口から同時に出ていた。

そこからの展開は早かった。

それぞれの怪我の状況を把握するため、野宿できる場所を探した。近くには宿場町もなく、民家もなく、軒先や家畜小屋を借りることもできない。見晴らしの良い丘の中腹に、風除けになる岩場を見つけ、そこに落ち着いた。

月夜の下、焚火の熱で頬がちりちりするのを感じながら、自分の手では届きにくい怪我に互いの手で薬を塗りあい、包帯を巻きあった。

マルスィヤの怪我は背中だった。袈裟懸《けさが》けに一刀を浴びていたが、傷は浅く、縫合する必要もなく、既《すで》に出血も止まっていた。エリハがした手当ては、傷口に殺菌と化膿止めの薬を塗布《とふ》することだ。

「北側諸国のいざこざに巻き込まれた。あのあたりは数年以内に統治者が変わるだろう。近寄らないことだ」

マルスィヤは己の傷の説明をしながら、エリハの怪我の手当てをした。

エリハの怪我は肩甲骨に受けた矢傷だ。昨日今日の負傷ではなく、それなりに日数が経《た》っているが、傷が深い。マルスィヤがそれを縫合し、薬を塗り、微熱のあるエリハに薬を飲ませた。

「俺はウルカ方面からの帰路だ。あちらもこれから十数年は荒れるだろうな。北方のクシナダ一派がデカい顔してやがる。金を稼ぐにはもってこいだ」

エリハとマルスィヤは己が見聞きした物事を伝え、己の持つ食料を分け合い、肉の取りあいをしながら同じ釜のメシを食った。

そうするうちに夜も更け、二人は一夜を過ごした。

どうしてそうなったのか、どういう雰囲気でそうなったのか、お互いに言葉では説明できないが、せっかく巻いた包帯が外れるようなことをした。

互いの背中に塗った貴重な薬が汗に流れ、相手の手指に拭《ぬぐ》われて、無駄になるようなことをした。

つまるところ、ヤることはヤった。

お互いがどんなふうに乱れたかとか、そういうのはあまり記憶にない。お互いに興味がなくて……というわけではなく、夢中になって初めてを体験していたら記憶するなどということは忘れてしまっていた。

ただ、いつまでも耳に残っているのは、「エリ、エリハ……」と己を呼ぶマルスィヤの美しい声だ。

翌朝、エリハが起きるとマルスィヤの姿がなかった。


昨夜、「東へ出稼ぎに行く」と言っていたから、仕事へ行ったのだろう。きっとまた一年や二年は帰ってこないし音信不通だ。

だとしても……。

まさかこの状況で……！

「あっの…っ、クソ女！　ヤリ逃げか……!!」

エリハは久々に大声を出した。

余韻に浸れよ!!

情緒もへったくれもないのかよ！

朝起きたら、どんな顔をしようかと思いながらまどろんでいたさっきまでの俺の純情を返せ!!　いや、もうそんなことはどうでもいいから、せめて一言くらい声をかけていけ!!

悔しかったのか、さみしかったのか、純情を踏み躙《にじ》られたのか、言葉にはできない感情を初めて知ったエリハは、マルスィヤの残した背中の爪痕に忌々《いまいま》しげに舌打ちした。

そして、マルスィヤはきっちり自分の手持ちで不足している薬をエリハの荷物から無断拝借していた。

抜かりない女だ。

「ちくしょう……っ」

あの女……！

あの女……!!

「……あの女、き……っ、すきじゃない……！」

嫌いと言葉に出して言えない自分がいることをエリハは客観的に把握できていた。


アカバミフヨウと呼ばれる名の草は、アスリフに伝わる妙薬の原料だ。この薬草をもとに生成された薬品には多様な薬効があり、さまざまな場面で使い分けられ、重宝《ちょうほう》された。

とりわけ、エリハはその調合に長《た》けていた。アカバミフヨウを含む無数の植物を独自に品種改良し、抽出物の精度を上昇させるための器具を自作し、より効能を高めた新薬を作り出した。

エリハはそれをアスリフの村で共有せず、記録に残すことなく記憶にのみ留め、エリハがそれを得意とすることも隠していた。

独占して、自分だけの利益にするためではない。エリハは疑り深く、他人を信じていなかったからだ。

そもそも自分の家に他人を入れることさえない男だ。そのエリハが、なぜか、マルスィヤにだけ薬を融通し、己が丹誠込めて育てている畑への出入りを黙認し、挙げ句の果てに生身の肌まで許した。

愛《う》い男だ。

マルスィヤは、アスリフの疫病神と呼ばれるエリハが可愛かった。

エリハと一夜を過ごして数カ月後、マルスィヤは己の妊娠を自覚した。

だからといって生き方が変わるわけではない。マルスィヤはそのまま出稼ぎ先で一人で子供を出産し、旅を続けた。

「野垂れ死んだ遺骸《いがい》に素手で触れてはいけない。獣にしろ、人間にしろ、死肉は食うな。見た目がきれいな死骸にも手を出すな。一見しただけでは見分けがつかない死因が隠れている。新鮮な肉以外はお前の体に害がある。そして、必ず火を通せ」

マルスィヤは、母ではなくアスリフの年長者として我が子に接した。

マルスィヤの持ち得るすべてを教え込んだ。

幸いにも我が子は聡《さと》く、言葉が覚束ぬとも、マルスィヤが声を発している時はしっかりと声のほうを向き、耳を傾けていた。

「お前はおつむの回転も速そうだし、自立心も旺盛で、足腰もしっかりして体も丈夫だ。手足も大きいから背も伸びるだろう。……しかしながら、ちっとも自分の名前を覚えないな」

マルスィヤは、やれやれと肩で息をする。

この赤子は自分が人間だという意識が薄いらしく、まるでけものの赤子のように振る舞い、「群れることもない一匹のけものに個人を識別する名前など不要。生きていくのに必要ない」と言わんばかりに興味を示さない。

そのせいか、マルスィヤが、我が子をどれほど名で呼ぼうとも見向きもしなかった。

「お前は人を殺すことのほうが先に覚えそうだ」

それはそれで悪くない。

だが、いまのところ、この子が生まれたことや、この子の名を知るのはマルスィヤだけだ。

マルスィヤが死んでしまったら、この子は親からの最初の贈り物を持たず、つがいを得た時に差し出す最初の贈り物を持たずに生きることになってしまう。

「歌は苦手だが、仕方あるまい……」

マルスィヤは歌を自作し、子が名を覚える歌を歌い聞かせた。

生まれたばかりのあなたを謡《うた》いましょう。

あなたが抱きしめて生まれてきたお星さま。

輝いて、瞬いて、流れて、隠れて、消えて、また生まれくる、あなたのお星さま。

どうぞ私に教えてちょうだい。

お星さまをたくさん持って生まれたあなたの名前を……。

「お前の名前は……」

歌は苦手だったが、歌えばよく寝た。

寝ている間に仕事をした。

吾子は滅多《めった》に泣かず、腹が空けば乳をまさぐり、眠ければ勝手に眠り、おむつの交換を求める時は小さな尻をむずむずさせ、具合が悪ければマルスィヤの長い三つ編みを摑み、マルスィヤの仕事中ともなると気配を殺し、泣き声を上げてはならぬ時には敏感に察知して押し黙った。

なにせ手のかからない子供だった。

そんな日々が続いていくらか経った頃、マルスィヤは傭兵稼業に明け暮れる日々のなかで負傷し、アスリフへ帰郷した。

深手を負ったのは久々だったし、手持ちの薬も切れていたし、これから厳しくなる冬を子連れの手負いで乗り越えるには少々厳しいと判断したからだ。

マルスィヤがアスリフの村へ戻った時、偶然にもエリハもまた帰郷していた。

「マルスィヤ、腕に抱いているそれはなんだ」

「子供だ」

「……三歳くらいに見えるぞ」

「正解だ。三歳だ」

「…………」

「これの名はマディヤディナフリダヤだ」

「…………あぁ、クソ……そういうことか」

長いほうの名前を知る権利があるのは、親と、この子の将来のつがいだけ。

マルスィヤがエリハにそれを伝えたということは、エリハには知る権利があるということ。

刹那でそこまでを把握したエリハは顔面を青くしたり、赤くしたり、色を失くしたりしながら、初めて自分に息子という存在が生まれていたことを知った。

「連絡くらい寄越《よこ》せ！」

「なんのために？」

「腹のデカいアンタにメシを運ぶくらいはできるだろうが！　あぁくそっ、なんなんだアンタは、この……っ、ああ、もう……」

「あっはっはっは！」

エリハは頭を抱え、マルスィヤはそれを見て笑った。

アスリフの村の入り口でそんなやりとりをする二人を、ほかの村人たちが遠巻きに眺めていた。

「おい、あの二人に一体なにが起きたんだ？」

「どうやら、マルスィヤとエリハが番《つが》ったらしい」

「エリハがあんなにも豊かに感情表現するのを初めて見た」

「マルスィヤが抱いているのは、じゃあ、二人の子か？」

「マルスィヤが……母親に……」

「エリハが父親……」

「嘘だろ……死神と疫病神の子なんて……」

「だが、どう見ても二人に瓜二つじゃないか」

「なんということだ、あの目と髪……、アスリフの純血と同じ赤をしているぞ」

「同族同士で番うのは極力避けろと命じてきたのに……、また血が濃くなってしまうではないか！」

二人の会話の内容までは分からないが、死神と疫病神の朗《ほが》らかな様子は、村人たちの目に異質に映った。

その日から、……ほんの十日ほどではあったが、エリハとマルスィヤと一人息子は、家族三人そろって初めて同じ時を過ごした。

三人はエリハの家で暮らし、寝食を共にした。

時には連れ立ってアスリフの村外れまで出かけ、そこで、マルスィヤは名前の歌を歌った。

「さぁエリハ、お前も歌え」

「……生まれたばかりのあなたを、謡いましょう……」

気乗りしなかったが、エリハも歌った。

「名前くらい覚えさせておけ。生きる分には必要ないが、こちとら傭兵稼業だ。短いほうの名前は必ず契約書の署名で必要になる。そうだろう？」

そう説得され、マルスィヤに教えられたとおり、渋々、エリハも三歳児に歌い聞かせた。

生まれたばかりのあなたを謡いましょう。

あなたが抱きしめて生まれてきたお星さま。

輝いて、瞬いて、流れて、隠れて、消えて、また生まれくる、あなたのお星さま。

どうぞ私に教えてちょうだい。

お星さまをたくさん持って生まれたあなたの名前を

……。

「この、お星さまというのは……」

「才能のことだ」

アスリフが生まれながらに持つ恵まれた才能。

若いうちに輝いて芽が出るかもしれない。けれども、それは一瞬の瞬きで、長じるにつれ、それ以上の伸び代はなく、消えてしまうかもしれない。時には、隠れた才能を知らぬまま一生を終えるかもしれないし、気付かずに流れてしまうかもしれないし、自分で見つけだして、自分で生み出すかもしれない。

あなたのその才能を、親である私やエリハに教えてちょうだい。私たちはそれを見出し、引き出し、育て、あなたがこの世界で生き抜くためのすべてを与えるから。

さぁ、教えてちょうだい。

才能をたくさん持って生まれてきたあなたの名前を……。

「うちのディリヤは多才だ。きっと強くなる」

「……まだ三歳だ」

「三年も観察していれば分かる。これは才能をたくさん持って生まれてきた子だ」

「そんなに将来有望だと思うなら、もうすこし華々しい名前にしてやればいいものを……」

マディヤディナフリダヤ。

私の悲嘆に暮れた悲しみの心。

「仕方ない。私とお前の名を半分ずつ使うとそんな組み合わせしかなかった」

「まったく……」

それは、アスリフの掟《おきて》違反だ。

子が、実の親を特定できる名付けをしてはならない。マルスィヤもそれは承知のはずだが、それでもその名を付けた。

それは、マルスィヤの責任と覚悟の表れだとエリハは感じた。

マルスィヤとエリハの子は、マルスィヤとエリハの子として育てる。アスリフのための子供ではない。そういう意図を孕《はら》んでいる。

公《おおやけ》に長いほうの名を使うことはないので、名前で他者にその意志を伝えるつもりはないようだが、マルスィヤは行動で示していた。

「……あとで長老どもがうざったいぞ」

「いい気味だ。アイツら、私を扱いやすいアスリフだと勘違いしていたからな」

「アンタもアスリフに思うとこあったんだな」

「お前と違ってたくさん考えるのは性に合わんが、この村で居心地の好い場所はお前の傍くらいしかない。つまりは、そういうことだ」

「アンタは本当に大事なことは言葉にしない主義なんだろうが、もうちょっと言え。俺が困る」

「困るお前は見ものだ。ずっと見ていたい」

「じゃあ一生見てろ」

マルスィヤも、エリハも、アスリフの掟破りなどどうでもよかった。アスリフの掟よりも、この子が自分たちの血を分けた子だと名をもって証明することのほうが大事だった。


十日ばかり三人で過ごしたあと、エリハがディリヤを連れて出稼ぎへ出た。

手負いのマルスィヤは村に留まって養生することにした。

アスリフの村人たちは、これに難色を示した。

ディリヤを村に置いて、村の掟通りに育てるべきだとマルスィヤとエリハに詰め寄ったが、エリハが口を開く前にマルスィヤが笑顔で追い返した。

そもそも、マルスィヤは出産の時点でアスリフの掟を破っている。アスリフの慣例に則《のっと》って、里帰りして村で子を産み、大勢の大人たちの手ですべての子を等しく育てる方法を選ばなかった。

マルスィヤには先見の明があった。

ディリヤを幼いうちから掟通りに育てなかったことが、ディリヤがアスリフでも異端かつ異質であることの下地となり、ディリヤを強くした。

「お前らと同じ育て方をしたら、そこそこのアスリフは育つだろうが、私やエリハのように優秀かつ突出したアスリフは育たない。才能の芽を摘《つ》むだけだ」

「嫁に全面同意する」

エリハもまた同じ意見だった。

村にいてもつまらないアスリフにしかならない。

当然、アスリフの村の者たちはいい顔をしなかったが、マルスィヤとエリハの稼ぎがなければ現在の豊かさは続かないことも理解していた。

アスリフの掟は例外を認めないが、幸いにも、エリハがディリヤをつれて出稼ぎに出た。マルスィヤも傷が癒えれば再び稼ぎ手に戻る。

アスリフの村は黙認した。

こうして、ほかのアスリフの子供たちとは異なり、ディリヤは生まれてからの人生を父母と離れず暮らせた。

「俺の仕事はマルスィヤよりも下準備に時間をかける」

馬上のエリハは、己の懐《ふところ》にちょこんと収まるディリヤのつむじに話しかけた。

マルスィヤから、「話しかけろ。頭を回転させ続けろ。情報や知識を与えろ。ディリヤは与えたものをすべて己のものにする」と伝えられていたこともあり、苦手ながらも言葉を紡《つむ》いだ。

子供向きの会話など思いつかなかったが、生き抜く術は知っていたので、話して聞かせ、休憩の合間に実践させ、改善点を指摘し、指導し、それを繰り返した。

伝えるべきことは山ほどあったから、二人の間に無為な時間が流れることはなく、初めての父子二人旅に気まずさを感じることもなく、時間が足りないと互いに思うほど充実していた。

そもそも、二人とも、沈黙が気まずいなどと感じる人間的な感性は持っていなかった。


そうして、エリハは最初の目的地へ辿り着いた。

エリハがディリヤをつれて最初にこなした仕事はマルスィヤを傷つけた男を殺すことだ。

これは仕事ではなく、個人的な問題だ。

その男は、疫病神の姿を二度と目にすることはなく、マルスィヤと同じ場所にマルスィヤより深手を負い、この世に別れを告げた。

エリハのつがいに手を掛けたのだ。

それも、卑怯な方法で。

普通の仕事での負傷なら、エリハもこんなことはしない。

それに、こんなことは初めてではない。エリハは時々こうしてマルスィヤの敵になりそうなものを排除してきた。だから、今回もそうして同じように処理してから通常の仕事に戻った。


半年後、エリハとディリヤがアスリフへ帰還すると、全快したマルスィヤが二人を迎えた。

「さぁ、私に傷をつけた男に落とし前をつけてやる」

「もういない」

手慣れた様子でディリヤに食事を与えていたエリハが短くそう言った。

ディリヤも、エリハの言葉にこくんと頷《うなず》き、エリハの手のなかの肉にかぶりつく。

マルスィヤは二人の様子をぽかんと見ていたが、エリハが自分の仇討ちをしてくれたのだと分かるとなぜか頬が熱くなった。

「エリ、エリハ……お前は、なんだかんだで私のことが好きだな」

「そうでなければ番わない」

愛想も素っ気もないくせに、こんな時だけエリハは恥ずかしがらない。

面と向かって言われた言葉に、マルスィヤの頬だけでなく耳も首も目の奥も心臓もぜんぶ一度に一瞬で沸《ふっ》騰《とう》して、茹だってしまい、皮膚に残る古傷の痕がじわじわ熱を持った。

「お前は、好きな子に一途《いちず》なんだな」

「俺は、アンタに一途なだけだ」

照れ隠しのマルスィヤの言葉に、余計に照れさせる言葉でエリハは返す。

「おら、口、べたべたになってんぞ。こっち向け」

エリハはディリヤの口周りの肉汁を指の腹で拭う。

ほとんど顔の筋肉を使わず、口を大きく開けて話すでもなく、マルスィヤの目を見て甘く口説くわけでもないのに、その言葉はまっすぐマルスィヤの心臓を撃ち抜く。

「エリ、エリハ……、お前一体どうしたんだ。ほんの半年離れている間になにか悪いものでも食ったのか……」

エリハという男は、マルスィヤに振り回されて、それがわりと悪くないと思っているような性癖の男だと思っていた。

こんなエリハ、知らない。

たのしい。

心臓が跳ねる。

好きだ。

あぁ、どうしたことか、高揚《こうよう》する気持ちにつられて、頬が笑みを象《かたど》り、そんなマルスィヤを視界の端で捉えたエリハの口角もまたわずかにゆるむ。

「マルスィヤ、早くメシ食え」

「あぁ！　すぐに食うぞ！　お前の手料理だ！」

ディリヤの隣にマルスィヤが腰を下ろす。

「ふふ……っ」

エリハとマルスィヤの間に挟まれたディリヤが、ぷくぷくの頬の肉を持ち上げて小さく笑った。

「笑うんだな、こいつ……」

「そりゃ笑いもするだろう」

「もしかして、俺たちがあまり笑わないから、こいつも笑わないのか？」

「さぁな、笑いたければ笑うだろう。笑いたくなければ笑わなくていい。好きに生きればいい」

そうして、家族三人で食事を分け合い、次の出稼ぎへ出る準備を進めた。

エリハとディリヤが留守をしていた間にマルスィヤがエリハの畑を手入れし、ある程度の準備を整えていたこともあり、数日後には家族三人でアスリフの村を出た。

村人たちは、村にディリヤを置いていかないことも、マルスィヤとエリハがつるむことも、家族三人の群れで行動することも受け入れないままだった。

だが、そんなことはどうでもよかった。

アスリフの村に二度と帰れなくても気にしない。長年、丹精込めて作り上げた畑も諦められる。見切りをつけたほうが早いしがらみもある。

ディリヤの教育のためにも、家族で旅をするほうがずっと有意義だった。

「ディリヤ、その匕首《あいくち》は獲物の肉の深部や関節に突き刺せる。自分より大柄だろうと小柄だろうと関係ない。傷口も小さく、目立たない。甲冑《かっちゅう》の繋ぎ目の隙間も穿《うが》てる。武器を選ぶ状況を間違えるな。今回はその匕首で正解だ」

「吾子よ！　エリハの得意な短刀ばかり覚えるな。私のように前線で大勢を前に乱戦になった時の戦い方や逃げ方も覚えておくといい」

「待て、マルスィヤ。その前に座学だ。ディリヤにはいまから調剤の基本を教える」

「エリハ、先に徒手《としゅ》格闘だ。武術の基礎を体に仕込んでおけば体力作りにもなる」

「…………」

「…………」

「エリ、マルスャ、……りりや、どっちもできる」

一歩も譲らぬ二人の間にいたディリヤが両者を見上げ、両者の袖を引いた。

「どっちも？」

「どっちもできるのか？」

「ん、おぼえた」

エリハが薬を調合する姿。

マルスィヤが肩慣らしに武術の基礎を象る姿。

旅をするうちに両方ともが毎日のように行うそれを見るとはなしに見ていれば、自《おの》ずと身に着く。

「見てて」

ディリヤは、エリハの薬の調合を見様見真似で実践してみせ、マルスィヤの肩慣らしの基本の型をとってみせた。

「お～……」

マルスィヤとエリハが声をそろえて感嘆した。

「やるな、我が子」

「見込みがある」

「うん」

ディリヤは、褒められて笑うでもなく、嬉しがるでもなく、喜ぶでもないが、いつもずっと二人の傍にいた。

滅多に言葉を発しなかったが、珍しく声を出したかと思うと、そのたびに親を驚かせ、笑わせ、感動させた。

世間一般とは異なるが、どこにでもいる親子となんら変わりなかった。


家族三人の旅は一年半続いた。

ディリヤが五歳半になった頃、エリハとマルスィヤにアスリフから招集がかかった。請け負った仕事の都合で、アスリフからほど近い国々を旅していたこともあり、三人はアスリフへ帰郷した。

二度と踏むことはないと思っていた故郷の土を踏んだ理由はただひとつだ。

アスリフ出身の傭兵の優秀さを耳にしたいくつかの北側の国家が、アスリフの村ごと自国へ囲い込もうと躍起《やっき》になっているらしい。

エリハやマルスィヤには関係ない話だったが、ディリヤの将来にかかわるとなれば話は別だ。

エリハやマルスィヤは、自ら望んでアスリフを離れたが、将来、ディリヤがそう考えるとはかぎらない。

もしかすると、ディリヤは将来アスリフに戻って、アスリフに属し、アスリフらしく生きるのが性に合っているかもしれない。アスリフ同士で協力し合って生きるべき大きな問題が発生する可能性もある。その時、故郷となんのつながりもなかったとしたら、それは難しい。そのつながりをエリハとマルスィヤが断つのは傲慢《ごうまん》だ。

傲慢に生きてきた二人が、初めて、寄り添う感情を選んだ。これは、一年半の旅のなかでエリハとマルスィヤが導き出した生き方だった。

ディリヤには、ディリヤの感情や、考えや、気持ちや意志がある。幼いながらも、好き嫌いもある。

すべて親の想うとおりにはいかない。

言葉を交え、行動を共にし、日々を生きるなかで想いを伝えあっていくうちに、エリハとマルスィヤも、「感情を言葉にして、他者と協調するのはこんなにも疲れるものなのか……」と辟易《へきえき》した。

辟易したが、楽しくもあった。

家族三人で、なにに気兼ねするでもなく、しがらみもなく、心を許せる相手に自分の感情を委《ゆだ》ね、委ねられ、理解しあうという経験は満たされた。

エリハとマルスィヤは家族三人でそれができれば充分だったが、ディリヤは、これから先、アスリフでつがいや友人を見つけるかもしれない。親としては、成長した子が一人で生きていけるならなんでも構わないが、ディリヤが「仲間を探したけど、やっぱり俺には必要ないな」とか「やっぱり必要だからつがいや友を得られる努力をしよう」と心を決めたり、心の赴くままに行動できる地盤作りはしたい。

アスリフが人生のすべてではないが、数が少ない一族だ。このツテは活かしておいたほうが、ディリヤの将来や仕事に有益だ。

不利益だと判断したらディリヤが勝手に見切りをつけるだろう。エリハとマルスィヤの子だ。いまはまだ五歳半とはいえ、それくらいの頭は持っている。

だからこそ、エリハとマルスィヤは負担にならない範囲でアスリフへの仕送りを続けていたし、召集の連絡がもらえる程度にはつながりを保っていた。


三人は一年半ぶりにアスリフの土を踏んだ。

「アスリフの今後を決める話し合いだ」

アスリフの長老たちが上座に陣取る。

薄暗い石造りの建物に、幾重にも重ねた絨毯《じゅうたん》と四方八方に敷き詰められたクッション、織物の壁掛けが重く垂れ下がる。集会用の家屋で、冠婚葬祭を執り行い、村の将来もここで決める。

中心となるのは、重たげな上衣を羽織った長老たちだ。寿命などで増減はあるが、常に五人以上が長老と名乗って場を取り仕切っていた。

このほか、指導者格の年長者が数名、若手の稼ぎ頭が数名、金庫番や情報収集の専門職などが雁首《がんくび》をそろえていた。

マルスィヤもそのなかにいた。

エリハとディリヤは留守番だ。社交性がないエリハよりもマルスィヤのほうが交渉事は上手くいく。

「アスリフ族を傘下に組み込もうとする大国がある」

「先日も、村に使者が来た」

「一国だけか？」

「三つの国から使者が来た。この三国は敵対している。三つ巴《どもえ》状態に陥《おちい》ったのはこの半年ほどだが、放置すれば、長引き、泥沼化するだろう」

「三国が潰し合うまでのらりくらりと躱《かわ》すことは難しいか？」

「自滅を待つ前にこのあたりの土地を巻き込んで戦争が起こる。我々も否応なしに巻き込まれる」

「二年ほど前、マルスィヤが三国への監視と警戒を強めるべきだと助言を残したこともあり、三国にはそれぞれアスリフの密偵を忍ばせている。詳細は追って説明するが……」

各国がアスリフに提示した雇用条件は、どれも悪くない。だが、どの国も、村ごとすべて召し上げ、支配下に入れようという魂胆があるのは明白だった。

「この土地と我々、戦力、資金力、情報力、地の利。それらを獲得すれば、三国のなかでひとつ頭が抜きんでるからな」

アスリフの者たちは冷静だ。

狼狽《うろた》えたり、不安を露《あらわ》にしたり、声を荒らげたり、取り乱す者は一人もいない。感情を発露しても状況は改善しないと理解し、己を律しているからだ。

マルスィヤは、アスリフのこういう性質は好きだ。こういう場面で感情的になり、気持ちに寄り添って非建設的に思考することは愚かだ。

「では、我々の対処だが……」

状況の共有後は、アスリフの今後の方針について話し合われた。

大国に巻かれてでも生き延びることを推《お》す者、アスリフの誇りとともに死ねばいいとのたまう者、大国に雇われるべきと言う者、雇用も支配も拒めば逆恨みされて焼き討ちに遭いかねないからどこか遠い地へ移り住めばいいと言う者もいた。

この数年の不作もあり、北側の国々は食料不足に喘いでいる。あわせて、どの国も統治者の代替わりや支配者の交代などで治安が安定せず、景気もパッとしない。

アスリフは傭兵業で潤い、己の村が食べていけるだけの田畑があり、戦に備えられるだけの装備や金子《きんす》も確保できている。

「アスリフに攻め入ってこないのは、土地と評判のおかげだな」

高地の山岳地帯に位置し、大軍では攻め込めず、地の利はアスリフにある。周辺の地図はめまぐるしい勢いで変わるのに、記録にあるかぎり、アスリフは何百年とこの地で独立を守っている。

さらに、アスリフは特殊な集団だ。金狼族《きんろうぞく》にも引けを取らぬ戦闘能力と身体能力は名高い。おそろしい赤毛の集団に下手に手を出して返り討ちに遭えば藪蛇《やぶへび》だ。その失策が引き金となり、他国が自国に付け入る隙ともなり兼ねない。それを恐れて、どの国も大きな行動に出られずにいる。

アスリフ的に判断すると、三国すべての申し出を断るのが妥当だ。そのうえで、「我々は関与しない」と全方位へ向けて声明を出し、これまでと変わらず泰然《たいぜん》自若《じじゃく》として存在すればいい。

アスリフは、吟味《ぎんみ》して雇用主を選ぶよう躾《しつ》けられているが、如何《いかん》せん、今回は三国それぞれの規模が大きすぎるのが悩みの種だった。

「出稼ぎに出ている者を全員呼び戻しているが、まだ戻ってきていない者も多い」

「周辺の小国や都市に出した密偵からの報告では、どこも日和《ひよ》っていて、アスリフの出方次第で、三国のどれに付くか決める様子だ」

「ある程度、返答を引き延ばすことは可能だ。交渉を有利に進めるためにも早急な返答は控えるべきだ」

「いずれにせよ、方針だけでも固めておくべきだ。今日はこの議題を持ち帰り、一考してくれ」

この日は初日ということもあり、そのあとは、各々が持つ情報を提供しあって終わった。

会合が終わると、宴会の支度が始まり、マルスィヤは一度その場を離れた。

「マルスィヤ」

帰宅したマルスィヤをエリハが出迎えた。

エリハとマルスィヤが寝泊まりするのは、エリハの家だ。一年半ずっと放置していたので覚悟していたが、出稼ぎばかりでアスリフに居を構えていない者たちが帰郷時に寝起きしていたらしく、すぐにでも使える状況だった。

戸棚の薬品類は、前回、処分してから旅に出たのでそこは空のままだった。

「今夜のうちに村を出る」

マルスィヤはエリハに耳打ちをした。

「分かった」

エリハは深く尋《たず》ねることもなく、表情を変えるでもなく、淡々と受け答えする。

ディリヤの将来のためにアスリフとつながりを持つよりも、つながりを断ってでも村から出たほうがいい状況なのだと察する。

「先に、お前とディリヤが森に入れ。そろそろ夕飯の下準備を始める頃合いだから、森の食べ物を教えて、野宿するとでも言えばいい。お前、昔から宴会とか祭りとか嫌いだから誰も不思議に思わない」

「アンタは？」

「私は、このあと宴会に呼ばれているから、顔を出す。酒が進めばいますこし話も弾むだろうし、口も軽くなる。知り合いとも話しやすい。このあたりの情勢を把握しておく。次の仕事に繋がるからな。私は、皆が寝静まった頃に森へ入ろう」

「荷は俺が持っていく」

「私は馬をつれていく。森から西へ出る場所で落ち合おう。……ところで、ディリヤは？」

「あそこだ」

エリハが指さすほうに、同い年くらいの子供と短刀で遊ぶディリヤがいた。

アスリフの村で今日初めて見かけたディリヤの同年配だ。

「子供の数が少ないな……」

「五歳以上は、例の訓練で三日前から山に入ってるらしい。戻りは、……例年通りなら五日後だ」

「ああ、五人一組で岩場や崖を登って、野宿して、自炊して、獣を狩って、競わせるやつか。会合の邪魔になるから子供たちは山へ行かせたんだな」

「だろうな」

「ディリヤと遊んでいる子は？」

「アレは風邪っぴきで村に居残りらしい」

エリハとマルスィヤはディリヤとその子のやりとりを見つめる。

ディリヤが初めて接する同い年のアスリフの子供だ。その子は、ディリヤにいたずらをしかけては見破られ、悔しがっている。ディリヤは、自分と違って荒唐無稽《こうとうむけい》ないたずらをしかけてくる子供との遊びが刺激的で、楽しいらしい。

「お前と同じでディリヤもあまり表情が変わらないが、うれしい時はなんとなく分かるな」

「ああ、いまはうれしい気持ちの時の表情と目だ」

ディリヤのあの表情を見られただけでもアスリフに戻ってきた意味はある。

二人は同じことを想った。


ディリヤをつれたエリハが森へ入り、マルスィヤは宴《えん》もたけなわの頃に抜け出し、馬の準備をしていた。

アスリフ狩り。

それは、なんの前触れもなく実行された。

三国が示し合わせて同時にアスリフを強襲した。

見張りに立っていたアスリフが気付いた時には手遅れで、村は火に包まれ、退路を断たれた。炎をものともせず火柱を越えて立ち向かったアスリフは降り注ぐ弓矢に討たれ、槍に穿《うが》たれた。

三国に潜《ひそ》ませていた密偵から、事前に連絡はなかった。各国に複数名が潜入していたが、その何名かの首が、火に包まれる寸前の村に投げ込まれた。

どの国にも属さぬアスリフを野放しにするくらいな

ら、誰にも奪われないように滅ぼしてしまえ。そういう結論に至ったのだろう。

この強襲は見せしめの意味合いもあった。アスリフと同じく日和っている周辺の国々に対して、三つの大国のいずれかに属さぬ土地はアスリフの二の舞になると武力で示した。

「そいつは生きて捕らえろ！」

敵兵が声を張る。

強襲されたアスリフの村では殺戮《さつりく》が繰り広げられた。アスリフの手練《てだ》れがいくらかは里帰りしていたこともあり、最初は互角にやりあっていたが、次第に数で凌駕《りょうが》され始めた。

老若男女を問うことなく惨殺されたが、一定数以下に達すると、殺される者と生かされる者に分けられた。

生きて捕らえたアスリフは餌だ。今後、村に帰ってくるアスリフの稼ぎ手たちを支配下におき、時には、反抗分子を誘《おび》き出し、討伐するための人質として役に立つ。

出稼ぎに出ている者こそがアスリフの強者《つわもの》だ。少数であっても、彼らを侮《あなど》ってはならない。三国ともが同じ考えで合致しているらしく、主に、アスリフの女と子供が捕縛された。

アスリフは冷酷無比と称されるが、必ずしもそうではない。必ず同族を助けるために行動するという習性を見越しての作戦だった。

「裏で糸を引いている者がいる。かなりの知恵者だ。だが、それは後回しだ、ディリヤ。……エリハはどうした？　早く逃げなさい。ここはもうすぐ焼け落ちる」

「…………」

火の手があがる馬小屋の内部に、ディリヤとマルスィヤがいた。

奇襲を受けた時、マルスィヤは馬小屋にいたが、不穏な気配を察し、屋外に出た。その瞬間、小屋に撒《ま》かれた油を右半身に浴び、火矢で馬小屋に火を点けられたあおりを食らってマルスィヤもまた右半身に火傷を負った。

無数の敵に取り囲まれ、馬上の槍使いが炎に巻かれたマルスィヤを刺し、火の手のあがった馬小屋に逃げ込むしかなかった。

長い三つ編みも燃え落ち、右半身は焼け爛《ただ》れ、剣を摑むこともできず、一度、膝から崩れてしまうと立ち上がり、歩くこともできなかった。

己の体から肉の焼け焦げたにおいがして、鼻につく。敵に刺された腹からは血液が溢《あふ》れ、土を赤黒い泥に変えていく。

酸素は薄く、木造の馬小屋には黒煙ときな臭さが充満し、熱気で息もできない。

ほんの一瞬、マルスィヤは気を失い、次に目を醒ました時には、焼け落ちた梁《はり》の下敷きになっていた。

いま、下半身は梁の下にある。腰から下の感覚はなく、右の顔も、上半身も、動かない。焼け死ぬか、血が涸《か》れて死ぬか、内臓の破裂が原因で死ぬか、いずれかだ。

こうなってしまえば鬼神も形無しだと笑って死にたかったが、マルスィヤにはまだそれができなかった。

「……ディリヤ」

ディリヤがいた。

ディリヤは煤《すす》けた梁とマルスィヤの体の隙間に棒切れを差し込み、両手で摑んで体重をかけ、梁を持ち上げようと奮闘している。

「かしこいなぁ、お前は……」

ちゃんと梃子《てこ》の原理を覚えている。

覚えたことを吸収してくれている。

これほど、この子の未来にとって心強いことはない。

「マルスャ、起きた？」

「ああ、起きた」

ひきつる口元を懸命に動かす。

熱風を吸った時に喉の奥まで焼けたのか、舌もほとんど動かず、呂律《ろれつ》も回らない。

「……ディリヤ、お前、どうしてここにいる？」

「森で待ってたら、変な人たちいっぱいいてあやしいってエリハが言った。剣を持った人がいっぱいいて、エリハは戦ってきた。だから、マルスャをさがしに戻って、はぐれた。りりやは、マルスャ、さがしにきた。あそこ、……こわれた壁と柱の隙間から入った」

「いい子だ。だが、ここにいてはいけない。逃げなさい」

「マルスャは？」

「マルスィヤはここにいる。まだすることがある。おまえがここですることはないから、……ディリヤ、そこに座るな。立て」

「うん。でも、マルスィヤ、死んじゃうから」

ディリヤはマルスィヤの頭の傍にぺたんと座りこみ、頬を撫でる。

ちいさなちいさな手で、火傷をしたマルスィヤの頬を撫でさすり、「いたくない、いたくない。だいじょうぶ、だいじょうぶ」と唱える。

ディリヤの手には、つい数日前に短刀の練習中に切った小さな傷がある。その時、マルスィヤに同じように慰めてもらったから、ディリヤもそうする。

ディリヤのその手も、いまできたばかりの擦り傷や火傷が無数にあり、赤毛も燃えて短くなり、薄紅色のふくふくの頬も煤けて、掌《てのひら》や膝は血が滲み、泥で汚れている。

この小さな体で、どれほど頑張ってここまで来たのだろう。

マルスィヤは梁の下の動かない腕を動かそうともがき、焼けて炭化した己の右腕を恨めしく思った。

「エリハがきたら、おくすり塗ってもらえるよ」

「ディリヤ、私はそれでは治らない。死んでしまうと分かっているなら、傍にいる必要はない」

ディリヤは、そういうふうに育てた。

後腐れなく、意地汚く、潔《いさぎよ》く、強《したた》かで、清々しく、ひたすらに強く、生きて死ぬ。

そういうふうに躾《しつ》けたのに……。

「いきてしぬだけだからだいじょうぶ。いっしょにしぬ」

後腐れなく、意地汚くなく、潔く、清々しいまでに清廉に、いまここで死ぬだけ。

「そこまで潔くなれとは教育していない」

血泡を吹いてマルスィヤは笑った。

幼さを内包した残酷さは、時に、他者だけではなく彼自身にも向けられる。マルスィヤは、それを死の間際になって子に教えられた。

「マルスャ、ひとりよりさんにんのほうがたのしいって言った。さんにんのほうがつよいって言った。りりやもたのしい。つよいのすき。だから、とりあえずふたりでしねばいいよ。そのほうがたのしいし、ふたりならつよいよ。ちゃんとしねるよ。いま、エリハはいないけど、マルスャとりりやがしんだら、きっとすぐにしぬよ。エリハ、マルスャのことだいすきだから」

「エリハは死なない」

「どうして?」

「私が死んでも、お前が生きているかぎり、エリハがお前を守らなくてはならないから」

押し黙るディリヤに微笑み、マルスィヤが舌を噛み切ろうとわずかに口を開いた。

「だめ」

ディリヤが小さな手をマルスィヤの口に入れた。

「……………」

今度はマルスィヤが黙る番だった。

「かってにしなないで。ゆるさない」

ディリヤは歯型のついた手をそっと離して、マルスィヤの首に抱きつく。

「……………」

ごねるなぁ……。マルスィヤは内心で笑った。己の子の我《が》の強さ、芯の強さ、荒唐無稽な子供の理論、すべてが愛しくて、心が笑顔になれた。

「マルスャがじぶんでしぬのも、……敵? のせいでしぬのもだめ。やだ。そんなことしたら、りりやもしぬ」

「……なら、どうすればいい?」

「しなないで」

「それはできないんだ、ごめんな」

「……………」

「泣くな、ディリヤ、狩りの練習の時間だ」

「いま?」

「いまだ」

「……………」

「マディヤディナフリダヤ、私の強い子、……上手にできるだろう?」

「なにすればいい? いつもとおなじ?」

「そう、いつもと同じ手順だ」

けものの殺し方はきちんと教えている。

今日も、それと同じだ。

「わかった」

「お前の短刀は持っているな？」

「うん」

ディリヤは子供用の小さな短刀を取り出し、両手で大事に握る。

「その手を、まっすぐ私の心臓に。……人間の心臓の位置は覚えているな？」

「覚えてる、ここ」

「そう、そこだ。お前はまだ非力だから、立って、力一杯刺して、私の胸に飛びこむように倒れこみなさい。そうしたら体重の重みで深く刺さるから。……この時、気を付けることは？」

「骨の隙間をねらう」

「そうだ」

「マルスャがしんだら、りりやもおなじようにしたらいい？」

「いいや、私が死んだら、お前は私のことなどぜんぶ忘れて、ここから出なさい」

「どうして？」

「ここで二人とも死んだら、誰がエリハにそれを伝える？」

「死体が残るよ」

「焼けて崩れて見た目なんて分からなくなる」

この火勢と可燃材なら、人物を特定できる程度に残る可能性は高いが、いまは何事もすべて本当のことを教えなくていい。

エリハが「火の扱いはまだ先だ、危ない」と言っていた言葉を聞き入れておいてよかった。

火の扱いを知っていたら、きっと、ディリヤは反論してくるだろうから……。

「ディリヤ、お前は、私が死んだら、私の指揮下ではなく、エリハの指揮下に入りなさい。そこで、エリハが死ぬと言うなら一緒に死になさい。分かったな？」

「はい」

「いい子だ」

「……うん」

「さぁ、ディリヤ、……私を楽にして」

お前は優しい子だから、きっと、母親の私がここにいるかぎり動けない。

でも、お前は立派な赤毛のけものだから、戦いなさい。

親が子の足手まといになってはならない。

私が死ぬことも、お前に楽にしてもらうことも、けものならばよくある自然の摂理。

お前がここで死なずに、生きて、……お前がお前の意志で生きて死ぬと決められる人生を得てから、生きて死になさい。

お前が、私のために死ぬことがあってはならない。

お前は、死にゆく私へのはなむけとして、生きろ。

「マルスャ」

「……なんだ?」

「だいすき」

「ああ、わたしも、だいすきだ。あいしてる。……でも、それも忘れなさい、ぜんぶ、ぜんぶ、忘れなさい」

愛はいらない。

それはお前を苦しめるだけだから。

足枷になるだけだから。

そんなもので命を落とすことがないように。

二度と、そんなもののために自分も一緒に死ぬなどと言い出さぬように。

愛なんて忘れてしまいなさい。

親への愛で自分の死を厭《いと》わぬような子なのだから、つがいができたらきっと愛で身を滅ぼす。

だから、愛なんて忘れてしまいなさい。

ぜんぶぜんぶ、忘れてしまいなさい。

忘れてしまえば思い出さないから。悲しくないから。涙を流さずに済むから。

忘れてしまいなさい。

私のことも忘れてしまいなさい。

私とエリハがお前を愛し、お前からこんなにも愛されていることは、私とエリハが覚えているから。

お前が生きている。

それだけでいい。

それさえ続けば、ほかになにもいらない。

なにも望まない。

私の悲嘆に暮れた悲しみの心。そんなものは、かわいいお前の一生で最も必要ないものだから、その感情ごと忘れてしまいなさい。

親とのつながりは、忘れなさい。

「…………」

マルスィヤには、別れを惜しんで死ぬだけの時間があった。

死ぬ間際に愛しい子のぬくもりを胸に感じて死ねた。

私の仇は、エリハが討つ。

だから、そこに未練はなかった。

……でも、あぁ、惜しむらくは、せめて、ディリヤが自分の名をちゃんと言えるようになって、私の名を正しく呼べるようになる日くらいまでは、傍で愛してあげたかった。


離れるんじゃなかった。

ほんの一時でも、それが故郷でも、どこであっても、ずっとつがって、傍にいて、共に生きていくなら、離れるべきではなかった。

「マルスィヤ‼」

エリハが叫ぶ。

馬を繋いでいたはずの馬小屋にマルスィヤがいなかった。

あとで生き残りから聞いた話だが、宴の最中に、里帰りした連中の馬同士がケンカをしたらしく、マルスィヤは自分たちの馬を村に三つある別の馬小屋に移動させたらしい。

だから、エリハが探した場所にマルスィヤはいなかった。

敵と戦うアスリフのなかにマルスィヤの姿はない。

森へ入った様子もない。そうなれば、必ず村に残っているはずだ。先に調べた二つの馬小屋に姿はなく、最後の一つにマルスィヤがいることに賭けた。

「マルスィヤ!!」

だが、辿り着くことができない。

次から次へと湧く小蠅《こばえ》どもがエリハの行く手を阻《はば》む。村のすべての建物に火がつけられ、夜なのに昼のように明るい。

途中で、ディリヤの姿も見失った。

左眼を弓矢で射られた時だ。

いまはもう左腕も動かない。かろうじて皮膚で繋がっているが、裂けた服から覗《のぞ》く左腕は白い骨が見え隠れし、感覚もない。

右手に剣を握り、マルスィヤのもとへと進む道を切り拓《ひら》く。

返り血で全身が重く、頭から浴びた血が炎に炙《あぶ》られて粘つく。足取りも鈍重で、だらりと垂れ下がった左腕が邪魔だ。感覚が失われていくごとに、まるで、己の半身がもがれたかのように虚《うつ》ろになっていく。

「ディリヤ!!」

エリハの右の視界の隅に、ほんの一瞬、我が子の姿が過《よぎ》った。

「……エリハ？　……エリ！　エリハ！」

ごうごうと炎の燃え立つ瓦礫《がれき》の隙間をとぼとぼ歩くディリヤがゆっくりと顔を上げ、自分の短刀を握ったままエリハを呼んだ。

「動くな！」

エリハは走り、ディリヤの頭上で崩れる木材を蹴って息子を腕に抱く。

「無事か？」

問いかけにディリヤはこくんと頷く。

泣いてはいないが、ディリヤは怪我をしても泣かずにじっと堪《こら》える性分だ。ディリヤから死臭と血の気配を感じとったエリハはディリヤの煤けた全身を検《あらた》め、無傷であることに安堵した。

エリハが指の腹で頰の汚れを拭ってやると、ディリヤはその手に頰をすり寄せ、小さな手に握り込んだ短刀を手放す。

どんな時も武器は手放すなと教えて、それを忠実に守るディリヤにしては珍しく甘えただ。

「エリハ、……マルスャ、しんだ」

「……っ」

「だいじょうぶ、りりやが、ちゃんところしたよ」

「よくやった」

「ん……」

エリハの腕に抱かれたディリヤはぎゅっとその袖を握り、眼を閉じた。


夜明けとともに敵軍は撤収した。

蹂躙《じゅうりん》のかぎりを行い、アスリフを更地にした。

結局、敵の捕虜や人質になったアスリフは一人もいなかった。捕まった全員が抵抗し、戦い、戦えぬ者は舌を噛み切り、自ら敵の剣の切っ先に倒れこみ、死んだ。

生きているアスリフの足枷にならぬために。

若い者ほど戦って死んだ。

年寄りや子供ですら、敵に一太刀を浴びせて死んだ。

敵は、ひとまずアスリフの村を徹底的に潰したことで満足したらしく、軍を引いた。

だが、あの様子ならば、再び攻めてくることは確実だった。アスリフには、まだ帰郷していない手練れの働き手が大勢いる。次はそいつらを狙うはずだ。

アスリフの村で生き残ったのは、エリハとディリヤを含めて男が五人、女が七人だ。

ほかの生き残りは、五歳以上の子供たち十余名をつれて山に入っていた男女がそれぞれ二人ずつと老人が三人だ。山深くに入っていたことで難を逃れた山ごもり組は、高所からアスリフの村が燃える火を発見した。まず、男女二人が夜通しかけて下山し、早朝に村へ辿り着き、事態を把握した。

山から下りてきた男女は、村の生き残りと情報を交換して子供たちへの処遇を決め、再び山へとって返した。

せめて遺体の処理が終了するまではと山ごもりを延長した。

山ごもり組で、アスリフの村が燃える火を見た子供は少なかったが、その記憶は忘れさせることにした。

アスリフの村に伝わる薬を飲ませ、記憶を曖昧《あいまい》にさせ、この事実を受け入れられる一定の年齢に達するまでは心を守ることを優先した。

そうして、山ごもりの訓練をしていた子供たちだけが助かった。

村にいて生き残った子供はディリヤだけだった。

ディリヤは、アスリフを十七人殺した。

マルスィヤを楽にしたあと、エリハのもとに辿り着くまでの間に、死ぬに死ねず、身動きもとれず、半死半生で苦しむ者たちに頼まれて殺した。

「マルスャの時は、マルスャのおむねにぎゅってだきつくみたいに心臓をさした。ほかのひとには、ぎゅってしたくないから、首のうしろから頭のなかにむけて刺した」

どういった状況で、どの場所で、どういう人物と、どんな会話をして、どう殺したかをきちんと覚えていて、そのとおりの場所に死体があった。

「おとなは、下のほうみない」

ディリヤは敵も殺していた。

数は覚えていないらしい。

小さなけものは混乱に乗じて、騎馬している者の足を切り、落馬させ、目を潰して動きを封じ、喉を刺して呼吸を封じ、抵抗できなくしてから殺す。

そうして、殺しながらエリハのもとへ走った。

最初は頑張って走ったが、次第に疲弊《ひへい》し、とぼとぼ歩き、マルスィヤとの会話や状況のすべてを一言一句違《たが》えることなくエリハに伝え、眠った。

眠って、起きた時にはすべて忘れていた。

マルスィヤの言葉に従ってディリヤはこの時の出来事をすべて忘れていた。

「起きたか、ディリヤ」

だが、エリハを見た瞬間、すべてを思い出した。

「あーぁあー!!!!」

叫んで、暴れて、マルスィヤのことを思い出して喚《わめ》いて恐慌状態に陥り、忘れたはずのすべてを思い出した。

苦しんで、息もできないほど泣いて、気を失って、ひきつけて、過呼吸になって、自分で自分の舌を噛みそうになったり、自分で自分の胸を掻き毟《むし》ったり、そこらじゅうに頭を打ちつけようとしたり、なにかから逃れるようにもがいて、何度も、何度も、何度も、自分で死んでしまいそうになった。

そして、気を失った。

次に目を醒ました時、エリハはマルスィヤの遺体を埋葬していて傍にはおらず、ディリヤは落ち着いていたし、マルスィヤのこともなにもかもすべて忘れていた。

なのに、エリハの顔を見た瞬間、吐いた。

なにも食べていない胃から胃液を吐き、吐く胃液も尽きれば血混じりの唾液を吐いた。

叫んで、喚いて、暴れて、まるで自分の内側のなにかと戦っているかのように苦しんで、ぜんぶ忘れた。

だが、すぐに思い出す。

忘れる、思い出す、叫ぶ、吐く、暴れる、泣く。

それを繰り返した。

喉が嗄《か》れ、全身が筋肉痛になって、発熱するほど、ディリヤのなかに潜んでいた激しい感情が暴れた。

気絶するようにエリハの腕の中で眠ったかと思えば、次の瞬間には、ばちっと目を見開き、忘れないといけないのにぜんぶ覚えてると泣き喚いた。

けもののように暴れた。

その繰り返しに疲れたのか、ディリヤは「思い出すくらいなら楽になったほうがいい」と自分の短刀で自分の心臓を貫こうとした。

思い出すきっかけは、いつもエリハだった。

エリハにちゃんとマルスィヤの最期を伝えなくてはならない。だいすきな人に、だいすきな人の最期を伝えたい。ぜんぶおぼえていないと伝えられない。ディリヤも忘れたくない。おぼえていたい。いっしょに話したい。いっしょに泣きたい。いっしょにかなしみたい。

いっしょ。

三人で一緒に。

でも、三人一緒はもう一生ずっと無理だから、せめて、エリハと一緒に。

マルスィヤを愛し続けたい。

だいすきだから。

大事な家族だから。

なのに、忘れろって言う。

マルスィヤが言う。

マルスィヤのことも愛しているから、マルスィヤの言うとおりにしてあげたい。マルスィヤの最期のお願いだから叶えてあげたい。

だから、忘れる。

でも、忘れたくない。

思い出す。

きっかけは、いつもエリハ。

だって、エリハとマルスィヤはつがいだから。

ふたりでいっしょだから。

どうして片方がいないの？

忘れていても、そう疑問に想ってしまったら、自動的にマルスィヤの死も思い出してしまう。

「いや」

「飲め」

「のみたくない」

「飲め」

エリハはディリヤに薬を盛った。

アカバミフヨウを主原料とする薬だ。

村の子供たちに投与したものとは異なり効果が強い。麻薬にも似た効能と健忘作用があり、ディリヤの意識を奪い、朦朧とさせ、服薬と同時に暗示をかけることで前後の記憶が曖昧になり、それを繰り返すことで記憶が抜け落ち、すっかり忘れ去る。

本来は子供に使うべき薬ではないが、ディリヤが死ぬよりマシだった。

「マディヤディナフリダヤ、……忘れろ」

すべて忘れろ。

その薬を、何日もかけて服薬させた。

ディリヤは、エリハ以外の大人が運ぶ食事や薬には手をつけない。エリハは、ディリヤが空腹で耐えきれなくなった頃に、薬を混ぜた食事を部屋の戸口に置き、ディリヤがそれを食べて、薬が効いてうとうとし始め、目を閉じた頃合いに部屋へ入り、その耳もとで「忘れろ」と暗示を唱え、記憶を奪った。

起きている時にエリハが近寄るとディリヤは思い出すから、手ずから薬を飲ませることさえ親である自分ができなかった。

山ごもり組の子供たちよりディリヤの記憶は鮮明かつ鮮烈だ。それに、ディリヤは記憶力が良い。どの程度忘れられるか判断がつかない。

持続期間も不明だ。五年後、十年後、十五年後、なにかのきっかけで、それこそ、エリハを見る、ということがきっかけで思い出してしまうかもしれない。

事実、薬を飲ませて三日目、マルスィヤの記憶がうすらぼんやりとし始めていたディリヤが、エリハの名を他人の口から聞いただけでびくりと反応したらしい。

薬を飲ませきったあと、エリハはディリヤと一度も顔を合わせることなく傍を離れたが、さまざまな不安要素を乗り越え、この試みは成功した。

マルスィヤの遺言と、エリハの薬。この二つの想いに従って、ディリヤはアスリフ狩りの記憶をすべて忘れた。

エリハのことも忘れた。

マルスィヤのことも忘れた。

覚えているのは、エリハが仕込んだ薬の知識や座学、短刀の扱い方。マルスィヤが仕込んだ体の使い方や日々を過ごす心構え。二人で教えた、生きていくための方法。親の名や存在は忘れても、それらは忘れずにすべて覚えていると人づてに聞いた。

エリハはそれだけで充分だった。

その頃には、出稼ぎに出ていた者たちも戻り始め、アスリフの村はより山深くの常人では立ち入ることの難しい場所へ住処を移した。

現在、アスリフ狩りを経験した村の総数はそう多くない。当時の生き残りのなかには、その時の怪我がもとで寝ついて亡くなってしまったり、心を病んでしまった者もいる。

村で唯一生き残った長老格の老人たちの命令で、アスリフ狩りを経験した大人は全員が口を閉ざした。

アスリフが襲撃された事実は隠し通せないが、生き残りの子供たちを守るためにも当面はこの話題を口外せず、それを口にする時は長老の許可が出た時のみと周知徹底させた。

だが、それから二十年が経っても詳細が語られたことはない。アスリフ狩りという言葉と、同胞以外を信じるなという教訓、排他的な風潮が、なんとなしに村内に伝わっているだけだ。

「同族殺しは禁忌」

ディリヤにかんするすべての情報にも箝口令《かんこうれい》が敷かれた。

これが、のちのち、アスリフがディリヤを遠ざける原因となる。

ディリヤは、母殺し、つまりは同族殺しという禁忌を犯した。それどころか、十七人の同胞の命を奪った。請《こ》われてのこととはいえ、その頼みを聞いているのはディリヤだけだ。

本当に頼まれたのだろうか？　アスリフは、仲間の手を煩《わずら》わせるくらいなら自ら死を選ぶ。

五歳半で殺すには多すぎる。

同族を殺す冷酷さ。残忍さ。末恐ろしさ。

疑いの眼差《まなざ》しと、ディリヤへの忌避と畏怖《いふ》、さまざまな感情が入り交じった目が向けられた。

複雑な感情に苛《さいな》まれたアスリフたちは、ディリヤに対して表面的にはなにも行動を起こさなかったが、近寄りもしなかった。

ディリヤと話せば、自分の恋人やつがい、親友や尊敬する人、可愛がっている兄弟分が殺されたことを思い出す。ディリヤを視界に入れると、「コイツはもしかしたら俺の血縁者を殺したかもしれない」と考えてしまう。エリハとマルスィヤの子供は、本当は自分が楽しむために同族殺しに手を染めたのではないかと疑ってしまう。

死神と疫病神の子供は、生きた災厄でしかない。

こうしてディリヤはアスリフで異端となった。

忌《い》み嫌われた。

だが、マルスィヤが死に、エリハが敵と戦って村を守り、左眼と左腕を失い、その時の火傷が原因で、のちに左足も切り落とし、一時期は死に瀕《ひん》した。両親が極限の状態まで至ったこと、そして、エリハの薬でディリヤに当時の記憶がないことなどを総合して、温情でアスリフで暮らすことが許された。

もしかしたら、ただでさえ数が少なくなったアスリフを支える将来の有能な稼ぎ手を手放したくなかっただけかもしれない。

なにせ、マルスィヤとエリハの息子だ。

幼いながらも、年長者であるマルスィヤの命令に従ってその命を奪い、十七名を屠ることに躊躇《ためら》いもなく、後悔もなく、自慢するでもなく、ただ生きて死んだだけだと百点満点の回答をする子供だ。

奪った命の分だけ、犯した禁忌の分だけ、村を支えることで償《つぐな》わせればいい。

こうして、ディリヤは五歳半から出稼ぎに出る十二歳頃まで村で過ごした。


エリハは独りで村を去った。

本当はディリヤをつれて村を出たかった。

だが、それはできなかった。

エリハの顔を見れば、ディリヤは連鎖的に過去の惨劇を思い出す可能性がある。

思い出すたびに、ディリヤが苦しむ。

愛しい人への忘れたくない感情を思い出したい。その気持ちが、ディリヤのなかで戦い始める。

思い出してしまえば、ディリヤは苦しむ。

苦しむために思い出さなくていい。

苦しむと分かっていることで戦わなくていい。

エリハも、マルスィヤも、そんな生き方は教えていない。

エリハさえ傍にいなければ、ディリヤから離れてさえいれば、ディリヤは自分のために生きて死ぬことだけを考えて生きていける。優しい子ではなく、強いけものとして生きていける。

生涯、エリハとディリヤの人生が交わることはない。

通じ合うこともない。

すべてはマルスィヤの望んだとおりに。

それが、愛した女にできるせめてもの……。

その後、三つ巴状態に陥っていた三国は、金狼族率いるウルカ王国との戦争開始とともに滅び、いまは名前すら残っていない。

エリハは、ウルカが勝利しやすいように動いただけだ。

アスリフの村の最長老がゆっくりと肩でひとつ息をしてから、アスリフ狩りの締めを静かにイェヒテに語った。

「三つの国が滅んだあと、一度だけエリハがアスリフの村に帰ってきた」

「……ディリヤに会いに？」

「いいや、マルスィヤの墓参りに」

「わりと普通の感覚してるんだな、ディリヤの親父。墓参りなんて感傷的なことしてさ」

「マルスィヤの墓前に、三国それぞれの首領の首を供《そな》えて、またすぐに行方を晦《くら》ました」

「………えぐい」

「その時のエリハは、左眼は隻眼《せきがん》のままだったが、左腕には義手を嵌めていたと記憶している。左足はどうしたのか、儂《わし》が見た時には両足で立っていた」

「見た目はディリヤにそっくり？」

「儂らはもう長いことディリヤを見ていないが、子供の頃のディリヤとエリハはよく似た面立ちをしていた。……マルスィヤにも、よく似ていた」

「ふぅん、分かった。エリハはディリヤが年食った感じにすればいいんだな。いま、俺とディリヤが二十五歳で、エリハが十八歳の時にディリヤが生まれてるから、生きてれば四十過ぎくらいか……」

「イェヒテ、お前は山ごもりしていて命拾いした十余名の子供の一人だ」

「なんとなく、そんな気がしてた」

イェヒテは顔の片側だけを歪めるようにして笑った。

特に感慨はない。幸運だったとも、不運だったとも思わない。

「以上が、ディリヤとそれにまつわる者の話、そしてアスリフの忌まわしい過去だ」

「聞くだけで三日もかかった……」

イェヒテは大きく伸びをして、背中の凝《こ》りを解す。

アスリフの村に戻って数日、長老格の三人にそれぞれ挨拶をして、ディリヤの過去を教えろとごねにごねた。

どれだけごねても長老たちは首を縦に振らず、口も割らなかったが、イェヒテは諦めなかった。

「ディリヤが過去を思い出しかけている」

イェヒテのその言葉が効《き》いた。

長老たちにも罪悪感はあるのだろう。アスリフ狩りから二十年という時の流れとともに、幼な子に対する仕打ちを申し訳なく思っている。

それと同時に、復讐を恐れている。

過去を思い出したディリヤがアスリフを恨むかもしれない。死神と疫病神の一人息子が、アスリフを滅ぼしにやってくるかもしれない。

その危険を回避するために、長老たちはイェヒテにだけ過去を話した。

イェヒテにディリヤを止めさせるために。

だが、イェヒテにはそのつもりはない。そのつもりはないが、それを長老に伝えるつもりもない。

勝手に脅えていればいいのだ。

死ぬまでずっと。

「…………」

アスリフも、わりと人間臭い奴らの群れだったんだなぁ……。

イェヒテは、ちょっとだけ自分の村が嫌いになった。

嫌いになったけど、おそらく、縁は切らない。

繋がっていたほうが便利なことのほうが多いからだ。

かつてのエリハとマルスィヤが、ディリヤのためにそうしたように……。

エリハとマルスィヤ。

ディリヤの父親と母親の名前。

ディリヤの実父は、ディリヤが生まれる前に失踪、もしくはほんの一時だけアスリフに立ち寄った旅人で、実母はディリヤを産んだ時に死亡したとばかり考えていたし、アスリフの村でも情報統制が徹底されていた。

ディリヤもそう信じていて、ユドハにもそう話していた。イェヒテもそうだと思っていた。

でも、真実は違う。

ディリヤは父母のことを忘れているだけ。

いま、その過去を思い出そうともがいている。

「なんでそこまでしてディリヤだけを迫害するような真似したんです?」

「仕方あるまい。ディリヤの容貌も、性質も、エリハとマルスィヤに瓜二つだ」

「あの二人を煮詰めてひとつにしたような出来栄えの悪魔だ」

「生き残ったなかで、ある程度の年齢の者はディリヤを見ただけであの惨劇を連想してしまう。村の者も、誰もディリヤの面倒を見たいとは思わない」

長老の一人が口火を切ると、残り二人の長老も口々に思いを口走り始めた。

「村にいた子供でアレだけが唯一助かった。なぜディリヤだけがと親世代の者たちはやり場のない怒りを抱える」

「村内の内輪の揉め事は厄介だ。小さな火種が大きな火事の遠因になりかねない」

「数が減り、若い者も極端に少なくなり、多くの指導者を失った我々は、団結するために異分子を排除せねばならなかった」

「ディリヤは特別だ。エリハとマルスィヤの子だ。星の数ほどの命を奪った。周りに悪影響を与える。アスリフのけものとは異なる環境で育ったけものは調和を乱す」

「……ふぅん」

イェヒテは年老いて制御のきかぬ老人の一方的な主張に可もなく不可もなくの返事をした。

ディリヤは、やっぱり特別なのだろう。

けれども、アンタたちのその考えは間違ってる。

こいつらはディリヤという子供を生贄《いけにえ》にして、アスリフが再びひとつに纏まったことを正当化しているだけだ。

イェヒテは、やっぱり自分の生まれ故郷がまたすこし嫌いになった。

きっと、ディリヤが教えたのだろう。

「……旦那にもらった大金、どうするかなぁ……」

イェヒテが村に帰りやすくするためにとユドハから渡された依頼金だったが、なんとなくアスリフにくれてやるのは惜しくて、腹が立って、イェヒテはそのまままそっくりウルカへ持ち帰った。


「イェヒテ、どこへ行く」

「次の出稼ぎに」

イェヒテは立ち上がった。

ユドハに知らせるべくウルカへ舞い戻るために。

イェヒテは、今後も表面的にはアスリフとかかわっていくが、意識の持ちようは変わった。

この群れでアスリフに協調して生きていくよりも、一人で気儘《きまま》に、そして、時にはこうして友人のために生きるほうが性に合っていた。


「ほら、気を付けて帰れよ」

イェヒテの手から、鷹が一羽飛び立つ。

ユドハから借り受け、つれてきた鷹だ。その脚に括《くく》りつけた書簡には、聞き出したばかりのディリヤの過去が記されている。

アスリフがよく使う暗号や記号、文字の羅列《られつ》で書いたが、ユドハだけはそれを読み解けるらしいから、最も情報が凝縮できるその手法で書いた。

第二章

　小雨の降る庭園らしき場所でディリヤは目を醒ました。

　状況を把握するより先に、本能が、ここから逃げろ、とディリヤ自身に命じた。

　まずディリヤがしたことは敵陣かもしれない現場からの移動だ。園芸農具などが置かれた小屋の近くにいたので、そこから外套《がいとう》を一枚拝借し、ひと気のない場所を選んで、市街地から郊外へ出た。

　時間帯は早朝で、他者と鉢合わせることはなかったが、目につく範囲はどこもかしこも金狼族のための家屋が立ち並んでいた。

　ここが狼の縄張りならば、市街地を出る前に服を着替えるべきだが、人間のディリヤが着られそうな衣服は手に入らず、諦めた。狼は鼻が利く。すこしでも自分の匂いを薄れさせ、痕跡を消すためにも、服を替えられなかったのは痛手だ。

　ざっと確認したところ、ディリヤが着ている服は身の丈に合っていて、隠し武器もすべて携帯していたから、この服を脱いで無防備になるよりはと装備と戦いやすさを優先した。

　市中を出る時に、日時と現在位置の確認も済ませた。太陽の傾きや天候、周辺の状況から、冬が近く、ウルカ王国領内であると分かった。

　ぼんやりとした頭は靄《もや》がかかったようで、記憶が曖昧だったが、時間とともに意識が鮮明になっていった。そのなかで、ディリヤは、自分の記憶が十六歳前後であることを理解したが、自分の記憶している年齢や年号よりも現実が九年近く進んでいることのほうに衝撃を受けた。

　なぜ九年と分かったかと言えば、郊外の墓地を見かけて、そこに立ち寄ったからだ。

　目についた墓石には、ディリヤの記憶よりもずっと先の九年後の年号が刻まれていた。ざっと見渡すかぎり、その墓石がもっとも新しく、苔生《こけむ》してもおらず、盛られた土もやわらかく緑が茂っていなかったから、それを判断基準とした。

ほかの墓石もいくつか確認した。

ほぼ同時期に造られたものが無数にあったからだ。

皆、同じ年に、同じ戦争で死んでいた。

ディリヤも参加した戦争だ。ウルカとゴーネ、リルニツク、そのほかの諸国を巻き込んだ大戦だ。

墓石には、彼らの所属部隊、死地、死因、どこの誰の血族であるかといった情報が刻まれていた。

天涯孤独の戦死者は共同の墓碑に祀《まつ》られていて、その墓碑銘には、ある年号とともに終戦の年に建立《こんりゅう》という文言があった。

「…………戦争が、終わってる」

ディリヤの知らぬ間に、終わっている。

ディリヤの記憶は戦争末期で止まっている。

九年だ。

確かに、九年も経っていれば終わっているかもしれない。

だが……。

「俺は、なんで死んでない……？」

なぜ生きている？

狼狩りが生き残ったのか……？

どうやって？

「……分からない」

分からないが、構わない。

生きているなら生きる。それだけだ。

記憶があろうがなかろうが、生きることに変わりはない。それだけのはずなのに、得体の知れない感覚が影のように付きまとう。

墓地を出たディリヤは我知らずのうちに心臓のあたりを強く鷲掴《わしづか》んでいた。

得体の知れないその感覚の名前すら分からないまま……。


自分がなにから逃げているのか分からない。

分からないことだらけのまま、本能に従って、逃げて、逃げて、逃げて、狼ばかりの国から逃亡したが、行く当てはない。

ディリヤがいたのはウルカ王国領内だが東側に近い土地だったらしく、ウルカを出てさらに東へ行くことにした。

途中で馬を一頭拝借し、一昼夜かけて街道の外れを進んだ。狼よりも人間のほうが数の多い地方に足を踏み入れてから、ようやく町へ入り、馬を交換した。

新しい馬と交換した際に出た差額で、食料と野営の支度を整え、簡素な衣服も調達し、着替えた。

最初から着ていた衣服や装備品はあまりにも贅沢で、このまま移動すれば悪目立ちするし、古着屋に売れば足がつくことは明白だった。後日、気持ちが落ち着いてから衣服を検《あらた》めれば自分の置かれていた状況を把握する手立てになるかもしれない。荷物になるが、当面は売って路銀《ろぎん》の足しにするのは諦めた。状況を見極め、足取りを摑まれない売買経路を見定めてから金銭に変えればいい。

装備が整うと、ディリヤは情報を仕入れた。

「お前さんも東へ行くのかい？　なら、流民《るみん》崩れの盗賊や匪賊《ひぞく》、山賊に気を付けな」

情報収集した酒場の亭主が教えてくれた。

東のほうは九年経っても変わらずきな臭いらしい。与都《よと》から東の小国や諸国の小競り合いが続いていて、ウルカ方面へ難民が流れ込んでいるそうだ。

治安は悪化の一途《いっと》を辿り、ウルカ方面へ難民が流れ込んでいるそうだ。

それならば、いくらでも仕事がある。

「…………」

九年。

……九年だ。

アスリフとはまだつながりがあるのだろうか。

稼いだ金を送るべきなら送ろう。

だが、それすら分からない。

十六歳で狼狩りの所属になった当時はアスリフに仕送りをしていた。九年後のいまも同じようにアスリフの犬をしているのだろうか。

結論の見えない思考はせず、情報収集を終えたディリヤはすぐさま町を出て、夜通し馬を走らせた。

三日や四日くらいは眠らずとも動ける。

馬を降りたのは、与都をずっと越えて東側の小国を一つ抜けた土地だ。そこで集中力がぶつんと途切れて、ふと、自分を取り巻く景色に意識が向いた。

荒涼とした大地に、闇色の空と青白い月。冷たい風は澄み渡り、髪が揺れると心地好い。ディリヤには馴《な》染《じ》みの薄いこの地方の土の匂いが鼻先を擽《くすぐ》る。

こんな夜は、庭を望む部屋で月を肴《さかな》に酒杯を酌み交わし、吊り下げた小さなガラス灯の揺らめきを見つめ、己のすぐ傍の馴染みある匂いにゆっくりと息をして、幾重にも敷き詰めたクッションに足を投げ出し、大きくて温かな背凭《せもた》れに己の身を委ねて……。

どこで覚えたのか。

どこで知ったのか。

些細な感情の機微《きび》からの連想で、馴染みない温度や匂い、形の不鮮明な記憶の欠片がぼんやりとディリヤをとりまく。

気持ち悪い。

自分のなかに自分の知らない感覚がたくさんある。知らないはずなのに、何気なく目に入った景色に触発されて、記憶にない情動や匂いが蘇《よみがえ》る。

自分の知らないことを、自分が知っている。

これはきっと十六歳以降の経験だ。

「与都近郊までは土壌が豊かで、水事情が良好、灌漑《かんがい》設備も充実しているが、このあたりから土地が乾き始め、気候や風土も一変する。乾期と雨期に分かれ、雨期ともなれば一帯に大きな河が現れる」

首を横に振って、感傷的ななにかを振り払い、現実に目を向ける。

頭と口先を繋げて、この土地の植生や気候についてどれだけ唱えても、すこしでも気を抜けば、なんの役にも立たない情緒ばかりが胸の内側を埋め尽くす。生きていくのに必要な知識よりも優先順位を上にしようと無意識が働く。

こんな感覚は知らないはずなのに、体と頭がそれを知っていると叫ぶ。

「……っ！」

苛立《いらだ》つ。

その苛立ちすらも、ディリヤのなかでは初めてのはずなのに身に覚えがある感情で、戸惑う。

強引に深呼吸を繰り返し、やり過ごす。

ディリヤの苛立ちが伝わってしまったのか、馬が脅えて進まなくなってしまった。荒野の只中ではあったが岩場が点在していたので、そのひとつで野営を決めた。

幸いなことに旅人が立ち寄る水場もあり、湧き水が得られた。飲み水を確保し、顔と手足を洗う。頭から水を浴びるのは明朝に持ち越した。夜間ほど冷え込むから、明日、日が高くなって、気温が上昇し、天気が良ければ頭を洗って、馬を走らせればそれで乾く。

警戒も必要だ。道中、野犬や野獣の出没もなく、流民や盗賊の影も見当たらなかったが、水浴びの最中に襲われては反撃が遅れる。

ウルカから離れて逃げることを優先していたディリヤは、ここにきてようやく自分の状況を詳細に確認した。

頭部に外傷はなく、外的要因で記憶を失った様子はない。右肩に真新しい刀傷があったが、手当てが良かったのか、こちらは順調に回復しているようだ。

変化といえば、髪や爪だ。頭に触れた時に、どことなく自分の赤毛がつやつやとして指通りが滑らかだった。爪にも、欠けや割れがなく、根元からきれいにそろっていた。

次いで、心的要因を排除した。記憶は、経験だ。経験は生きていくうえでディリヤを助ける。自ら進んでそれを忘れるほど愚かではないし、忘れたいと願うほど特別な経験ができるような劇的な人生を歩んでいない。

最後に薬物の可能性を考えた。ディリヤの持ち物にアスリフの薬があったからだ。そのなかには健忘作用のある麻薬もあったが、使用した形跡はなく、ディリヤ自身が調合したものでもなかった。

薬包紙の表書きや雑さが窺《うかが》える調剤から、イェヒテの手によるものだと判断がついた。薬は真新しく、ここ数ヵ月以内にイェヒテと顔を合わせているか、なんらかの方法で受け渡しをしていることになる。

ディリヤがアスリフで縁があったのはイェヒテくら

いだ。村で話しかけてきたのも、物々交換を提案してきたのも、イェヒテだけ。現在もつながりがあってもおかしくはない。それが分かっただけでも収穫だ。

だが連絡を取る方法すら思い出せない。そもそも、九年前の時点でも、イェヒテとの連絡手段の取り決めを交わしていない。

ここで手詰まりだ。

ディリヤは丸一日以上なにも食べていないことを思い出し、かといって調理をする気にはなれず、町で仕入れた干し餅を齧《かじ》った。

その時、自分の手から食べ物の匂いがすることに気付いた。

いろんな食べ物の匂いだ。

鼻が馴染んでしまっていたのか、馬鹿になっているのか、風邪でも引いているのか、自分の手から食べ物の匂いがすることに気付かなかった。

気持ち悪い。

落ち着かない。

なぜ、こんなにもいろんな匂いがするのか……。

一度気になってしまうと我慢ができず、干し餅を一口だけ齧ってやめてしまう。

荷物をまとめた背嚢《はいのう》を手もとに引き寄せ、着替える前に身に着けていた衣服や装備品を検める。

豪勢な服のくせに、生活臭がした。そのうえ、誰かの移り香なのか、服の裏地に香を焚《た》き染《し》めてあるのか、袖口からは特に精油や香油が薫った。

いやだ。敵に見つかる。狼に嗅《か》ぎつけられたら絶対に匂いを追ってくる。一日二日の生活でこうなったんじゃない。

この九年間、俺は一体なにをしていたんだ。とてもじゃないが傭兵や暗殺を生業とする者の所業ではない。それとも、そこまでして周囲に溶け込む必要がある任務だったのだろうか。

なんにせよ、自分の行動を嫌悪した。

もし、何年もかけるような任務だったとして、自分が他者に混じって上手くやってる姿なんて想像もできないし、したくもない。考えただけで気が滅入《めい》る。そんな任務なら断るはずだ。死ねと言われて死ぬ任務のほうがよっぽど楽だ。

自分で決めた選択なのだろうが、そんな愚かな選択をした自分を嫌悪した。

それでも自分に向き合わねばと手持ちの衣服や身の回りの品を具《つぶさ》に観察する。

上下ともにウルカの軍服風で、控えめながら装飾性もあり、刺繡《ししゅう》は緻密かつ精巧だ。袖ぐり、腰回り、足回りは戦闘向きの裁断と縫製で、蠟引《ろうび》きの糸が使用され、頑強さが優先されている。ディリヤの隠し持つ武器を装備するための仕立てで、武器の重さの分だけ服の軽量化が考えられていた。上等の布は、縦にも横にも融通が利き、裏地などの他人の目が触れない随所にまで配慮が行き届き、裏ボタンには緑色の宝石が用いられ、洒落《しゃれ》っ気もある。

誰が見ても分かる手の込んだ逸品だ。これ一着だけで財産になる。

「……どういう環境だ」

丸一日ぶりに声を発した。

自分はどこかの狼に囲われていたのかと勘ぐってしまう。

その服には、金色の細い繊維が無数に付着していた。獣毛だ。よくよく観察すると、三種類ほどある。

一種類目は、とろけた黄金色。絹糸のような手触りで、長さもあり、しっかりとした質感だ。二種類目は、毛先が苺色をした金色。黄金色よりも短く、細く、やわらかで、たんぽぽの綿毛のようだ。最後の一種類は、苺色よりももっと短く、色も淡い。まるで、生まれての動物の産毛のようだ。

それらは、服の繊維の間にも入り込んでいた。

服の表に鼻先を寄せると、香の薫り以外に、生き物の匂いが交じっていた。おそらく、三種類の毛の持ち主の匂いだ。九年間を失う前のディリヤは、これらの生き物と日常的に接していたに違いない。

あきらかに人間ではない。

だが、こんな色の獣は見たことがない。

黄金色ならば金狼族だ。あいつらは朝でも夜でもいつでも目立つバカげた色をしている。ディリヤが目醒めた場所も金狼族の縄張りだったから、金狼族の可能性が高い。

服に付いた毛を払い落とそうとしたものの、なぜか払い落とすのが惜しくて、手が止まった。

払い落とすのが惜しいと感じるなら、このままとっておけばいい。なにかの証拠になるかもしれないし、将来、自分を助けるかもしれない。

しかしながら、たかが獣毛に対してなぜここまで感情が入り乱れるのか……。

その結論は先延ばしにした。

服の表面を調べただけでこの疲労感だ。もうやめたかったが、いま着ている服に武器だけでも移し変える必要があり、我慢した。

帯革と軍靴は最初から身に着けていた物を流用した。それらにも武器を仕込んでいるし、身に馴染んだ小間物は使い勝手がよく、靴擦れなどの心配もない。

ただ、靴底だけは削った。履いていた軍靴は、靴底に滑り止め加工や特殊な細工が施されていたから、足跡から追われることを想定して削った。

残るは上衣の隠しだ。服の内側とはいえ目立つところに武器は入れないからと後回しにしていたが、掌で服を挟むように触れると、ごろりとした感触があった。

隠しの底に指先を潜《もぐ》り込ませると、冷たい塊《かたまり》に触れた。服をさかさまにして、指先でそれを引きずり出す。

「……っ」

大きな芋のような宝石が、ごろりと転《まろ》び出てきた。

ぎょっとした。

一見して分かる本物だ。ガラスや造り物ではない。

月明かりを受けて、キラキラとまばゆい。ディリヤの肌の色と馴染んで、まるで、服に付いていた黄金色とそっくりに輝いている。

その宝石に、雫《しずく》が落ちた。

ぽたり、ぽたり。もう二粒ほど落ちて、宝石の表面を伝い流れ、斜めに削り出された角でじわりと滲む。

「なん、っ……で」

なんで、涙が溢れる。

なんで、感情が涙に変わる。

頬の筋肉はちっとも動かないのに、体の内側のなにかが動いて、視界がゆるみ、表情がひとつも変わらない頬に涙が伝う。

唇が震え、溢れ出る感情のやり場に困る。

なぜだか知らないけれど、感じるままにこの感情を発露して、この唇で象って言葉にして訴えれば、胸の内側から湧き立つ衝動が正しく表現されることをディリヤの頭と体は覚えていて、いまも、それを実行しようとする。

この感情の名前を知っているはずなのに思い出せない。思い出せないということは、この感情を経験していて、知っているということ。

「おれ、は……なにして、生きてたんだ……っ」

いまの自分に向き合えば向き合うほど混乱する。

でも、次の瞬間にこう思う。

混乱しても、誰かが助けてくれるわけではない。

感情の発露を実行しても、意味がない。

それは徒労だ。

外に出す必要性がない。

ディリヤは現実から目を背けるように急いで目を瞑《つむ》り、宝石を掌で覆い隠して背嚢の奥深くに隠し、見なかったことにする。

この感情の揺れ動きは必要ない。

「忘れろ……、思い出すな」

まじないのように唱える。

感情が動けば、自分が死ぬ可能性が上がるだけだ。

自分が弱くなるための行動はしなくていい。

過去は捨ててしまえ。

必要ないことだから忘れたのだ。

それでいい。

忘れろ、忘れろ、忘れろ。

繰り返し言い聞かせる。

「……疲れた」

短期間に、いろいろなことが起こりすぎた。

怒涛の九年のその一端を垣間見たディリヤは体よりも精神面での疲労を覚え、背嚢を枕に横になった。

なんの覚悟もなく一度に感情を揺さぶられて、目を醒ましてからずっとディリヤを苛《さいな》んでいた頭痛が増した。

「……ん、ぅ」

寝返りを打つ。

眠る自分の手が、無意識に空を掻く。

なにかを手繰《たぐ》り寄せるような、探すような動作だが、その手はなにも得られず岩肌を掻いてしまう。

俺はなにを探したのだろう？　なにかと暮らしていた癖が染みついているのだろうか？　自分の寝床に大型犬でも入れていたのだろうか？　太陽が昇り切る前の薄暗い空の下、微睡《まどろ》みながら分析し、意識が覚醒するにつれ寒さと痛みを自覚し始める。

というよりも、寒さと痛みで目が覚めたのだと考えを改めた。古傷か、それとも最近の傷が原因か。頭も痛ければ、体の内側も痛い。冷えた岩場で休むのは慣れているはずなのに骨まで痛む。

「……っ！」

寝返りを打ち、手をついて体を斜めにして起き上がる。途端、下腹に激痛が走った。筋肉が強張り、痛みに身構えた衝撃でさらに鈍痛に襲われ、腹を抱えて蹲《うずくま》る。

風除けに使っていた背中側の岩に頭をぶつけるように凭れかかったまま、ずるずると地面に転がる。

息が詰まった。呼吸ができず、固まる。脂汗《あぶらあせ》と冷や汗が交互に吹き出て、寒いのか暑いのか分からない。

眉間に皺《しわ》を寄せて奥歯を噛みしめ、やり過ごす。

地面と同じ目線で横になったまま、太陽が大地を照らす頃まで耐えていると、ようやく痛みが引いてきた。

自分の体の様子を窺いながら、そっと、静かに腹を抱えていた手を動かしてみる。痛いような、痛くないような、慢性的な疼痛《とうつう》はあるが、激痛が襲ってくることはない。ゆっくりと時間をかけて、自分が動ける範囲を確かめながら体を起こす。

その場で服を捲り上げ、原因を探った。

見覚えのあるもの、ないもの、いつの負傷か忘れてしまったもの、ディリヤの体には無数の傷痕がある。

命にかかわらないかぎり気にも留めずにいたそれらのなかに、深刻なものがひとつあった。

記憶にない傷だ。臍《へそ》の下の、随分《ずいぶん》と奇妙な位置に、真横に長く裂けている。刀傷や刺傷ではなく、手入れされた鋭利な刃物で淀みなく腹を開かれている。

縫合は丁寧で、縫い目も細かく均一で、極力目立たないように配慮がなされていた。

予後もしっかりと手当てされたらしく、傷口が開いたり、悪化したり、爛れたり、化膿した形跡もない。癒着した皮膚の状態もきれいだ。この治療のために使用された薬も高価だったに違いない。皮膚の引き攣れも最小限で、随分と腕の立つ医者に診《み》てもらえたのだと分かる。

表面の状態から五年以上前のものだと推測するが、これが激痛の原因だ。これだけ金のかかる治療をされてもなお痕が残り、腹の奥が痛むのだから、内臓に達する深刻な負傷だったに違いない。

ウルカの領土を離れて五日、頭から水を浴びたりはしていたが、服を着替えた時は真夜中で急いでいたこともあり、自分の体を確認したり、肌着や帯革の下まで見る余裕がなかった。

そもそも、自分がここまで深手を負う状況が想像できない。死ぬ前に引くのが鉄則だ。無駄死にだと判断できる状況なら逃げる。

それでも逃げなかったということは、これほどの傷を負ってもなお得られるものがあったということだ。

自分が死ぬよりも、それを選んだということだ。

「…………」

ぐしゃりと前髪を鷲掴み、きつく目を閉じる。

自分の行動が信じられない。生きるか死ぬかの選択ならば記憶に残ってもいいはずなのに、ディリヤの内側は空っぽだ。空っぽであることが悪いことのように自分を責めてしまう。

「考えるな、動け」

ディリヤは考えることをやめて、出立の準備を始めた。

半日ほど進んだ。

道中、空き家もちらほら見かけたが、小さな村落には戦禍《せんか》が及んでおらず、特に農家は家や財産を捨ててまで動くほどではないと自宅に留まっている住民が多かった。

東へ進むほど秋の気配が残っていて、荒地にも緑が見える。日暮れ前に枝葉が生い茂る林を抜け、見晴らしの良い高台へ出ると、たったいま抜けたばかりの林のなかで野生の虎に襲われている集団がいた。

もっと東から逃げてきた者たちのようで、着の身着のままの女子供と老人が十人ほどだ。人間と金狼族が手に手を取りあって走っている。

あの林を根城《ねじろ》にする虎だろう。牙は鋭く、立派な体格だが、すこし痩せ気味だ。これから食料の乏しくなる冬に向けて栄養をつけようとしている、といったところだろうか。

人食い虎と戦っても得られるものはない。

ディリヤは見なかったことにした。

見なかったことにしたのに、気付けば手綱《たづな》を繰り、高台から一気に崖を駆け下り、林を突っ切り、虎と女子供の集団に割って入っていた。

馬上から短刀を投げて虎を牽制《けんせい》し、下馬すると同時に腰を低く構え、睨《にら》み合う。

槍か斧、長物があれば戦いやすいが、生憎《あいにく》、得物《えもの》がない。手持ちで対処するしかないが……。

対峙する虎が襲い来ることを承知のうえでディリヤは視線を外し、後退し、走った。

「女、借りるぞ」

逃げまどう集団の女の一人が刀を持っていた。

震える女の胸に抱かれた鞘《さや》から己の手へ、流れるように剣を引き抜く。

高く飛びかかってくる虎の腹の下に隠れるように半歩足を踏み込んで体を捻《ひね》り、刀を逆手に持ち、虎の顎《あご》下を刺す。

斬り込みが浅い。

「……重い」

ディリヤは舌を打つ。

想定ではもっと深く虎の肉を抉《えぐ》れていた。

だが、虎は着地するなりディリヤから距離をとり、じわじわと後ろ脚で後退し、猫に似た声で鳴いて、尻を見せて林の奥深くへ逃げていった。

突然の戦意喪失に、肩透かしを食らう。

「……女、返す」

ディリヤは己の服の裾で虎の血を拭い、尻餅をついた女が胸に抱く鞘に刀を納めて返す。

「お、おぉお夫のっ、夫の形見なのです……っ」

「なら、アンタの旦那に命をもらったと思え」

「はいっ」

女はぎゅっと胸に刀を抱きしめ、涙している。

「旅の御方、お助けくださりありがとうございます」

金狼族の老婆と人間の老爺の夫婦が、孫らしき娘に支えられてディリヤの前に立った。

背後には、赤子を抱いた女、若い娘、年端もいかぬ幼な子がいる。人間もいれば、金狼族の見た目の者もいて、耳と尻尾だけが狼の者もいる。

老夫婦の説明を聞くつもりはなかったが、立ち去るより先に、「一族で東から逃げて参りました。この林を抜けた先の、親族のいる村へ向かっています」と身の上話を聞かされた。

「あなた様はかなりの手練れとお見受けいたします。たいしたお礼はできませんが、私どもの手持ちの財産で、どうか村までの護衛をお願いできませんでしょうか」

「生憎、俺は急いで……」

「ふぇぇっ、ぇあぁ～……」

母親に手を引かれた狼の子が泣いた。

ディリヤは、その声にはっと顔を上げる。

あの高台で、無視しようと思っていたのに、馬首を巡らせ、虎の前に割って入った理由。

狼の子供の泣き声だ。

あの時も、小さな狼の子供の泣き声が聞こえた気がした。そう思った瞬間、手綱を引いていた。頭ではなく本能がディリヤを動かした。

いまもそうだ。

「村までだ」

断るつもりだったのに……。

子供の泣き声ひとつで、自分の下した合理的判断を自分自身で裏切っている。

「ありがとうございます」

老婆が深く頭を下げ、一族の女たちが身に着けている装身具を外し、老婆の手に置く。

女だけでなく、老爺や幼い子供たちも、お守りの佩《はい》玉《ぎょく》や小さな玉飾りを外し、それらをまとめて老婆がディリヤに差し出した。

「成功報酬でいい」

ディリヤはその手を老婆のほうへ押し戻す。

「ですが……」

「ここで報酬額の交渉に入るより、一刻も早くここを抜ける。目標は今夜中だ。……怪我した奴は？」

「逃げる際中に膝を擦りむいた程度です。皆、動けます」

「いちばん足の遅い奴は誰だ」

「私どもの末孫と、その孫の産んだ赤子です。お前たち、おいで」

老婆に促され、青白く痩せた女と、女の腕に抱かれた生まれたばかりのしわくちゃの赤子が前に出る。

大きな腹で自宅を出て、半月ほど前に生まれてしまったらしい。

「馬には乗れるか？」

「はい。……ですが、いまは……」

「手綱はこちらで預かる。一人で座って、馬に揺られることは？」

「歩くよりは……」

「赤子はアンタが抱いたままがいいか？」

「はい」

「触るぞ」

ディリヤは断りを入れ、赤子を抱く女ごと抱き上げて馬に乗せた。

「後ろの背嚢に背を預けたほうが楽ならそうしろ」

「このままで」

「では、出発する。徒歩の奴はできるだけ固まって歩け。守りやすい」

全員に声をかけ、移動を開始する。

腕に覚えのある者は集団の外側で警戒にあたり、子供や老人を内側に囲うようにして歩かせる。

金狼族がいるのは心強い。人間よりも優れた聴覚や嗅覚《きゅうかく》、索敵《さくてき》と警戒の能力がある。だからこそ、虎に襲われても素早く逃げおおせ、擦り傷程度で済んだのだろう。

やがて日が暮れ、月が昇った頃、林を抜けきった。背後から虎が尾《つ》いてくる気配はなく、林の先で待ち伏せているといったこともなかった。

野営地を決めて、食事の支度をする間、体力気力のある者が交代で見張りに立った。ディリヤは野営地を中心に周辺を哨戒《しょうかい》し、明日の経路を確認してから野営地へ戻った。

ほんの一日ほど前に通り過ぎた景色だ。ディリヤ単独時は悪路も気にせず進んだが、客は女子供に老人だ。道を選ぶ必要がある。

「問題ないか？」

野営地に戻ったディリヤが尋ねると、見張りに立っていた女が頷く。

「赤毛の御方……」

一族の長である金狼族の老婆が手招く。

隣にはつれあいの老爺がいて、膝に乗せた子供とこっくり舟を漕いでいる。

ディリヤがそちらに歩み寄ると、隣に座れと促された。

「話ならこのままで。メシは全員に行き渡ったか？見張りでまだの奴がいるなら交代する」

「あなたがまだですよ」

老婆は欠け茶碗によそった粥《かゆ》をディリヤに差し出す。どうやら、皆の分の食事からディリヤの分を残しておいてくれたらしい。

「ガキどもは？」

ディリヤは片膝をつき、粥を受け取る前にそれを確認する。

「皆、済ませました」

老婆が視線を流すと、腹を満たし終えた子供たちは焚火の傍で横になり、疲れ切った顔で眠っている。

「俺は……」

調理している場面を見ていない食事にはなにが入っているか分からない。他人の作った食事は口にしない。

善意をその言葉で断るのは憚《はばか》られたが、老爺の膝で眠っていた子供が匂いにつられてむくりと体を起こし、ごくりと喉を鳴らしたので、受け取った茶碗を右から左へその子供の手に握らせる。

「これっ」

「いい、食え。ほかのガキに見つかるなよ」

老婆は子供を叱ったが、ディリヤが許可すると瞬く間に粥を啜《すす》り始めた。

「……申し訳ありません」

「自分のメシくらいなんとでもできる。それに、その子供は粥を二杯食う働きをしている」

その子は、子供たちのなかでは最年長のようで、移動中はずっと荷を担ぎ、妹の手を引き、ほかの子供たちを慰め、元気づけ、年老いた者を気遣い、文句ひとつ言わずに歯を食いしばっていた。

「あなたは周りをよく見ていらっしゃる」

「それが仕事だ。働きに偏《かたよ》りが出ると集団行動に乱れが生じる。……だが、今回は運が良かったな」

「なぜです？」

「足の遅い子供や老人は格好の餌食《えじき》だ。にもかかわらず虎は追いかけてこず、一度も野犬の群れに遭遇しなかった」

「……あなた、もしかしてお気付きでない？」

「なにをだ？」

「私たちは、林に入る前も、林に入ってからも、ずっと、野生の獣に脅えながら移動していましたし、野犬の群れに襲われて川に逃げたこともあります」

「つまり？」

「あなたとともに行動し始めた途端、野犬や野獣が襲ってこなくなり、虎に至っては逃げてしまいました」

「…………」

「このあたりには、大鷲《おおわし》に似た夜行性の怪鳥が飛んでいます。それは、地を走る獣や、小さな子供くらいなら大きな嘴《くちばし》で捕らえて食べてしまいます。その鳥ですら、私たちの周りを飛ばなかった」

「なにが言いたい」

持って回った言い方をする老婆の真意を推し量ろうとすると、老婆は「ちょっと失礼……」と言うなり、すんすんと鼻先を動かす。

「……ああ、やっぱり。あなたには金狼族の匂いがついていています。それも、とてもとても強いオスの金狼族。その匂いに脅えて、野犬や野獣が寄ってこないんです。さっきの虎もそれで逃げたのでしょう」

「………」

「老いてぼやけた狼の鼻でも分かる強いオス狼の匂いです。争いごとに不向きな私でも尻尾が震えてしまいます。それだけしっかり匂いがついているのだから、あなたのつがいでしょう？」

「俺につがいはいない」

ディリヤが否定すると、老婆が目を丸くして驚く。

「ごめんなさい、立ち入ったことをお聞きしたかしら……。持ち物が上等で、赤毛も肌もつやつやとして、爪先まで手入れされているからてっきりご家庭をお持ちの方だと……」

「家族がいると？　それはない」

一蹴《いっしゅう》する。

この世で最もディリヤに不釣り合いな代物《しろもの》だ。

それに、持ち物は安物に取り換えている。

「帯革と靴が……」

「なるほど、そちらも周りをよく見ている」

「私も、そうして周りを見て一族を守るのが使命ですから」

ディリヤも、老婆も、どちらも生きることに命を懸《か》けている。

この老婆は、ディリヤが物取りか否かを見極めるために、衣服ではなく靴や帯革といった体に沿う必要のある物の使い込み具合や価値、身体的特徴から、荒《すさ》んだ生活をしていないと判断してディリヤに護衛を依頼したらしい。

「俺には狼の家族も家庭も親類縁者もいない。つがいもいない、……だが、俺からは狼の匂いがする。つまり、アンタたちは俺がどこかの狼に囲われていたとでも？」

「いや、ちがうでしょ」

内心の独白をディリヤが思わず声に出してしまうと、すぐさま焚火の傍にいた女が否定した。

続けざまに、女たちが口を開く。皆、話がしたくてたまらなかったらしい。

「あなた自身が裕福な身分の騎士候かなにかで、あなたのご伴侶が狼でしょう？」

「あなたの旦那様か奥様がお金持ちって場合もあるわね」

「あなたの刀捌《さば》き、軍人さんにそっくりだよ。短刀の戦い方は泥臭いのにね」

「狼の国のお仕事かなにかでこっちのほうに来たんじゃないの？」

「でも、名乗れないし、身分も明かせないだけでしょ？」

「あなた、喋《しゃべ》り方はぶっきらぼうだけど、ならず者や傭兵なんかと違って立ち居振る舞いがずっと洗練されていて美しいもの」

それまで黙って見張りに立っていた女たちからも、矢継ぎ早に突っ込まれる。

口々に指摘する女たちに口を挟む隙もなく、ディリヤはたじろぐ。

「お前さんのつがいは傍にいないのかい？　はぐれたのかい？」

女たちの声で目を覚ました老爺が、迷子の子供に尋ねるようにディリヤに問いかけた。

「傍にいたこともないし、はぐれてもいない」

ディリヤは短く答え、立ち上がると、女の一人と見張りを交代した。

自分の知らない自分を指摘され、胸の内側が氷のように冷えた。その冷たさがそのまま痛みになった気がして、狼狽《ろうばい》を悟られる前にその場から逃げる。

女たちはディリヤよりもずっとディリヤを観察している。ディリヤの失った九年間が確実に存在していることを突きつけられる。

ディリヤを取り巻く目に見えない存在。

ここまでの道中、ディリヤが一度も野犬や野獣に襲われずに済んだのがその存在の影響で、目に見えないなにかの庇護下に置かれているのだとしたら……。

気味が悪い。

他者の強さに威《い》を借りているような気分で不愉快だ。

勝手に俺を守るな、恩着せがましい、俺は認めていない。そんな反発心が沸き立つ。

合理的判断のもと、「それは幸運だ、匂いが消えるまでせいぜいこの威光を使い果たしてやる」と手放しに喜べないのは、匂いがつくほど自分に接近した他者がいて、それを許していた自分が信じられないからだ。

ましてや、つがいだ。

つがいだと言われた。

そんな存在、絶対に認められない。

つがうということは、匂いがつくほど自分の傍に他人が四六時中存在するということだ。自分のなにもかもすべてを知られるということだ。

絶対にいやだ。

この俺が誰かとつがうだなんてあり得ない。記憶がないとはいえ、そんな俺はいまの俺が認めない。

もし、つがったことが原因で、記憶を失うという結果に至ったのだとしたら、それこそディリヤは愚かな選択をしたということになる。

ディリヤは、九年間の自分自身の無責任な行動に苛立った。


翌朝、日の出とともにディリヤたち一行は出立した。

足の遅い者たちとの行程は、大なり小なり問題が発生したが、おおむね想定内に村へ送り届けられた。

村にはまだ食料が豊富にあった。

村で暮らす親族たちも涙して一行を出迎えた。

これから、彼らは準備を整えてさらに西へ逃げるらしい。村には若い男や腕の立つ者が残っていて、道中の移動も頼り甲斐《がい》がある。ディリヤは、ここから西へ向かう最も安全な経路を伝えて東へ向かう旅へ戻った。


どうやら俺は狼の威を借りているらしい。

ディリヤは試しに同じ林に入ってみたが、虎はおろか野犬も出てこなかった。

あの虎が出てきたら、殺して皮を剝いで人食い虎の毛皮だと高値で売るのに……。

そんな暢気《のんき》なことを考えられるほど安全に林を抜け、半日ほど進み、浅瀬を選んで渡河し、さらに二日ほどかけて森を進み、再び河川沿いに出た。

夕暮れ前に、夕飯用の兎を一羽仕留めた。

森へ入ってすぐに作った弓矢が役に立った。

兎を馬の背に吊るし、川へ向けて馬の手綱を引く。

鹿でもよかったが、食い切れる量ではないし、処理にも時間がかかるから兎で我慢だ。

「仔鹿肉のパイ包み、知ってるか？　一口大で、子供の口に入る小ささで作るやつだ。作んのめんどくせぇけど、黒すぐりのタレで食うと美味い。腸詰肉や鮭や貝、半熟卵に燻製《くんせい》肉とチーズ、松の実とほうれん草なんかを入れても美味い」

馬に話しかける。

話しかけてから、自分の独り言に口端を歪めた。

そんな料理は食べたことがないのに、知っている。

油断するといつもこうだ。

ふとした瞬間、何気ない生活のなかで脳味噌が思い出す。いまは兎肉の調理について考えていたから、料理についての経験が連鎖的に言葉になって出てきてしまったらしい。

「………」

ディリヤは手慰みに、ズボンのポケットに入れていた石を取り出し、硬貨を指先で弾くように高く放り上げ、掌で摑む。

最初に着ていた豪勢な服に入っていた石の一つだ。

ごろりと大きな芋のような宝石と同じく、この石もまた服の隠しの底に入っていた。最初に衣服を検めた時は、大きな宝石だけで気持ちがいっぱいになって背嚢の底に服ごと突っ込んでしまったが、先般、荷物を整頓する際に服を取り出した時、同じ隠しからこれを見つけた。

記憶にない石だ。安物の半貴石だが、桁違いの値段の宝石と同じ場所に入れていたということは、なにかしら意味があるのだろう。

この半貴石は手慰みに丁度良く、すぐ取り出せる場所に入れては眺めていた。

休息時や、眠る前、ちょっとした時の気分転換だ。

「…………」

ディリヤはその石を太陽にかざす。

ちょうど、眩《まぶ》しい夕焼けが雲を黄金色に染め、雲間からは幾筋もの光の梯子《はしご》が下り、キラキラと輝いている。その光がディリヤの手の石のなかで反射して、内包する異物が煌《きら》めき、微細な空洞が星屑のように瞬く。

なぜそうしたのかは分からない。そんな抒情的な行動をする性格ではないのに、夕焼け空を見かけたら、そうせずにはいられなかった。

懐かしくて、さみしくて、きれいで、目が離せなくて……。

涙が溢れそうになる。

それが分かっているのに、この行動をやめられない。もう何度目かすら数えていないそれをしてしまう。

馬鹿だ。

息をするのと同じように、自分では止められない。すべてに、なにかを見出してしまう。

本能が求めるかのように探してしまう。

朝焼けにかざした石は、夜に光る獣の瞳に似ていると感じる。真昼の陽光に反射した川面がキラキラと波打つ美しさは毛皮の色。雲間に隠れた月の光は、鬣《たてがみ》や尻尾の先のふわりとしたやわらかさ。衣服に縫い付けられた宝石ボタンの緑色が、それらの黄金に映《は》えて、とてもよく似合う。

物言わぬ天体や物体のくせに、訴えかけてくるものがある。

主張が強い。

鬱陶しい。

きっと、この煩《わずら》わしさの積み重ねが忘れた記憶に繋がるきっかけになるのだろう。

なにも思い出さなくていい気もする。

でも、思い出すための行為をやめられない。

ディリヤは物思いを止め、太陽のあるうちに川沿いでの野営を決めた。

初冬の水辺は冷えるが、飲料水を確保できる。周辺には、大人の背丈ほどもある岩が乱立し、風避けにもなり、万が一、奇襲を受けた際は背後を守れる。

日があるうちに馬を降りたのは、水浴びをするためだ。もし、自分が金狼族から逃げているならば、水に入ったほうが多少は匂いを消せる。

水浴びの前に火を熾《おこ》し、兎の毛皮を剥いで内臓を洗い、枝を削いで作った串に刺し、遠火に当てて焼いておく。

その間に、上半身だけ裸になり、靴のまま水に浸かった。

深い川だが、流れはゆるやかだ。とはいえ、川は急に流れが変わるし、足の怪我も多い。

「……この注意事項、誰かに教えた気がするな」

口中で呟き、浅瀬で頭を洗い、首の後ろを洗い、ふと、うなじに触れた瞬間、指を止めた。

皮膚が引き攣れた感触があった。指の腹で撫で辿り、確かめる。歯型だ。人間よりもずっと大きな口の持ち主で、歯先は鋭く、まるで牙だ。本数や犬歯の形状から狼獣人のものだと判じる。

「狼に、……食われかけた？」

俺は捕食対象だったのだろうか？

うなじだけでなく、体のそこかしこにうっすらと狼の痕跡が見てとれた。どれも牙の食い込みは浅く、噛まれた場所や角度も様々だ。二の腕の裏側や肩口、脇腹、川から出てズボンの水を絞った際に、太腿の内側や脹脛《ふくらはぎ》にも歯形を見つけた。

ディリヤから見えるところ、見えないところ。明るい空の下でじっくり観察すればするほど星の数ほど発見できて、「なんだこれ、……狼の縄張り主張か？　勝手に俺の体で主張すんなよクソが」と腹を立てた。

腰骨や足首には指の形らしき鬱血《うっけつ》痕がわずかに見てとれる。指の一本一本が人間よりもずっと太くて大きいから、それが指の痕だと気付かなかったのだ。

九年後のディリヤは、随分ときわどい部位に他人が触れることを許していた。

やはり、狼の囲われ者をしていたのだろうか？　もしかして、いたぶられる立場だったのだろうか？　それとも、そういう商売でもしていたのだろうか？

金持ちの金狼族に接近して、油断させるために愛人のフリをしていたという可能性もある。

虎から守った者たちに指摘されたように、金狼族に媚《こ》びを売る必要があって、見た目を整えていたのかもしれない。仕事の都合で高貴な身分に成りすましていたのかもしれない。

俺もそんな面倒な仕事ができるくらい達観したのだろうか？　単に断れない仕事だったのだろうか？

腹の傷や戦傷が原因で商売替えした可能性もある。

認めたくはないが、いまの自分は十六歳の自分の感覚よりも体が重く、動きも悪かった。些細なことの積み重ねだが、なにかにつけ思いどおりにならない自分に歯痒さが募る。

なにを考えても、どんな自問自答をしても、ひとつとして答えが導き出せぬことに自嘲《じちょう》した。


兎肉に火が通るのを待つ間に服を乾かし、靴を脱いでさかさまにして水を切り、足を洗って焚火で乾かす。

荷物整理は食後に回し、先に、肉を捌いた短刀を手入れした。冬の太陽にしては暖かく、大気が乾燥していることもあり、手入れを終える頃に服が乾いた。

「……？」

馬の嘶《いなな》きが聞こえた。

ディリヤの馬はおとなしく水辺に佇み、喉を潤している。

ディリヤは裸足で岩を駆け上がり、物陰から様子を窺う。

馬の嘶きと馬蹄《ばてい》が地を蹴る独特の音がディリヤの耳を打つが、姿形を捕捉できない。ぎゅっと目を眇《すが》め、遠景に焦点を絞る。

北の方角から走りくる一頭の馬が確認できた。混乱しているのか、馬首がふらつき、暴れ馬の進む方向が定まっていない。

馬には鞍《くら》がかかっているが、人の姿はない。だが、見る角度を変えると、いまにも落馬しそうな子供の姿が見えた。

ディリヤは駆け出し、馬体にしがみつく子供の服を片手で摑んで支え、子供を抱えるように暴れ馬に飛び乗り、手綱をとる。

「動くな」

よく見ると、子供の懐には、もっと小さな子供が抱えられていた。

ディリヤは二人にそう言い聞かせ、両足と手綱を駆使して馬を落ち着かせる。馬の興奮度合いを見ながら調整し、常歩《なみあし》になるまでぐるりと平原を進み、野営地の川べりまでゆっくりと移動した。

馬を停止させたディリヤは首もとを撫でてより落ち着かせ、鬣や尻尾、脚運び、息遣い、瞳や口元を観察して、穏やかさを取り戻したことを確認してから、二人の子供を抱えて下馬した。

「……む、虫に……馬が虫に驚いて……っ」

「そうか」

子供たちを焚火の傍に座らせ、馬を水辺に誘導し、水を飲ませる。

相性があるので、ディリヤの馬とはすこし距離をとったが、ケンカをする気配はなさそうだ。

ディリヤが焚火に戻ると、二人の子供は馬から降ろした時の姿勢のまま座りこんでいた。年嵩《としかさ》の子供は幼い子を懐に抱え、じっとディリヤを観察している。

片方は十二歳前後、もう片方は五つか六つほどに見える。黒目黒髪で、象牙《ぞうげ》色の肌、薄汚れ、青白い顔をしているが、飢えた子供のそれではない。着物は仕立てが良く、東側の貴族か王族、権力者の息子のようだ。袖口から覗く手や爪は、水仕事など知らぬかのように荒れておらず、傷ひとつない。造作の似た容貌からして、二人は血縁者だろう。

「あ、……っ」

年嵩のほうが礼を述べようとしたが、震えて呂律《ろれつ》が回らないらしく、唇を噛み、頭を下げる。

「礼はいらない。先に確認だけする。誰かに追われたり、襲われてるんじゃないな？　首を縦か横にしろ」

ディリヤの問いに、年嵩のほうが首を横にする。

「分かった。まずは白湯でも飲め。熱いぞ。茶碗は一つしかないから、二人で使え。話すのは落ち着いてからでいい」

ディリヤは焚火で沸かしていた湯を茶碗に注ぎ、年嵩のほうに握らせる。

　年嵩のほうは、湯気の立つそれに息を吹きかけて冷ますと、まず年下に飲ませた。年下のほうがこくこくと喉を鳴らしてすべて飲み干してもまだ下の子の背を撫で続けている。

　火から遠ざけた湯をディリヤが茶碗に注ぐと、年嵩のほうは下の子にもうすこし飲ませてから、ようやく自分の喉を潤した。

「遠慮すんな。水はいくらでもある」

　川に視線を流し、おかわりを申し訳なさそうにする年嵩のほうに伝え、三度目の白湯を注ぐ。

「南へ向かう道中で、供《とも》の者とはぐれました」

　時間をかけて落ち着きを取り戻し、年嵩のほうがようやく言葉を発した。

「戦火から逃れてきたのか？」

「は、……いえ。私と、これは弟なのですが、……私たちの暮らすあたりはまだ平和で、……その……」

「それぞれ事情がある。無理に話す必要はない」

　ディリヤからそう申し出ると、言いよどむ兄のほうはあからさまにほっとした表情が出た。嘘をつけない性根のようだ。

「供とはぐれたと言ってたな」

「はい。はぐれた時は、この川に架かる橋の手前で合流と約束しましたが、待てども誰も来ず……」

「橋はもうすこし東のほうか？」

「はい。ですが、三日経っても合流できなかったので先へ進むことにして川沿いを移動していた時に、馬が虫に驚いて……」

　真剣な顔の兄の話を遮るように、ぐぅぅうと腹が鳴った。黙って兄にしがみついていた弟と兄、両方の腹からだ。

「はぐれて三日か。……メシは？」

　皆まで訊《き》かずとも、弟の視線が焚火の前の兎肉に釘付けになっている。

　この兄弟を助けるうちに、すこし火が通りすぎてしまったが、ディリヤは串に刺したまま兎肉の表面を削ぎ、内側のやわらかい肉を先ほどの茶碗に盛り、塩を振って差し出す。

「一度に大量に食うな。一切れにしろ。すこしずつ、たくさん噛め」

その間に、湯を沸かしていた鍋で、干し貝柱と乾燥野菜で出汁《だし》をとり、糒《ほしいい》で粥を炊《た》く。予定外の献立に調理手順が変わってしまったが、兄弟ともに空腹を我慢できると言うので、時間をかけてやわらかく粥を炊く。

旅の間、箸や匙のいる食事を作る予定がなく、必要ならば短刀で食えばいいと考え、小鍋と茶碗しか旅支度に組み込まなかったが、兄弟は食器が足りないことに文句ひとつ言わず、それどころか、「あなたの食事をいただくわけには……」と遠慮した。

ディリヤはそれを無視して、空腹で目を回しそうな弟が死ぬぞと脅して食事を食べさせた。

「にいさま、このおやさい、ちいさくて、たべられる」

「えらいな」

兄が弟を褒める。

茶碗の粥を、二人がすこしずつ啜る。

「ちいさいと、ぼくもたべられます。うちの料理人は、どうしてこんなふうにちいさくしてくれないの？」

「料理には美しさも必要なんだよ。私たちの食べ物は私たちのためだけに作られているわけではないのだから」

「…………」

兄弟の会話を聞くとはなしに耳を傾けていると、ふとディリヤは自分の作った料理に目がいく。

手癖で食事を作ったが、野菜や肉の切り方が随分と小さかった。まるで小鳥の餌だ。これでは、老人か子供用だ。だからこそ、この弟のほうも苦手な野菜を食べられたのだろうが……。

「あの、申し遅れました。私たちは……」

「名乗るな」

腹がくちて冷静になったのか、兄のほうが礼儀を欠いたと頭を下げて名乗り始めたので、ディリヤはそれを制した。

「なぜです」

「見ず知らずの他人を信用するな。あとで恩を笠に着てお前らを利用するぞ」

「本当に利用する者はそのようなことを言いません」

「かもな。だが、俺はお前らと同じ火の粉をかぶりたくない。お前らのことはなにも知らないでいる。お前らも俺のことをなにも知らない。それでいい」

「……分かりました。すみません、ありがとうございます」

「食え」

空になった茶碗に小鍋から粥を注ぐ。

「はい」

「……それで、お前らはこれからどうする」

「ご迷惑でなければ今夜はここで休ませていただけますか？　明日、日の出とともに川沿いに南へ下ります」

「アテは？」

「母の実家があります。三日か、四日ほど南下すれば、そこに一族と父の部下が集まり……」

「分かった、喋るな」

この子供は、何事も真面目すぎる。話すべきでないことまで話してしまうのは不安ゆえだろう。良家の出身であることに間違いはないが、厄介な立場かもしれない。

東側は、国家間の戦だけでなく、親族同士の内輪揉めや帝位争い、王位簒奪《さんだつ》の内乱なども頻発している。この兄弟もそういったことに巻き込まれたに違いない。

「南だったな」

「はい」

「送っていく」

「それはいけません。私たちは金子も持ち合わせていませんし、お返しできるものがない。母の実家にもアテがない。拝察するに、あなたは旅の御方だ。それも、このあたりの方ではない。なら、余計なことにかかわってご迷惑をかけることは……」

「本当にな……」

「はい。私たちにかかわってはいけません。こうして助けてくださっただけでも……」

「だが、俺は俺が決めたとおりにする。お前らの意見は関係ない」

「…………」

「寝ろ。夜明けとともに出るぞ」

ディリヤは子供たちの尻の下に敷いていた敷物を広

げて寝床を整え、強引に寝転ばせ、上掛け布団の代わりに外套を掛けた。

兄のほうは、弟を守るためにか、興奮のせいか、ディリヤを信じたいけれども完璧に信じていいのか分からない……といった警戒心で寝付けずにいたが、疲労と睡魔には勝てず、気を失うように眠ってしまった。

それを見届けてから、ディリヤは荷物の整頓と明日の食事の下準備を始め、焚火の番をしながら仮眠をとった。

懐かしかった。

この行き当たりばったりの感じ。

十二歳で出稼ぎに出て、方々の街へ立ち寄っては仕事を引き受けた。子供の頃は大した仕事が回ってこなくて、すぐに軍属になったが、旅の道中や軍の移動中にも個人的に仕事を受けたり、公的な配達手段を利用できない手紙の配達を依頼されたり、わりと自由に、それでいて臨機応変に、様々な仕事をこなした。

その場その場で生き方を変えて、方向転換した。なんのしがらみもなく、変わり身の早さだけはあったから、自分が生きていける道を選んだ。

長じて、狼狩りに配属されてからは命令こそ与えられたが、狼狩りの本質は自由そのもので、命令さえ完遂すればどういう手段をとっても咎められることはなかった。

いま、その感覚に近いものを感じている。

なにもかも計画立てて、綿密に計算して、最悪の状況を想定して対応策を練り、行動する。それは当然だが、自分一人だと自由に動くことができる。失敗も失策も心配事もなにもかも自分独りなら巻き返せるし、自分のケツは自分で拭けばいい。

生きてさえいればどうとでもなる。

自由に動ける。

その感覚が懐かしい。

この人生、窮屈だったことなんてないはずなのに、いま、身軽だと感じていた。

朝、子供たちが目を覚ます前に川で魚をとり、初めに立ち寄った町で仕入れていた塩と、森で採った野草や香草、薬草、木の実で朝食を作った。

本格的な冬に入る前で助かった。いまの時期は森が豊かで、食料に事欠かない。

「……っ」

立ち上がった拍子に視界がぐらつき、岩肌に手をついた。

時折、こんなふうに足もとが揺らいで、視界がぐらつく。立っているよりはとその場に座りこむが、それでもまだ船酔いをしている感覚が続く。

「クソっ……」

悪態をつく。

目を細め、瞳孔を絞る。薄暮や薄明の時間帯は視界が悪い。かといって、真昼や満月の夜によく見えるということもない。世界というのは、もっとくっきり鮮明に見えていた気がするが、そうでもない気もする。

九年は大きい。加齢とともに視力も落ちたのだろうか？　昨日、兎一匹を捕らえる時でさえ、矢を放つまでに時間を要して、一度は仕損じた。

満天の星空も、星のひとつひとつが二重三重にぶれたまま重ならず、大きな月も幾重にも重なって見える。意識して世の中を見ていると、時間帯にかかわらず、常に世界のすべてが薄暗く見えている気がする。

「ふ、ぁ……」

睡眠が足りないことはないはずだが、ひとりでに生欠伸《あくび》が漏れ出て、噛み殺す。

ぼんやりした頭を醒ますために、冷たい川の水で顔を洗い、目を覚ました兄弟が食事をする間に出立の準備を整え、南へ向かった。

その日の夜は、幸いにも古びたあばら家を見つけることができ、屋根の下で休めた。

ディリヤも、ウルカを出て半月ほど経って初めての屋根の下で、兄弟も屋根があることを喜んだ。

「なにしてるの？」

食後、囲炉裏《いろり》の灰を掻いていると、弟のほうがディリヤの隣にちょこんと座った。

この日になって初めて、弟が兄の傍を離れた。兄のほうは、すこしほっとしたような、「恩人に失礼のないように……」と言いたげな視線で土間に立ち、弟の上着の汚れを落としている。

「明日の楽しみだ」

ディリヤはそう答え、熱を持つ灰の下に埋めたものを覆い隠す。

「なに書いてるの？」

「………」

次いでそう問われ、ディリヤは手を止めた。

特になにか書くつもりはなかったが、灰掻き棒で囲炉裏の隅になにか書こうとしている自分がいて、自分でも首を傾げる。

自分がなにを書こうとしたのか分からない。

「にいさま、わかる？」

「それは、ウルカのほうの文字でユという字に似ていますね」

弟に問われた兄が囲炉裏を見やる。

「にいさまはとっても賢いんだ！」

まるで自分のことのように弟が笑う。

寒いのか、頬が林檎のように真っ赤だ。

「おい」

ディリヤは弟の首の裏に手を添えた。

額と頬にも触れ、熱の有無を探る。

「なぁに？」

「熱がある」

「なっ……」

ディリヤの言葉で兄が慌てて弟に駆け寄った。

「メシ食って安心して熱が上がっただけだろ。おい、こいつは生まれつき特別な病を持ってるとか、お前らの暮らしてた地域で流行病《はやりやまい》はあったか？」

「いえ。特には……」

「薬品類でひきつけを起こしたことは？」

「私の知るかぎりありません。生まれてから健康そのもので……」

「なら、過労か、知恵熱か、子供特有のもんか……」

ディリヤは自分の荷を漁《あさ》り、薬袋を取り出す。

記憶がないまま目を醒ました時に自分の傍にあった薬品類だ。雑なイェヒテの調合だが、素材は悪くない。

「飲め」

粉薬をごく少量のみ白湯に溶き、飲ませる。

苦味の強いそれを弟はいやがったが、薬を飲んだあとに砂糖を舐めさせるとご機嫌に戻った。

解熱鎮痛剤だ。

今朝、馬に乗せる時に抱き上げたから、大体の体重が分かっていたので、薬の量は調整できた。

「すこししたら眠くなってくる。寝ろ。上のほうのお前も寝ろ」

埋火《うずみび》の傍で、三人で固まって眠る。

胡坐《あぐら》を掻いた膝に弟を乗せて腕に抱き、兄にはもう片方の膝を貸して枕にさせる。

「……あの、失礼ですが、あなたには、ご兄弟かお子様がいらっしゃるのですか？」

「あぁ？　なんでだよ」

「うちのねえやよりもずっと弟の扱いがお上手です」

「まさか、俺に子供がいるわけがない」

「ご家族は？」

「いない。それよりア……」

自分の上着を兄のほうに掛けようとして、ディリヤは手を止めた。

「……はい、あの……ア、なんでしょう？」

「なんでもない。暖かくしろ。お前まで熱を出されたら面倒だ」

上着を兄の首もとまで着せ掛けた。

兄は弟が気になるらしく、眠気と戦いながらも時折目を覚ますので、「俺が見てる」と言えば、眠った。

ディリヤの太腿を枕にして丸まって眠るふたつの小さなぬくもりが、なぜか懐かしい。

そう、懐かしい。

また、新しい感覚だ。

ディリヤは、兄弟の服のほつれを簡単に直してやりながら、その衣嚢《いのう》にひとつふたつ細工をした。

「もしかして、一晩中眠らずに弟を看病してくださったのですか？」

　翌朝、兄が目を覚ますなり問うてきた。

「…………」

「私たちが寝床を占領したせいで、一昨日の夜も満足に寝てらっしゃらないのではありませんか？　昨夜もずっと膝に弟を抱いてくださって、……一体なんとお詫びすればよいか……」

　面倒でディリヤが答えずにいると、兄のほうが続けて、「私が眠ってしまったから……。あなたの膝を枕にしてしまって、……しかも、火の番もせず、上着まで借りて布団にしてしまって……」と深刻な表情で詫び始めた。

「お前、うるせぇな」

「……………す、すみません」

「弟を膝に乗せたのは、固い床だと冷えるからそうしただけだ。おい、小さいほう、こっち向け」

「はぁい」

「熱は下がってるな。今日はおとなしくしてろ、馬の上で歌うのもナシだ。喉を見せろ、腫れてないな？　体の節々は痛むか？」

「いたくない！」

「よし。よく寝た褒美だ」

　灰の下に埋めて蒸し焼きにした栗を剝《む》き、小さな口に放り込む。

「くり！　あまい！　にいさま、あまい！」

「よかったね、……んっ、む！」

「今日の移動中は、それ食って暇潰しておとなしくしてろ」

　ご機嫌の弟の頭を撫でる兄の口にも栗を放り込み、袋に詰めた栗を兄に持たせた。


　南へ下って五日目、目的地へ到着した。

　兄の頭にしっかりとした地図があったこともあり、迷うことのない順調な旅路だった。

　兄弟の母親の実家は、たったいま下ってきた川の流域一帯と辺境地を守護する一族らしい。築山《つきやま》と櫓《やぐら》で囲まれていて、家というより城塞だった。

「若様！」

物見櫓からディリヤたちの姿が見えたのだろう。

城門が開かれ、武装した武人たちが数騎、手には武器を携え、馬を降り、兄弟を迎えに来た。

「供の者たちとはぐれた。東の橋の向こうだ。怪我をしているやもしれぬ。探してくれ」

城門の手前で馬を降り、走り出した兄弟は、まず、家臣たちにはぐれた供のことを伝えた。

「若様、二の若様、お怪我はございませぬか？」

「ない。だが、弟は一度熱を出した。医者に診せてやってくれ。……逃げる算段は？」

「ついてございます」

「母上はご息災《そくさい》か？」

「あちらに……」

「母上！」

城門の奥から、たおやかな夫人が姿を見せる。その手には扇子《せんす》や手巾ではなく弓矢を携えていた。

おそらく、ディリヤへの牽制だ。敵か味方か判断がつかないからこその行動だろう。なかなかに強《したた》かな母御だ。

「…………」

すこし距離をとった場所からディリヤが見守っていると、泣いて喜ぶ家中の者に兄弟が囲まれ、母からの抱擁《ほうよう》を受けていた。

兄が「あちらの御仁に助けていただいた……」と振り返った時にはもうディリヤはその場を離れていた。

感謝されるのは性に合わない。送り届けて歓迎される姿を見届ければ、役目は終わりだ。

おそらく、この城塞の者たちは、なんらかの理由で落ち延びてここに集まっている。見るかぎり、あまり恵まれた状況ではない。求めずとも礼は払われるだろうが、彼らは彼らの未来のためにすこしでも蓄えを残しておきたいはずだ。

ここのところ、こんなことばかりだ。子供の泣き声や困った様子を見捨てられず、金にならないことばかりして、善人にでもなったつもりだろうか……。

ディリヤは城塞を見下ろす高台まで休むことなく馬

を駆り、東へ抜ける最短経路を探った。

馬首を巡らし、東への行路へ戻る。

「お待ちくだされ！」

高台の下から声をかける武人がいた。

眼下に視線を下ろし、目を眇《すが》めると、かろうじて、兄の姿を見つけることができた。

「赤毛の御方！」

兄のほうは、手綱を握っていた片手を離し、天に掲げた。その手には、大きな芋ほどの宝石が、とろけた黄金の輝きを放っている。

ディリヤが持っていた宝石だ。

すべて、手放すことにした。

子供たちの衣嚢にすべて縫い付けてしまった。

あれだけあれば軍資金になる。武器を買うにも、腹を満たすにも、家臣を養うにも、先立つものが必要だ。

あの兄弟は、これからきっとディリヤよりもずっと過酷な環境に身を置き、戦う。

命を懸ける者への餞《はなむけ》だ。

もし、戦って死ぬのではなく、あの城塞を捨て、一族の再興を胸に抱き、皆で逃げて生き延びることを優先するならば、やはり、あの宝石が彼らを生かす。

生きてさえいれば、どうとでもできる。

生きているうちに精一杯生きればいい。

「赤毛の御方！　いずれ！　いずれ必ず！　沈《ちん》家と、沈家の陽昇《ようしょう》が長子祝顗《しゅくけん》があなた様のご恩に報います！」

大声で名乗り上げ、拱手《きょうしゅ》して頭を下げる。

家臣らも当たり前のようにディリヤに頭を下げる。

「……名乗るなって言ったのに……あのバカ……」

ディリヤは片手をあげ、その場を去るに留めた。

恩など返さなくていい。

余計な荷物を背負って生きる必要はない。

身軽に、決して後ろを振り返らず、前だけ見て進めばいい。

「なんでそう思うんだろうな……」

人生の教訓なんて得た記憶はない。

一家言《いっかげん》あった記憶もない。

誰かからそんなふうに言い含められた記憶もない。

でも、そのほうがいいと思う自分がいる。

ディリヤは、自分の服の隠しにしまいこんでいた石を取り出す。

軍服の緑色の宝石など、金になりそうな宝石はぜんぶ渡したが、ただ、なぜか、安物の半貴石ひとつだけは手放しがたかった。金にもならない屑石だ。それだけは持っていても邪魔にならない気がしたので、手もとに置いた。


祝顕は、いつまでもディリヤの背を見送っていた。

「実に、……実に美しい御仁《ごじん》でしたな」

「背筋の伸びた後ろ姿の立派なことよ」

「若様も見惚れておられる」

「あの方は、若様の初恋泥棒ですなぁ……」

「お前たち、軽口を言っている場合か！」

祝顕は頬を朱に染め、手綱を握り、家臣に背を向けて馬を駆った。

ほんの数日ばかり行動を共にしただけではあったが、その数日はまるで夢のようであった。

祝顕は、夜は眠らねば……、休まねば……と思うのに、幾度も目を覚ましては、あの赤毛の佳人を見つめてしまった。

焚火に照らされた美しい横顔。すっと通った鼻筋と、薄い唇。真珠のごとき白皙の肌。物憂げで、伏し目がちな赤い瞳は不思議な風合いで、太陽の傾きや月の陰りにあわせて色を変えた。髪の色も同じで、不躾《ぶしつけ》にも、それに触れたいと想うあまり指先がひとりでに動いてしまい、ぎゅっと拳《こぶし》を握った。

「弟が心配でも寝ろ」

終《つい》ぞ名乗ることのなかったその人は、祝顕が弟を心配して起きてしまうのだと優しい勘違いをしてくれて、そんな言葉をかけてくれた。

確かに弟のことは心配だったが、同時に、一度も寝顔を見ることのなかったあの人のことも心配だった。

「私は、あの方のように立派な男になるぞ」

祝顕は、赤毛の佳人の美しい横顔を心の支えに、これからの困難に立ち向かった。

第三章

　ユドハと子供たちは、与都への旅を満了し、ウルカの王都ヒラへ帰ってきていた。

「旅行、たのしかったねぇ」

　体に布を巻いて筒状になったアシュが、ころころ床を転がる。

　与都の都督《ととく》である頁家《ようけ》が持たせてくれた土産のひとつだ。やわらかな羊毛の織物で、ちょうど、狼の子供が寝そべって遊んだり、昼寝ができる広さになっている。

「金狼族は、大人も子供も巣作りをなさると聞きます。お気に召すかは分かりませんが、巣材にどうぞ」

　頁家の隠居である頁蛍君《ようけいくん》がアシュのために上等の織物を出してくれた。

　双子のララとジジの分もある。

　アシュは、それを敷いて巣材にするのではなく、床に広げた布の端に寝転び、敷物の端を摑んで自分ごとくるくる巻きつけて、筒のてっぺんにもっちりした頬肉を乗せるように顔を出し、全身で織物の気持ち良さを堪能していた。

「楽しかったのぅ」

　ころころ転げるアシュに目を細め、コウランが茶を啜る。

　同じく、旅から帰ってきたコウランは、長旅で体調を崩すこともなく日常に戻っている。

　帰宅後は、トリウィア宮の離れではなく、ユドハやディリヤ、子供たちが生活する本宅で生活していた。

「ディリヤがおしごとから帰ってくるまで、おじいちゃんせんせぇはアシュといっしょに暮らすんでしょ？」

「さようじゃ」

「どうしてずっといっしょじゃないの？」

「儂は大年寄りじゃからのぅ……。若いもんらとは生活の時間が違っておっての。食べ物も、行動範囲も、もうちょっとぎゅっと小さく詰まっとる離れのほうが暮らしやすいんじゃよ」

「ふぅん」

アシュはころころ転がった先のコウランの膝に顎を乗せ、耳をぺしょんと寝かせる。その仕種《しぐさ》が頭を撫でてもらいたい合図だと察したコウランは、骨ばった長い指でわしわしと撫でた。

アシュにはふんわりとした理由を説明したが、やはり、寄る年波には勝てず、ふとしたことで疲れを感じ、横になったり、睡眠中でも、ちょっとした物音や子供の声で覚醒したりすることが多い。

医者は「お元気ですよ、ご年齢を考えれば……、夜更かしを含め、不規則な生活を控えてくださるとうれしゅうございますが……、あと、御酒もです」と小言をくれる。

老人には老人の生きる速度というものがあり、眠れる日もあれば、眠れぬ日もある。なにかにつけ、自分の体であるのに自分の思うようにいかぬことのほうが増えてくる。

ユドハとディリヤは、若い者を主体とした慌ただしい生活ではなく、コウランの余生を不自由なく満喫してほしいと考え、離宮での安息を守ってくれていた。

「そなたの親御殿は、どちらもいじらしいの」

「いじらしいの?」

「ああ、そうじゃ、いじらしい」

二人とも、己の息子のように想えてならない。

一介の老人風情がウルカの国王代理の父親を気取るつもりはないし、アスリフとして一人で生き抜いてきた男の父親面ができるわけでもない。そんなことは分かっていても、親のように、あの二人の幸せを願わずにはいられない。

「でも、おじいちゃんせんせぇ、おとまりしてくれるんでしょ?」

「ああさようじゃ。ディリヤが仕事から帰ってくるまでずっといっしょだ」

行方を晦《くら》ましたディリヤ。

ユドハはそれを追いかける。

トリウィア宮の一番手と二番手のオスが留守になる。

老いた人間一人にできることなどなく、役に立たぬかもしれないが、いじらしい二人の優しさに報いるためにも、こちらで過ごすことにした。

「アシュ、ひとりでおるすばんできるよ？」

「知っておるよ。そなたは留守番が上手じゃ。だが、そなたは大きゅうなったからなぁ。時々、サボったり、脱走したり、内緒でおやつを巣穴に隠したりするじゃろ？」

「ふふふ……」

「ほっほっほ。……まぁ、儂はそういうの大歓迎じゃが、ディリヤが留守の間はそなたの小さないたずらを叱る者がおらんからな。儂の出番だ。……ユドハはどうにも叱るのが下手で、そなたらに甘いゆえな」

「ディリヤはどんなおしごとしてるかな？　いじらしいおしごとかな？」

「ちょっとちがうの。だが、きっとディリヤはディリヤが生きるためのお仕事をしておるだろうなぁ」

「あしゅね、おしごとから帰ってきたディリヤすきよ」

「なぜかの？」

「おそとのにおいがするから」

　お外から帰ってきたディリヤは、アシュの知らない匂いがする。それがちょっとふしぎ。

　ぎゅって抱きしめてもらった時に、「どんなところに行ったんだろ？」って首を傾げて、想像するのが楽しい。

　ディリヤが「今日は街へ行きました」と教えてくれて、どんなお仕事をしたのかお話してくれると、お耳が興奮してぴるぴる動いてしまう。

「でもね、時々ね、アシュがにおいをくんくんする前にディリヤが水浴びしちゃう時があるの。冬のとっても寒くて、雪が降って、川が凍っちゃう日なのに、何度もお水を浴びてからニーラちゃんのおうちにいるアシュをお迎えにきてくれるの」

「ニーラちゃんというのは、湖水《こすい》地方の村のお友達だったかいの？」

「うん！」

「そうか、そんなに寒い日に水浴びをしよるのか……」

「濡れた赤いたてがみがね、歩いてるだけで凍っちゃうのよ」

「それはそれは……、想像しただけで身震いしてしまうな」

それはきっと子供に気付かせたくない仕事だったのだろう。幼な子に、血や腐肉、死体の匂いなど覚えさせるべきではない。ディリヤはそう考える男だ。

自分とは真逆の人生をアシュに歩ませたい男だ。

「……あのね、川はね、急に流れが変わるから子供だけで入っちゃだめなの。大人といっしょに、浅いところで尻尾をちゃぷちゃぷするだけなのよ」

「それもディリヤが教えてくれたんかいの？」

「うん！」

「よぉ身についとるな。おりこうさんじゃ」

コウランがアシュをかいぐりすると、アシュの喉がごろごろうるうる鳴って、川を泳ぐ仔犬のようにアシュが両手を動かす。

「アシュね、おそとのにおいがするディリヤがね、おうちのにおいになっていくのも好きよ」

「ほう？」

「おしごとから帰ってきて、おうちでアシュをぎゅってしてて、ごはんを作って、おそうじして、お風呂に入って、おふとんで寝るでしょ？　三日くらいするとね、だんだん、ディリヤが、おそとの子のにおいじゃなくて、おうちの子のにおいになってくるの」

「なるほど、おうちの子の匂いか」

「アシュがほっぺすりすりして、尻尾でくるんでぎゅってしてるとね、ちょっとずつディリヤがアシュのにおいになるの。おててから、ごはんのにおいがするの。ナイフのにおい？　がするディリヤもかっこいいから好きだけどね、ごはんのにおいとか、石鹸のにおいのするディリヤもだいすき」

「では、この仕事からディリヤが帰ってきた時は、また、お外の子の匂いがするだろうから……」

「アシュとララちゃんとジジちゃんでいっぱいすりすりして、おうちの子のにおいにするの！」

おうちの子になって、お庭で一緒に遊んで、ディリヤのおべんとを食べて、いっしょのお布団で寝て、毎日いっしょ。

そしたら、ディリヤはまた次のお仕事に行く。

アシュは、いってらっしゃいって元気にお見送りする。

「……ディリヤ、いまなにしてるかなぁ？」

「きっと、そなたらのことを考えておるよ」

「ふふっ、アシュもいまディリヤのこと考えてるからおそろいね」

「ああ、おそろいじゃ」

「帰ってきたら、もっとおそろいにして、アシュと同じおうちの子の匂いにしてあげよ！」

「さようさよう、おうちの子にしてやるがよい」

コウランはアシュの頭をいま一度撫で、小さな狼の小さな想いが叶うことを願った。


ディリヤが消えた。

ディリヤが失踪したであろう場所からは争った形跡と血液が発見された。それらは巧妙に除去されていたが、わずかに残った証拠を狼の嗅覚が見逃さなかった。

争ったということは、敵と交戦したということだ。

その後、なんらかの理由でディリヤが拉致されたか、敵を追ってディリヤがこの場から姿を消した。もしくは、現場から離脱する必要があり、ディリヤの意志で行方を晦ました。

死んだとは考えない。致死量の出血痕は見当たらず、前後の状況から鑑《かんが》みても、いつもどおりの朝を過ごしていた最中に災難に見舞われたことは明白だ。

ただ、金狼族を混乱させる事実も発見された。

現場には、ディリヤ以外に、ディリヤに似た別の人間の匂いがあった。

ディリヤに最も近しいユドハでさえ、ほんの一瞬、その人物の匂いをディリヤと錯覚した。通常これほどまでに似通っている場合は、血縁関係を疑う。ディリヤとの明確な差は、ただひとつ。群れに属している者といない者の差だ。ディリヤにはユドハの匂いや子供たちの乳臭さ、食べ物の匂い、そして、ユドハの使う香油の移り香が混じっているが、その人物からは生活臭がしなかった。それゆえに、かろうじて判別できた。

かつて、アシュが旅先で、「にんげんのにおいがする」と言っていたとディリヤや護衛たちからも報告を受けている。当時は、それ以上の追跡ができずに特定を断念したが、今回は残香をわずかに捉えられ、ユドハを含め、複数名がその匂いを覚えることができた。

その匂いの持ち主が敵かどうかは分からない。

だが、なにがしかの手がかりにはなるはずだ。

これらの事実はごく少数のみの間で共有し、対外的には、ディリヤが特務に従事するため別行動をとったと説明した。

その後、ユドハたち一行は王都ヒラへ帰還した。

ユドハはディリヤを追いかけたかったが、子供たちのことがある。

金狼族が誰一人として察知できぬ間にディリヤが襲われ、交戦したとなれば、敵は今後も同様の手口で襲撃を仕掛けてくるかもしれない。

ユドハはもちろんのこと子供たちにも魔の手が及ぶ可能性がある。

ならば、ユドハは子供たちの傍を離れるべきではない。せめて、王都ヒラに戻るまでは……。

王都に戻ればエドナもいる。警護もより強固になる。

戦狼隊と近衛軍が幾重にもトリウィア宮を守る。

ディリヤなら、まず子供たちを優先する。

ディリヤの性格上、ユドハもそれは承知している。

それに、どちらかに問題が発生した場合は、まず子供を優先すると二人で決めていた。

ユドハはその約束を守り、子供たちをウルカに戻したのち、ディリヤを追うことにした。

もちろん、ただ漫然と王都ヒラに戻ったわけではない。戦狼隊の諜報部を駆使し、ディリヤの行方を追わせた。諜報部は実力者ぞろいだ。彼らがディリヤを追跡し、収集した情報をもとに、ユドハは己の嗅覚をもってディリヤを探しだす。

ディリヤの不在を知ったその時、ユドハの心は乱れたが、不思議と表には出なかった。

いまも、ユドハの心は凪《な》いでいる。

ディリヤに似たのかもしれない。

あの愛しい赤毛は、ここぞという時に冷静だ。しかしながら、ユドハのことになると激高《げっこう》する節がある。それがまた可愛いのだが、そうしたディリヤの気性を思い返していると、喪失感よりも必ず取り戻してやるという熱がユドハのうちに燃えた。

「アシュ、ララ、ジジ、おいで」

ユドハは三人の息子を腕に抱き、トリウィア宮の庭を歩く。

アシュはユドハの頭の上によじ登り、ユドハの鬣に凭れかかった双子は腕に抱かれてまったりしている。

「お父さんも、いまから仕事に出かけることになった」

「ディリヤといっしょのおしごと？」

頭のてっぺんに乗ったアシュが、ユドハの耳と耳の間から顔を出して尋ねる。

「そうだ、ディリヤと一緒のお仕事だ」

「アシュもいく？」

「アシュは弟たちと留守番を頼む。旅行から帰ってきたばかりだからな、ちょっと休憩だ」

「ん、きゅうけい、だいじね」

「そう、大事だ。弟たちは特に小さいから、縄張りで暴れて巣穴を破壊したり、縄張りから脱走しないように、アシュが見張っててくれるか？」

「まかせて！　アシュのおしごとね！」

「ああ、頼む。……ディリヤと二人でできるだけ早く帰ってくるから、それまでは、もし、困ったことがあれば……」

「みんなにそうだんします！」

エドナちゃん、おじいちゃんせんせぇ、アーロンおじちゃん、ライちゃん、フーちゃん、イノリちゃん、トマリちゃん、戦狼隊のつよいひとたち。

想いを伝えたら、ちゃんと理解しようとしてくれる人たち。

「アシュの周りには、たくさんの頼りになる人がいるな」

「うん！　あのね、ディリヤが言ってたのよ。ユドハのつくった縄張りには、アシュを助けてくれる人がたくさんいるから、生きていくのに困ったら、助けて！って叫ぶといいですよ、いつでもすぐに絶対に助けてくれます、……って！」

「そうか、ディリヤがそう言っていたか」

「うん」

頬の肉が持ち上がるほどにっこり笑って、アシュがユドハの頭のてっぺんに頬ずりした。

「うー」

「う……」

難しい話は分からないけど、ララとジジもお返事はできるよ。そう言わんばかりに双子は尻尾を振りたくり、ふんふんと頷く。

ディリヤは、ユドハの縄張りの内側にいる他人を信じて、それを息子にも伝えてくれていた。

ユドハは身が引きしまる思いだった。

この縄張りを、より強固に、より信頼のおける群れに。ディリヤが帰ってきた時に、なにひとつとして変わりがないように。誰も傷つかず、苦しまぬように。瑕疵《かし》があることでディリヤが己を責めないように。後悔しないように。

「ユドハ……！」

エドナが封書を片手に姿を見せた。

滅多に声を張らない姉の血相を変えた様子に、ユドハは息を吞む。

「手紙よ。たったいま城のほうに鷹が届けたわ」

エドナは、他人を介するよりもと急ぎ封書を携え、己の足でトリウィア宮に届けてくれたらしい。

「ありがとうございます」

子供たちをエドナに預け、封を切る。

イェヒテからの一報だ。

できるかぎりの情報を伝えようと努力したのだろう。ディリヤが使うものと同じ簡略化した通信用の文字を可能なかぎり小さく、紙片にみっしりと書き連ねてあった。

アスリフ、ディリヤ、ディリヤの両親、過去。

それらが書かれていた。


ウルカを出発したユドハはディリヤを追った。

ユドハ単騎ならば、誰よりも速く移動できる。途中までは戦狼隊の一部がユドハの護衛として同道したが、東側の領土に入ると金狼族の群れは目立つこともあり、幾手にも分かれてディリヤの探索に当たった。

　諜報部からの報告で、ディリヤが最初に立ち寄った町を特定できた。その町で、ディリヤは簡単な装備を整え、馬でさらに東へ向かったらしい。

　東側にも金狼族は暮らしているが、圧倒的に人間のほうが多い。ユドハの諜報部には人間もいて、聞き込みは彼らが行うことで円滑に進んだ。

「ですが、申し訳ありません。人間の我々ではディリヤ様の匂いを辿ることはできず……」

「金狼族が追跡を継続中ですが、ディリヤ様の隠密能力の裏をかくことは難しく……」

「金子をお持ちではなかったはずですが、宝飾品や装飾品、衣類などを含め、足のつくものはひとつも手放していらっしゃらないご様子です」

「酒場でそれらしき人物と会話した亭主がおりましたが、当該人物は東側の情報を聞くとすぐに出発してしまったそうです。賭場や港湾、日雇い業者にも出入りしていらっしゃいません」

「それだけの理由で貴様らがディリヤを見失うとは思えんが……、なにかあるな？」

　町に入ったユドハは、人間と金狼族、両方の諜報員から報告を受けていた。

「それが、……なぜか、ディリヤ様の匂いが徐々に薄くなっておりまして……」

「薄くなった？」

「はい」

「ディリヤならばできなくはないだろうが……」

　大人の狼の鼻は、水浴びや風呂、雨、多少の時間経過くらいでは特定の匂いを見失うことはない。

たとえ、金狼族よりも人間が多い土地であっても、かなり遠く離れた距離でも見つけだせる。

　諜報部には、そうしたことに長《た》けた手練れが多くそろっている。にもかかわらず、追跡が困難ということは……。

「ディリヤは意図して痕跡を消しているな」

「はい。現在、ディリヤ様が向かわれた可能性のある方角をいくつか候補に挙げ、探索に向かっています」

「ご苦労だった。貴様らはそのまま探索を継続しろ。

私はより東へ向かう」

ユドハは町を発った。

町へ入る前にユドハは墓地に立ち寄っていた。

ディリヤの匂いがあった。

ユドハでなければ見逃してしまう残香だ。

それを辿って進めば、墓石をひとつずつ確かめるようにに歩くディリヤの靴跡らしきものが残っていた。

ディリヤが履いていた軍靴によく似ているが、靴底が削られていた。その足跡は、なにかを確かめるかのように立ち止まり、足の向きを変え、いくつかの墓の前で同じことを繰り返してから墓地を後にしていた。

「墓石の文字を読んでいるのか？」

真新しい墓ばかり選んでいる。

墓碑銘を調べているのではない。合理的なディリヤが情報の少ない墓石から得るものといえば……。

「年号か」

その理由は無数に思いつく。

その推察は移動しながらでもできる。

ユドハは馬を駆り、ひたすらにディリヤの匂いを追った。諜報部の報告どおり、極端に速くディリヤの匂いが薄れていった。

ディリヤが「わりと好きだ」と言っていた掌の食べ物の匂いも、子供たちの匂いも、ユドハの匂いも、ディリヤ自身の匂いも……。この二年間でディリヤと共に育てていたよすがが消え失せていく。

ユドハのすぐ鼻先にあって、手を伸ばせば届く気がするのに届かない。

東の国を渡り、ユドハは悪路を進んだ。

ユドハが悪路を進むということは、ディリヤもこの道を進んだということだ。

農耕地の広がる一帯へ出てまもなく、ウルカへ続く街道筋の外れで、難民の集団と遭遇した。

ユドハが馬を止めると、向こうも歩みを止めた。

「馬上から失礼する。大勢でどちらへ？」

「東から逃げて参りました。ウルカへ向けて移動しております」

ユドハの問いに、集団の最年長であろう老婆が答えた。

「私は人を探しています。赤毛の男を見かけなかったでしょうか?」

「あなたはどちら様?」

「私は彼の縁者です」

つがいや伴侶、そうした言葉は避けた。

ディリヤが痕跡を消して移動するということは、身分や立場を隠したいからだ。事情は分からないが、ディリヤがそうするなら必ず理由がある。そう考えてユドハも深くまで語ることはしなかった。

「どういった赤毛の色か仰ってくださいます?」

「宝石のような赤。この世のすべての赤を閉じ込めたかのような髪をしている。瞳も同じだ。茶色ではなく、血のような色をしている」

「あなた様は、もしかして赤毛の方のつがいでは?」

「いかにも。……ということは、その赤毛を知っておられるのか」

「はい、その方は東へ向かっておられました」

「いつ頃のことです」

「半月ほど前です」

「彼は怪我をしていませんでしたか?」

「大きな怪我は気付きませんでしたが……」

「ほかに同行者がいたということは?」

「いいえ。お一人でした。道中、林で虎に襲われていたところを助けていただき、近隣の村までの護衛をお頼み申し上げました。私どもはその方にご恩がございます。もし、あなた様がその方に危害を加えるなら、これ以上は、私どもは口を噤《つぐ》みます」

「それはない。決して……」

ユドハは馬を降り、老婆の足もとに片膝をつく。

「すこし、失礼してよろしくて……?」

「はい」

ユドハが応じると、老婆はユドハの肩に手を添え、くん、と鼻を使った。

「あなた様の匂いは、赤毛の御方の身に沿うていた匂いと同じもの。あなた様からも、あの方の匂いがいたします」

「では……」

「ですが、あの方は、家庭も家族もなく、親類縁者もいないと仰いました。あの方のご様子やひととなりから、そんなことはないはずだと我々は考えていたのですが……」

老婆の言葉に、近くにいた幾名かの女たちも大きく頷く。

人間も、金狼族も、その両者の間にできた子供たちも、この集団の者たちは皆、ディリヤに対して一定の信頼を置いている。

「ディリヤは、……赤毛の者はそれを指摘されてどのような態度をとっていましたか？」

「私どもにはなにも分かりません。あの方は表情がちっとも変わらなくて……」

「口調には抑揚《よくよう》が少なく、東側の言葉は特に淡々としていて、選ぶ単語も簡潔で、短くお話しになるものだから、心の機微までは……」

「お名前を名乗ることを忌避していらっしゃるふうでしたから、我々もお尋ねできずにおりましたが、……そう、あの方はディリヤ様と仰るのですね」

「謝礼をお渡ししようとしたのですが、宝飾品などの細々とした物をもらっても邪魔だ、荷物になると言ってなにも受け取らず、私どもが休んでいる夜のうちに発《た》ってしまわれたのです」

「あの時は私たちも逃げることに必死でしたが、よくよく思い返すと、あの方も青白い顔をされていました。……なのに子供たちに食料を分け与えてくださいました」

「そう、子供たちには特別優しかったわ。ちょっとでも子供の泣き声がするとそちらを振り返って……」

「泣くと獣が寄ってくると周囲の警戒を強めこそすれども、泣き止ませろと命じることはなく、それどころか子供の具合を心配してくださいました」

女たちは口々にディリヤへの感謝や心配を口にする。

同時に、ディリヤはどれほど印象を薄くしたくとも、それができないくらい周りに優しく接してしまったらしい。

「もし、あの方を追いかけていらっしゃるなら、せめてお礼を……、こちらをお渡しください」

老婆は、簡素な袋に詰めたままの貴金属をユドハに差し出す。

　ディリヤに渡すつもりだったのだろう。

「いや、彼が受け取ることを拒んだのなら、それが彼の意志だ。私がその意志を無に帰すことはできない」

　ユドハは老婆の手を丁寧に押し戻した。

「まぁ、そっくり」

　老婆や女たちが目を丸くする。

　ディリヤが礼を拒んだ時と同じことをユドハがしたので、驚いたらしい。

「行動がよく似てるわ。そっくりよ」

「同じ屋根の下で暮らすつがいは似るって言うものね」

「あら、やっぱりつがいなの？」

「人間の鼻だと分からないかもしれないけど、赤毛の御方とこちらの殿方はつがいね」

「でも、赤毛の御方は違うと仰ったわ」

「お立場が難しいのよ」

「それにほら、見てごらんなさいよ、あの狼の殿方、立ち居振る舞いがどう考えても庶民じゃないわ」

「それに、あれだけべったりお互いの匂いがつくってのは、生半可なひっつきようじゃないね、アタシには分かる」

「逃避行？　逃避行なの？　かけおちかしら？　それとも、身分違いの恋？　ただならぬ愛の行く末に身を引いた赤毛の御方……、それをこちらの殿方が追いかけて、探して……！」

「アンタは恋愛小説の読みすぎよ」

　女たちが口々に話し始める。

「これ、お前たち」

　それを老婆が窘《たしな》めた。

　女たちが口を噤《つぐ》むと、ユドハに向き直り、「……女どもが姦《かしま》しくて申し訳ありません。久方ぶりの甘いお話に好奇心が……いえ、男前が二人……、いえいえ、ともかく、東から逃げ出してから久々に見た美丈夫……、おほん、失礼……ともかく、実に目の保養でしたので、その、皆して舞い上がっております」とにっこり微笑んだ。

「過酷な旅路の一滴の清水になったのなら光栄です。もし、道中でお困りの際はウルカ東端の軍部をお訪ねください。ユドハの名とこちらを出せば、お困り事を解決できるかと」

ユドハは伝令を認《したた》める際の矢立《やたて》と巻紙で一筆書き、それに印を捺《お》し、老婆に持たせた。

「あなた様は……？」

「その地区の軍に関係している者です。私が不在でも、私の部下が必ず力になります」

ウルカにおいて、ユドハはよくある名だ。

特に、戦時中や、ユドハ誕生の折には、同じ名をつけられた子供も多く、ユドハと同世代には、街中でこの名を呼べば何人も振り返るほどありふれている。

老婆たちは「このような親切を……」と頭を下げたが、ユドハからしてみれば、ディリヤにかんする貴重な情報をくれたうえに、ディリヤが謝礼も受け取らずに大切に守った者たちだ。

つがいが守ったなら、ユドハもそれを守る。

それだけだ。

「このままウルカ方面へ向かうなら、与都を経由するとよろしいでしょう。あちらの方面は軍の機能が働いていて、まだ治安が安定している」

「なにからなにまで……。赤毛の方も同じように我々の先々のことまで助言をくださいました。本当に、なんとお礼を申してよいやら……」

「失礼、狼の御方……」

それまで黙っていた老爺がゆっくりと口を開いた。

「はい」

「赤毛殿を追いかけるなら、急がれたほうがよろしい」

「なぜです」

「あの赤毛殿は、虎の出る林の方角に向かわれた。我々が命からがら逃げだしてきた人を食う虎の住む林です。赤毛殿がまとうあなた様の匂いを恐れて獣たちは我々を襲ってこなかった。ですが、赤毛殿はそれを信じたくないご様子で……おそらくは、それが真実か確かめるために再び林に入ったかと……」

「…………」

「我々を助けるために、単身、虎の前に躍《おど》り出るような心根の御方です。身を挺《てい》し、己が傷つくことを厭《いと》わない。我々を気遣うお気持ちはありがたいが、どうか、先をお急ぎなさい」

「では、お言葉に甘えて、ここで失礼します」

ユドハは再び馬上の人となり、馬を駆った。


ディリヤが東方に向かった。

それも、人食い虎の根城に……。

「なんと危険な真似を……！」

手綱を握るユドハの拳にも力が入る。

あまりにもディリヤの行動に保身が見られない。

虎の前に人間が躍り出るなど、無謀にもほどがある。

ましてや、与都で負った怪我も全快していない。

匂いを消そうとしているが消し切れていないし、あの老婆たちにも自分やユドハの匂いを覚えさせている。

意図的にそうしたのではない。ユドハの嗅覚が一般的な金狼族を凌《りょう》駕《が》することはディリヤも承知のはずだ。

「俺が追ってくることを想定していない？」

ディリヤ自身の匂いを覚えている狼などいない想定で動いているのかもしれない。逃げるように東へ向かっているのに、人助けをしたうえに、ディリヤのことを口外しないように老婆に口止めした様子もない。

ちぐはぐだ。ディリヤにしては整合性が保てていない。

つまり……。

「ディリヤ自身も混乱しているのか？」

ディリヤの行動は支離滅裂《しりめつれつ》だ。

ユドハ自身も虎が根城にする林に入ったが、ディリヤの姿はなく、争った痕跡もない。ディリヤが無事に林を抜けたのは確かだが、ディリヤの匂いが、四方八方、東西南北、合理性もなくあちこちに移動していて、さすがのユドハも混乱した。

ひとたび東へ進んだかと思えば別経路で西へ戻り、また東へ向かったかと思えば川沿いで匂いが消えて、再び匂いを見つけた方角へ向かえば唐突に南下し始め、無人の城塞跡で匂いが迷走し、高台へ上がってどこへ行くのかと匂いを探れば東へ向かう。

東から逃げてきた無数の人間が野営した跡はそこか

しこで見つけられたが、ディリヤが立ち寄ったであろう場所は限られていて、藁を摑むような手がかりすら指の隙間からすり抜けていく。

ディリヤにある程度の自由があるのは確かだろう。ユドハに助けを求めるなら、なにがしかの手がかりを残すはずだが、それすらもない。

時折、ディリヤ以外の人間の匂いが混じったり、血の気配が濃くなる。血の臭いは、動物のものもあれば、人間のものもある。人間の匂いは、大人と子供の両方だ。大人の匂いは、ディリヤが身に着けている他人の衣服か、ディリヤを尾行する人間、もしくは盗賊や夜盗の類《たぐい》だろう。子供の匂いは城塞跡周辺で途切れた。

ウルカから離れるにつれ、ディリヤ本人の匂いが消えていき、いまはもうほとんど感じられない。

時間の経過で匂いが薄くなるというのもあるが、ディリヤの体臭そのものが嗅ぎ取れなくなっている。

この短期間に、これだけの距離を移動しているのだ。休息らしい休息もないはずだ。火を使った調理は最低限で、食べ物を口に入れた形跡もほとんど見当たらない。

「ディリヤ、一体なにをしているんだ……」

ユドハは冬めいた風が吹きつける夜に月を見上げ、ディリヤを想った。


一人目の背後に回り、喉を掻き切る。

闇に紛れ、二人目の足もとを掬い、姿勢を崩したところで顎下から脳幹へ向けて短刀を刺す。

背中合わせに立って警戒する三人目と四人目のど真ん中に二人目の死体を投げ入れ、悲鳴を上げて逃げ出したところを一人ずつ処理する。

五人目は山刀を掲げて木々を薙《な》ぎ払い、ディリヤをも撫で斬りにせんと進んでくるが、ディリヤはそれを真っ向から受けず、自分の背に担いでいた弓矢を構え、眼球を打ち抜いた。

これで盗賊は全員倒したはずだが、いましばらく身を潜め、様子を窺う。盗賊はこの近辺を根城にしているらしく、仲間がいるのは確かだ。

梟《ふくろう》の鳴き声、夜の虫の音、草木のささめき。自然音のなかに、足音や息遣い、武具の金ズレなど人工的な音が混じっていないことを確認してから、ディリヤは死体に近寄り、身ぐるみを剝ぐ。

五つの死体それぞれから、金目の物や武器を剝ぎ取り、旅に必要か否かで取捨選択してから己の馬のもとへ戻った。

沈家の兄弟と別れて二日、山道に入った途端、盗賊と行き当たった。

「ちょうどいい、後腐れなく軍資金が手に入る」

さあ、路銀の調達だ。

鴨《かも》が葱《ねぎ》を背負って来た。

難民や流民崩れの盗賊ではなく、このあたりを根城にしている生粋《きっすい》の盗賊だ。東から逃げてくる女子供や老人、旅人を狙って悪事を働いている連中だ。遠慮することはない。

人間の敵は、体の動きを調整する相手として最適だった。この体は、九年の間にすっかり怠《なま》けて使い物にならなくなっていたから、勘を取り戻すという意味でも、適度な獲物が向こうからやってきてくれて助かった。

野犬や獣は襲ってこないが、鼻の利かない人間は刃物を向けてくる。

そう考えると、獣同士のほうが意思疎通しやすいのかもしれない。匂いひとつで優劣を理解し、弱者は強者に腹を見せる。圧倒的な力量差を本能で感じとって、刃向かうことすら諦め、尻尾を巻いて逃げる。

人間のほうがなにを考えているか分からない。大勢で群れて、徒党を組みさえすれば勝てると思っている。

「………」

ディリヤは湧き水で掌の血を洗い、武器の血脂を清めると、盗賊の仲間を警戒して夜通し先を進み、明け方近くに見つけた穴倉で小休止を入れた。

太陽の光が入らない湿った穴倉だ。土が冷たい。膝を抱えて屈葬のような恰好で穴倉に凭れかかれば、それでもう身動きできる余裕がなくなる。だが、逃げ道以外はきっちり囲われて守られているというだけで安心できる。

ディリヤの眼前には低木の草葉が生い茂り、ディリヤの体を隠蔽《いんぺい》している。

この山に入って以降も一度も野生の獣に襲われていないが、幾度か、獣の眼が光ったのをわりと近距離で見つけた。ディリヤは、「大型の獣の縄張りに入ったな……」と警戒を強めたが、一定の距離を保って監視されたまま、その獣の縄張りを抜けた途端、監視の眼が消えた。

あれは、ディリヤに攻撃を仕掛けるための監視ではなく、ディリヤが攻撃に転じた時に逃げだすための監視だった。

ウルカを出て半月以上が経過した。

ディリヤを取り巻く狼の匂いが順調に薄れているのか、最初の頃は気配すら感じとれなかった獣たちとの距離が徐々に縮まっている。

この山を抜ければ、戦火の只中にある国に出る。

そうなれば、ディリヤにまとわりつく狼の匂いも不要になる。その頃には匂いも完全に消えているはずだ。


この匂い、ディリヤには分からないが、鬱陶しかった。

便利ゆえに利用はしたが、ディリヤの知らない他人がディリヤの与《あずか》り知らぬところで威光を発し、べったりと絡みつくような感覚が気に入らなかった。

庇護されているような感覚は、むしゃくしゃした。

「………ユ、ド、……しっぽ」

考えているうちに寝落ちしてしまったらしい。

無意識のうちに発した己の言葉に、「……は?」と、眉根を寄せて目を覚ます。

先日も同じようなことがあった。

……ユド。

誰かに呼びかけ、隣を手探りして、宙を掻く。

体や、手や、足や、唇が、勝手に、隣には存在しない体温を探してしまう。睡眠中や、なにかに夢中になっている時に多い。それが不快で、眠る時間を最低限まで減らして移動に費《つい》やしているが、自分の制御下以外の部分が勝手をする。理性ではなく、本能的な情動が動く。

ひとつひとつは些細なことだけれど、自分のなかに根付くなにかを自覚せずにはいられない。自分の知っている自分とは違う言動が積み重なっていくごとに、「本当に記憶がごっそり抜けているらしい」と自覚せずにはいられない。

「クソ……っ、ふざけんな」

悪態をつく。

今日は絶対に寝てやる。そう思って土に頬を寄せるが、その土から伝わってくる冷気や、尻の下の石の除去が甘くて骨に当たって痛いだとか、背中から冷えて筋肉が強張って疲れるだとか、どうしようもないことばかり気になる。

以前もこんなふうに穴倉で休んだ記憶はあって、その時は気にならなかったのに……。

「だからっ、いつだよ……」

ぐしゃりと前髪を掻き毟る。

十六までの自分にその経験はない。

十六以降の経験だ。

ディリヤの知らない九年間が、いまのディリヤが生きることを邪魔する。経験がディリヤの感情を刺激して、掻き乱す。

知らない誰かの存在が、ずっと傍にある。一つではなく、二つも、三つも、四つも……無数にある。九年間で積み重ねてきた経験、感情、思い出、それらが「忘れるな！」と叫ぶ。

本能の叫びは、恐怖だ。情けないことに、脅えて見ないフリをしようとするが、そのたびに葛藤《かっとう》する。

忘れてはいけないことのような気がする。

思い出したほうがいいような気がする。

でも、その九年間は、確実にディリヤを腑抜《ふぬ》けにした。そんな九年間を後生大事にして、忘れずに思い出せと自分の意識が命じるなんて、おかしい。

それに、思い出そうとすると、「忘れろ」と頭のなかで誰かが叫ぶ。

それは誰なのだろうか？　ディリヤの心や体に噛み痕や傷痕を残した者だろうか？　それとも、ディリヤをこうして九年前に引き戻した原因だろうか？

ユド。つがい。アから始まるなにか。狼の匂い。上等の衣服。手入れされた爪や髪。腑抜けた体。

俺は誰かと想いを通わせ合っていたのだろうか？

もしそうなら……。

「気味悪《わり》ぃな」

鼻先で笑って一蹴《いっしゅう》したい。……なのに、できない。

不安で不安でたまらない。

大事な部分が欠けている気がする。喪失感が不安と焦燥《しょうそう》と恐怖を増長させる。頭が、体が、本能が、デイリヤの意思とは無関係に記憶の糸を辿り、恐怖のその先を見ようとする。

ずっとこのままだろうか。

一生こんなふうに忘れた九年間に亡霊のように取り憑《つ》かれて生きていくのだろうか。

そんな人生なら死んだほうがマシだ。

ならばいっそ思い出してみるのはどうだろうか。

試してみる価値はある。記憶を取り戻しても、十六の頃と同じく一人で生きていくことに変わりはない。

匂い、声、音、自分をとりまいていた環境、気候、天候、手足の感触、五感を総動員して、時折、無意識のうちに唇が象る言葉たちをよすがに記憶を辿って……。

「……っ」

吐いた。

びちゃびちゃと水音を立てて、胃液が土に落ちる。

まるで、思い出すなと言わんばかりだ。

吐き出すものが尽きても胃の腑がキリキリと絞り上げられ、何度もえずく。脂汗と冷や汗が吹き出て、心臓が凍ったように冷えていく。両膝をつき、地面に額《ぬか》ずいて胸を鷲摑み、背を丸める。胸の内側の痛みで息が止まる。呼吸ができない。喉の奥が詰まり、体中の筋肉が強張って、その場に蹲る。

心臓を自分の拳で殴る。そうしたほうが痛みが拡散する気がして、そのまままいっそ止まってしまったほうが楽な気がして、骨や内臓、背中まで響くほど殴る。

頭のなかで、痛みと同じくらいの大きさで声が響く。

忘れろ。

「……！」

額ずいた固い地面に額を打ちつける。

土の下の石に当たって、右目の端が切れる。

それでも、まだ物理的な痛みが勝るほうがいい。思い出すくらいなら、死んだほうがいい。

情緒がおかしい。

泣きたくないのに涙が溢れて、ぼたぼた落ちる。

「っ、ぅ、ぅう……」

喉の奥で声を殺す。

叫びたい。

いっそ死にたい。

喉が擦り切れるほど叫びたいのに、声を出せない。出し方が分からない。大声で叫んだことなんてない。息を潜めて生きてきた。いまさら、声の出し方なんて分からない。

獣のように低く唸り、なにかに抗《あらが》うかのように身じろぐたび、地面に押しつけた額の傷口が土と砂と石で抉れて広がっていく。

血が溢れて、土に染みていく。

もういやだ。

楽になりたい。

もう二度と思い出そうなんて思わないから、許してくれ。なにもかも忘れて生きていくから、苦しめないでくれ。

誰も救ってくれない。なにも助けてくれない。そんなこと分かっているのに、縋ってしまう。

「だいじょうぶ、だいじょうぶ。……忘れてる、だいじょうぶ、なにも思い出さない、だいじょうぶ……」

自己暗示をかけるように繰り返し言い聞かせ、歯を食いしばって荷物に手を伸ばす。

イェヒテの薬のなかには鎮痛剤や強心作用のある薬もあった。それらを無造作に指先で手繰《たぐ》り寄せ、量も考えずに喉の奥へ押し込む。粉薬が喉にへばりつくが、唾液で流し込んだ。

「クソっ、死ね……っ」

腹いせまぎれに悪態をつく。

死ぬほうがマシってなんだ。死ぬなら死ぬで、ちゃんと生きて死ぬ。死に方くらいは自分で決める。わけの分からない混乱の最中に発作的に死んでたまるか。

奥歯を噛みしめ、心の内側で罵《ののし》り続けた。

そうするうちに、じわじわと痛みが引き始める。

ゆっくりと首から頭を持ち上げ、座りこんで放心する。置かれた状況を把握することもままならない。姿勢をまっすぐ保てず、崩れるように土壁にしなだれかかった。

「……？」

ディリヤは、いま一度、地に伏せるように頬を寄せ、耳を欹《そばだ》てた。

地中から、馬蹄の音がした。一頭だが、地面を伝って耳に響くその音から、かなり大型の馬だと分かる。武装した金狼族の軍人なんかを乗せてもなお速く、足腰の強い馬だ。

ディリヤのいる穴倉よりも高い位置にいるらしく、上方から、西から東へ音が響く。このまま通り過ぎてくれればいいが、まっすぐディリヤの方角めがけて進んでくる。

ディリヤは休息を諦めて場所を変えることにした。本能的なもので、誰とも知らぬ者と正面から鉢合わせたくないだけだ。


東の戦地から西へ向かう者は大勢見かけたが、平穏な西から東へ向かう者は少ない。この時期に、この行路を行く者はなんらかの事情持ちか、後ろ暗いところがある者だ。

ディリヤのように仕事を求めて向かう者もいるだろうが、そうそう鉢合わせるものではない。ましてや、ディリヤは、悪路や獣道、道なき道を選んで進んでいる。それと同じ道順を辿る者など、厄介以外の何物でもない。

こんな時に……。

ぐらつく視界で、土壁を支えに立ち上がる。

馬を動かせば勘づかれる。ひとまずディリヤだけでこの場から離脱し、隠れてやり過ごせばいい。

いつまでも執拗に尾を引く漠然とした感情の揺れ。ディリヤは胸にそれを抱えたまま、その場を離れた。


木々が無造作に生い茂り、ディリヤの姿を隠す。

苔で滑る岩肌を登り、高木の陰りに身を隠して高所を位置どったディリヤは、かすむ視界で相手の姿を探した。

見つけた。

狼だ。

金狼族のオスだ。

「っ！」

遠目に確認した瞬間、目があった気がした。

逃げろ！

本能が叫んだ。

弾かれるようにディリヤは高木から飛び降り、走った。

あのオス狼、確実にディリヤのほうを見た。

なぜだ、この距離なら絶対に狼の索敵範囲外だ。

用心して通常よりも距離をとっていたにもかかわらず、オス狼はディリヤの動きにあわせて進路を変更し、追尾してきた。

暗夜に狼の眼は目立つ。同時に、アイツらは夜目が利く。もっと距離を稼ぐべきだ。

ただそれだけ。そんなことはいつものこと。戦争中、斥候《せっこう》をしていた時はこんな気分にならなかった。

だが、いまは違う。

頭ではなく、本能がディリヤを動かす。

ぞわぞわする。

敵か味方かも分からないのに、本能がありとあらゆる手段を試行錯誤している。

なんだあのクソデカい狼は……。ふざけんな、あんなんに攻撃されたらひとたまりもない。

先手必勝だ。弓で狙うか？　だめだ、アイツらのデカい耳は単なる飾りじゃない。弦を引く音も、矢が空を切る音も、あの耳がすべて受け止める。厄介だ。

そもそも、ありあわせで弓を作っている暇はない。

馬のところまで戻る間に、追いつかれる。

「……チッ」

あのクソ狼、馬を降りやがった。

足が速い。距離を詰められすぎた。

このままどこかへ行ってくれればいいが、あの狼にその気配はない。それどころか、確実にこちらを捕捉して追尾してくる。

大体、なんで、こんなに短時間で距離が近くなってんだ。こっちは、デカい狼が入り込めない狭所や、狼の視線の位置に蜘蛛《くも》の巣が張っているような悪所、突き進めば崖下の滝にまっさかさまの危険地帯、犬科の野郎どもが嫌う水辺、風上を選んで動き、優位に立っている。

目的意識を持ってあのオス狼がディリヤに接近してきているのは明白だ。ならば、逃げではなく、攻撃に転じるか……。

正面切っての一騎打ちは好きじゃない。

裏を掻くなら、まずは……。

「………」

血だ。

立ち止まらず走るまま振り返れば、走る速度にあわせて血が後方へ流れ飛び、己の背後に散っている。

自分の視界を赤く染めるほど額から出血している。

先ほど、額を打ち付けた時のものだ。

あの狼は血の匂いを追ってきている。


そんな単純なことに頭が回らないなんて、どうかしている。

もうぜんぶめちゃくちゃだ。

頭も、体も、ぐちゃぐちゃだ。

こんなんじゃ一人で生きていけない。頼りない。信じられない。なにひとつとして。

なんで、こんな……っ。

絶望と苛立ちと腹立ちとむしゃくしゃした感情がごちゃ混ぜになって、その結果、ディリヤを冷静にさせた。

とりあえず、あの狼を殺そう。

気分転換だ。

ついでに、あの狼の毛、ぜんぶ毟《むし》ってやる。

久々の狼狩りだ。

金にならない仕事はしない主義だが、敵がディリヤを追っているなら排除する。ここのところ偽善者ぶった人助けしかしてないから、気合いを入れる良い機会だ。伸《の》るか反るか、生きるか死ぬか。ギリギリまで己を追い込めば、この甘い考えも捨てられるはずだ。

ディリヤは舌先で唇を湿らせ、短刀を抜いた。


ディリヤの匂いは山間部で消えた。

この世界、この土地の自然、その場の環境、それらと同化することに熟《こな》れてきているとでも言えばいいのだろうか……。

生きていきやすいようにディリヤ自身が状況に適応していると言えば聞こえは良いが、徐々にディリヤの人間らしさが失われていき、自然界のどこにでも生きる一個の獣に戻っていっている。ユドハにはそんなふうに感じられた。

だが、いまのディリヤにとってはそれが生きていきやすいのだろう。いまのディリヤから感じとれる雰囲気は、初めてユドハと出会った戦時中のものに近い。

ユドハは、ユドハと暮らし始めてからのディリヤの思考や言動はよく把握しているが、ユドハと出会う前のディリヤについて推察するのは難儀だ。


高潔な獣が生きるために、どう動くか。

死ぬと分かっていてウルカ国王暗殺の任に就くような男だと仮定して、ユドハは思考する。

まず、他人とかかわることは避ける。金にならない人助けはしないし、金を稼ぐ以外で他人と交わらない。他人とのつながりを切り離していく。

ただ、ディリヤの心には、助けるべき者を見捨てられない気持ちが残っていて、その気持ちを見過ごせない。そういう人たちと出会ってしまったら、手を差し伸べずにはいられない。そんな自分が受け入れられず、他人とのかかわりを余計に拒む。

ウルカから距離を取り、ユドハたちから離れる。なにかから逃走している素振りも見受けられるから、追跡の眼を逃れるために悪路や獣道を選ぶ。

食事は、肉食や香辛料などの体臭に直結するものを避け、保存食などで凌《しの》ぐ。その証拠に、ディリヤのここまでの行路は、ほとんど火を熾《おこ》した形跡がない。山に入ってからは皆無だ。

だが、飲料水は必要だし、匂いを消す目的で、度々、水浴びをしていることから、水辺には近寄っている。

先ほども、湧き水の近くで盗賊らしき男の死体を発見した。どの遺体も最小限の出血で致命傷を負っており、身ぐるみを剝がれていた。追い剝ぎもここまでくるといっそ清々しい。

冬の外気に晒され、冷たい土の上に放置された死体は急速に冷やされていたが、これがウルカならば、まだ体温が残っているはずだ。死斑や瞳孔の混濁具合からも、さほど時間は経っていないと分かる。

「ディリヤ……」

どの遺体の傷もディリヤの短刀によるものだ。

ディリヤ、ディリヤ、……ディリヤ！

ユドハは拳を握る。

ようやく追いついた。

ディリヤは近くにいる。

六年かけて見つけだした愛しい男だ。今回はそんなにも長く年数をかけるつもりはない。いますぐにも見つけだして、この腕に抱いてやる。

足跡を残さないディリヤの行動範囲を推測し、不眠不休のユドハは追跡を続けた。

ディリヤは、四方八方を囲まれていることを好む。特に、背中がなにかに触れていると安心する。

よくユドハの膝に乗ってきたし、眠っている時も気付くと背中がくっついている。ユドハが懐に抱えて眠りたい時は、尻尾をディリヤの背中に添わせると、細く肩で息をして、安堵していた。

獣の習性だ。

アシュにも備わっている。

身を隠せる巣穴で小さく丸まり、雨風や外敵から自分を守れる環境を好む。

「……？」

血の匂いがした。

風の流れが変わったのか、人が踏み込むべきではない深淵の底のような暗闇から、風に乗って血の匂いが流れてきた。

ひゅうひゅう、ひょうひょう、音が鳴る。洞穴か、風穴か、下から上へ風が吹き上げ、ユドハの鬣を靡《なび》かせる。

下方に視線をくれる。

夜行性の小動物だろうか、かすかな物音がユドハの耳をくすぐる。その物音に、男か女か、判別のつきにくい悲鳴が重なり、ほぼ同時に、風に乗った血の匂いがユドハの鼻先に届いた。

ディリヤのものに似ている気がした。

声も、血も。

ユドハは馬を降り、武器を手に鬱蒼《うっそう》とした森の深淵に足を踏み入れる。狼の眼をもってしても底知れぬ沼のようだ。

体感温度もぐっと下がり、足もとから上がってきた冷気でしんと冷え、凍るほどの冷たさに肺まで痛む。体の末端の、耳先や鼻先が痛みを覚えたかと思うと、瞬く間に感覚が失せていく。

足もとの苔やじっとりとした土は、踏みしめるたびに、しゃりしゃり、ばりばり、薄氷が割れる。

急勾配の地層に鬱蒼とした木々、鋭利に尖る岩肌、断崖と谷間、それらが幾重にも影を落とし、一日中、もしかしたら、何年、何十年、何百年と太陽の光が差し込むことがなく、人が立ち入ることもないのかもしれない。

ここは、永遠の暗闇だ。

障害物が、急ぐユドハの進行を邪魔する。無心でそれらを排除した先に小さな穴倉を見つけた。

どうやってここまで連れてきたのか、穴倉の近くには心細げな馬が一頭いた。

ユドハは馬を撫でて落ち着かせ、穴倉を覗いた。ここを寝床にしていたらしいが、既に土は冷え、放置された荷物も冷たく、体温は残っていない。荷物から嗅ぎとれるディリヤの匂いもごくわずかだ。ユドハですらここまで接近しなくては判別できないほど匂いがない。

「これか……」

血液を吸った地面に指先で触れる。

ユドハが捉えた血の匂いの正体だ。

足場や視界の悪さが原因で転倒したり、争った形跡は見当たらないが、心の乱れを表すかのように地面に支離滅裂《しりめつれつ》な模様が描かれている。

考えたくはないが、自らを傷つけたという可能性もある。

手の届く範囲にディリヤの気配はない。ディリヤが荷駄を取りに戻ってくるのを待つという手もあるが、待つなんてできない。

ユドハは先を進んだ。

自ら見つけだすことを選んだ。

「……！」

敵だ。

ユドハの本能が殺気を捉えた。

立ち止まり、口吻《こうふん》の先を持ち上げ、金色の瞳を最大限に活かし、尻尾も、鬣も、耳も、鼻も、全神経を集中させて索敵する。

「……ディリヤ？」

敵の殺気ではない、ディリヤだ。

そうだ、これは敵ではない。

初めて出会った夜にまとっていたディリヤの視線、雰囲気、気配、正しくそれだ。

ユドハは走った。

誰よりも速く、なにも負けぬ力強さで、前方の崖をその身ひとつで駆け下り、眼前に立ちはだかる古木を薙《な》ぎ倒し、悪所も、狭所も、溝《どぶ》のように滞留して濁った川も一足飛びで越え、開けた場所に着地する。

まるでユドハの眼球を貫くためにこの位置に誘い出されたかのように突き出た枝をへし折り、その先にある月に照らされた水辺で見つけた。

「ディリヤ……！」

追いついた、ようやく。

ディリヤ！

手を伸ばした先で、ディリヤが消えた。

細く流れる滝にディリヤの姿がゆらりと映って消えたのだと察した時にはもうディリヤに背後を取られていた。

咄嗟《とっさ》に身を引くが、尻尾を摑まれる。ディリヤが気に入っている長い尻尾だが、こういう時は命取りだ。

そもそも、ユドハは尻尾をとられるほど敵の接近を許したことがない。

尻尾を大きく動かしてディリヤの手をすり抜けるが、

ディリヤの本来の目的はユドハの動きを封じることではない。

ユドハの脳裏に過《よぎ》ったのは、かつて、ディリヤがユドハに教えてくれた言葉だ。

『金狼族で、人間相手の戦闘が初めての奴は、大抵、尻尾を守ろうとするから、足もとが疎《おろそ》かになる。そもそも、アンタたち金狼族は足が長いから、守る範囲も広いし、俺と比べれば足捌《あしさば》きも遅い』

ユドハとディリヤ。

体格差のある狼を相手にする時、ディリヤはまず足回りを狙う。特に、膝の関節。それをユドハに教えてくれたのもまたディリヤだ。

『尻尾への攻撃を回避した金狼族は、対人戦が初めてじゃないし、それなりにできる奴だっていう判断材料になるから、人間が尻尾を狙うのは初手としては有効だと思う。まぁ、俺は正面切って狙わずに、背後から、か、中距離もしくは遠距離で飛び道具、誰かを囮《おとり》にして攻撃を仕掛けてたから、正面からの攻撃として尻尾を摑むのが有効かどうかって問われると、双方の力量次第だ』

ディリヤはそんなふうにも語っていた。

同時に、『こっちの攻撃を回避するために高く飛ばれたり、身を低くして狩りの姿勢に入られると厄介だから、初撃で失敗したら引く』とも言っていた。

常に決まった手順で動くわけではないが、それが、ディリヤが培《つちか》ってきた経験から得た戦法だ。

いまも、ユドハが身を低く構えるとディリヤは引いた。引いたと見せかけて、ディリヤが走る。瞬く間に、月の下から闇間に消え、次にユドハの眼前、零距離に現れた時には、抜身の刀でユドハの右の腋窩《えきか》動脈を下から上に垂直に刺し貫こうとした。

ユドハは本能でそれを避け、走る。

ディリヤは左の腰に吊るしていた鞘に刀を収め、柄尻を左掌で包み、左腕の背面に添わせるように縦に持ち、腕の陰に隠してユドハを追い、ユドハでは通れぬ狭所を使って先回りし、居合い抜きの要領で抜刀と同時に斬りかかった。

ユドハは鋭く尖らせた己の爪でそれを防ぐ。

金属と爪が互いを削る。ディリヤの刀は、盗賊からせしめた得物《えもの》らしく、手入れが悪く、刃毀《はこぼ》れがひどい。

ユドハは己の爪と引き換えに、刀が動脈に到達する寸前で、自分の背中側へ軌道を逸らす。

間髪を容《い》れず、ディリヤは刀を持った手の肘で鞘の端を弾き、肩を使って鞘を半回転させて体の表に回し、空手で摑んだそれで、ユドハの右の眼球めがけて横殴りする。

それを紙一重で回避したユドハは、己の懐に入ってきた獲物を両腕で抱きしめ、ディリヤの爪先が浮くほど抱き上げた。

「ディリヤ……っ」

ディリヤの腰に腕を回し、両腕を封じて抱きしめた途端、愛しい人の匂いがする。

その瞬間、鼻先に頭突きを食らう。それでも腕の力をゆるめずにいると、二度目の頭突きがお見舞いされるが、ユドハは顔を下げ、眉間で応戦する。

「……ふ、ぐっ」

ディリヤが息を詰め、低く唸る。

ぐらりと小さな頭が揺れて、ユドハの腕の中のディリヤの体がずしりと重くなる。

しまったと思ったが遅い。

あくまでも口吻への攻撃を回避するためだったが、ディリヤには充分な攻撃になってしまった。

ほんのわずかユドハの瞳に躊躇《ちゅうちょ》が宿り、腕の力がゆるんだ。

その隙を逃さず、ディリヤは拘束されている自分の腕を引き抜き、ユドハの腕の逞《たくま》しさと体幹の強さを利用して、背面に回されたユドハの腕を摑み、上方へ体を滑らせて抜け出す。ユドハの両腕だけを支えに体勢を保持し、足先まで抜いた勢いでユドハの胸を蹴って体を反転させ、その太い首に両足を巻きつけ、互いの背中が触れるほど頭を下に肩から垂れ下がり、全体重をかけて首を絞めた。

だが、ディリヤの細い脚では、鬣や飾り毛の下に守られた首の奥のユドハの気道を圧迫して窒息させるどころか、血流を止めることも首を折ることも難しいと判断し、そのままユドハを地面に引き倒し、再び距離

をとる。

先ほどの頭突きはディリヤ自身も痛かったのか、着地してユドハと距離をとるなり、獣が水を切る動作で頭を一度だけ振った。

この一連の流れが、ものの十数秒の間に行われた。めまぐるしく攻撃が展開され、ユドハは「なぜ俺を攻撃する」と問う暇さえ与えられなかったが、己に刃を向けられた時点で、なにかしらの深刻な問題が発生していると確信していた。

問題が起きているなら、防戦に徹するユドハに対して、ディリヤが合図を送るはずだ。たとえば、いまは完全に他人のフリをしろだとか、ある程度の時間を稼いだら離れろだとか、視線誘導で察することができる。

そういったことがない。

そもそも、視線が合わない。ディリヤの赤い眼は感情を乗せていない。ユドハを敵としか見ていない。

体力勝負に持ち込めば、こちらが有利だ。決して逃がさず、ディリヤの息切れを狙いつつ、ディリヤの置かれている状況を引き出す。


ひとまず応戦の構えでいるが、本気で殺しにきているディリヤの恐ろしさを体感したユドハは、尻尾の先まで警戒心で研ぎ澄まされ、身震いするほど本能が打ち震え、口端が笑みを象った。

狼の闘争本能が刺激された。

これまで幾度となくディリヤと手合わせをしてきたが、ディリヤという男は存外甘い男だ。愛しいユドハを傷つけたくないあまり、国王代理に万が一があってはならないと遠慮が働いていたらしい。

もちろん、それはユドハとて同じなのだが、いま、遠慮を取っ払ったディリヤを前にすると、考えることはただひとつ。食うか食われるかだ。

なぜ、愛しい者を前にして抱きしめて愛を交わすのではなく生死の問題に直面しなくてはならないのかは甚《はなは》だ疑問だが、刹那でも気を抜けば食われる。

あれは狼狩りだ。

先ほどの組み打ちだけでも、ユドハの知らぬ戦い方をみせた。隠し持っている手数が多い。なによりディリヤはまだ短刀を抜いていない。最も用心すべきはあの飛び道具だ。正確無比に急所を狙う。常に警戒しているることがディリヤにも伝わっているのか、一向にそれらを使う気配がない。

だが、疑問もある。

たいした運動量でもないのに、ディリヤは肩で息をしていた。

流血もしている。ディリヤの額から流れる血は、髪の色と混じって顔の右半分を赤く染めている。ユドハの牙が触れた記憶はないが、唇も切れている。刀を握る掌にも血が滲み、握り込みが甘い。

遠慮がないぶん攻撃は大胆不敵だが、俊敏さに欠ける。

防御を考えず、背後を気にする気配もない。

ディリヤの背後には、いつも子供たちがいる。それを考慮していない。もちろん、いま、この場にアシュたちはいないが、それでも、ディリヤは状況に余裕があるかぎり、子供たちが傍にいる前提で動いていた。

それすらできない。

いや、していない。


なによりも、ユドハに対して向けられていたディリヤの感情が、なにひとつとして感じられない。

出会った頃から変わらぬまっすぐな愛も、恋を知った時の淡紅色に染まる頬も、心を許してくれた時の胸の高鳴りも、かわいい愛しいと募る気持ちも、想い交わらせた情も、見つめるたびにキラキラと愛を物語る瞳も、なにもかも想いが通じ合わない。

「……ディリヤ、お前、俺が分かるか……？」

「…………」

「記憶が、……ないのか？」

ユドハが一歩踏み出す。

その爪先が引っかかり、罠を踏んだと察するより先にユドハの背中を短刀が襲った。


俺のことを知っている。

金狼族のオス狼。

どんな攻撃を仕掛けても雲のように摑みどころがな

く、戦闘態勢に入るわけでもなく防戦一辺倒で、ディリヤと同じ土俵に上がってこない。

狼はなにかを感じとっている。

どれだけ仕掛けても、誘うように仕向けても、乗ってこない。素っ気ない、つまらない敵だ。そのくせ、手口が読まれているし、逃げようにも捕まるし、短刀やナイフや隠し武器の場所を知っているかのように、常にそれらに意識を向けられていて、ここぞという時にそれらを出せない。

手の内をぜんぶ知られていて調子が狂う。

気味が悪い。

殺すつもりだったが、生かして尋問し、情報収集する方針に切り替えた。

「……ディリヤ、お前、俺が分かるか……？」

「…………」

「記憶が、……ないのか？」

初見でディリヤに記憶がないことも言い当てた。

おそらく、九年間のディリヤを知っている。

ということは、このオス狼とは十六歳以降に出会ったことになる。

それも、わりと友好的な関係を築いていたようだ。

仕事の関係者か、一時的に手を組んでいた相手かもしれない。

だが、それを確かめるのは捕まえてからだ。

狼の生け捕りは難儀だが、あの狼があともう一歩踏み出せば……。

よし、そのままこっちに来い。

来た……！

事前に仕掛けた罠に、狼が踏み込んだ。

短刀を使った簡易の弓が岩と岩の隙間から射出され、狼の背を襲う。

だが、狼はそれを紙一重で躱《かわ》し、己の掌で握り込んだ。

「…………なんでだ」

思わず、そう声に出していた。

刃を摑んだ狼の掌からは血が滴《したた》る。

「俺が避けてしまうと、俺と同一線上にいるお前に短刀が当たる」

「……そんなもんくらい、避けられる」

「そうか、それもそうだな」

狼は笑った。

馬鹿にしてではなく、朗《ほが》らかに、嬉しそうに、ディリヤとまともな会話ができたことを喜ぶように、尻尾を揺らした。

「返そう」

狼が短刀をディリヤに投げ返す。

ディリヤは刃先を二本の指で挟んで受けとり、くるりと回転させて己の袖口に隠した。

敵に武器を返すとは、どういうつもりだ。

「おい、……おい！　避けろ！」

話しかけようとした言葉の途中で、ディリヤは回避を促す声に変えた。

狼が半歩斜めに足を引くと、立っていた場所に矢が飛来した。だが、狼はその矢もまた素手で摑んでへし折ってしまう。

ほぼ同時に、ディリヤの顔面を狙って斧が投げつけられた。円弧を描き、風切り音を立てて迫りくる斧の柄を眼前で摑んだディリヤは、摑んだ動作の流れのまま投げ返す。

「ぐ、ぎゃっ！」

離れた場所から男の悲鳴が聞こえ、額に斧の刺さった男がふらりと姿を見せ、地面に斃《たお》れた。

ディリヤが狼へ視線を流すと、狼は既にかなり離れた場所まで移動して弓手の頭をその手で摑み、制圧している。

俊敏だ。動作も静かで、超重量級の狼特有の足音の大きさも皆無だ。その足運びは、すこしアスリフに似ている。

「これはお前に習った」

ディリヤの傍《かたわ》らに戻ってくるなり狼はそう言った。

その件を突き詰めるより先に、ディリヤと狼は互いを包囲する集団に意識を向けた。

暗がりから、じわじわと人間の気配が漂う。数が多い。時折、ちらちらと光るのは、そいつらが持つ得物が月光に反射しているからだ。

「盗賊だが、三流どころか五流だ。マシな盗賊なら、光り物に墨を塗りたくって光らせないくらいはする」

「ざっと十七人。うち、金狼族は三人といったところか。俺が金狼族三人と人間十人を引き受ける。ディリヤ、お前は……」

「勝手に俺の獲物の数を決めるな。俺の取り分が減るだろうが」

「俺が倒した分もすべてお前の取り分にして構わない」

「はぁ？　……あー……、まぁいい、じゃあアンタは俺のために頑張って戦え。それと……」

「なんだ？」

「勝手に俺の名前呼んでんじゃねぇよクソが」

「…………」

「……あぁ？　っんだよ、邪魔だ、動かすな」

狼の尻尾がばたばたするのを手で追い払い、ディリヤは走った。

狼もまたディリヤの隣を並走する。

向こうが仕掛けてくる前に迎え撃つ。

敵の姿が光の下に出る。先立ってディリヤが殺した盗賊の仲間だろう。いつまでも根城に戻ってこないことを心配したか、死体を見つけて、ディリヤを追ってきたに違いない。

狼と一戦交えて最高潮まで興奮した瞬間に出くわした盗賊どもだ。まともに戦おうとしない狼相手で鬱憤《うっぷん》が溜まっていたが、それに比べて、眼前の盗賊は血気盛んだ。遠慮なく殺しに行ける。

一歩で恐ろしいほど距離を稼ぐ狼がディリヤの前を先んじる。

ディリヤが見るのは狼の背中だけだ。視界が遮られるが、自ら囮になってくれるのだからとディリヤは腰を低く構え、その背に隠れ潜み、狼の威圧感と図体のデカさに怯んだ獲物の動きを封じていく。

一人、二人、三人、四人……、数えるよりも早く獲物が地に伏す。

だが、狼の体格の便利さよりも、とにかくディリヤの視界の端に狼がちらつくのが鬱陶しかった。

「邪魔だっ！」

ディリヤは狼の肩に両腕をつき、逆立ちをして敵の攻撃から上空へ逃げ、その勢いで狼の前に躍り出て盗賊の喉を掻っ切る。

派手な血飛沫で草葉が赤く染まるのを後目《しりめ》に、盗賊の背後をとって膝の裏を切りつけ、跪《ひざまず》かせる。

「ディリヤ！」

剣を抜いた狼が左から右へ薙ぎ払う。

その一撃で、ディリヤに槍を突き刺そうとする盗賊の胴体が二つに分かれる。

「馬鹿力め……」

一刀両断だ。

人間の成人男性の背骨ごとぶった切りやがった。

ディリヤのほうに倒れ込んでくる下半身を狼へ蹴りつけて助走をつけ、狼の胸を踏み台にして跳躍し、それを足掛かりに、狼を右斜め後方から狙う盗賊の首を回し蹴りで折る。

ディリヤの着地予定地に最後の敵がいた。

その顔面を踏みつけて……と考えた刹那、狼が最後の敵を殴り倒し、ディリヤの下敷きになろうとした。

「どけ！」

どけと言ったのに、狼はどかない。

ディリヤは狼の背を蹴って勢いを殺し、平地に着地した。

最後の敵を倒したと分かっていても、ディリヤは地に伏すすべての敵の生死を確かめるまでは短刀を下ろさない。

「動ける者はいない」

致命傷にならなかった敵はすべてこの狼が処理したらしい。狼は、ディリヤの思考を読み取ったかのような発言をする。

「ディリヤ、大事ないか？」

「…………」

ディリヤは狼の背を無言で蹴った。

「なんだ？」

「……この踏み心地、覚えがある」

狼の背中を蹴った姿勢で停止し、ディリヤは踏み心地を確かめる。

当の狼はといえば、ディリヤに蹴られて尻尾がばたばたしている。

これは、喜んでいる。

……たぶん、喜んでいる。

「ぞんざいな扱いをされても、背中を踏まれても喜ぶ関係。……もしや、俺とアンタの関係は……」

「関係は……？」

「特殊な性癖の爛《ただ》れた肉体関係」

「ちがう、ちがうちがうちがう」

狼が大慌てで否定した。

どうやら、そういう関係ではないらしい。

だが、この狼はディリヤに友好的だ。

戦闘中も、自分が傷つくことを承知のうえで短刀をその手に握り込み、ディリヤが無理な体勢で着地を試みれば下敷きになろうとし、右肩の負傷を知っているかのように援護に入り、ディリヤの右側を守るように背中合わせに立った。

つまりは、ディリヤがここ数カ月以内に右肩を負傷したことを知っている。

ディリヤの知らないディリヤを知っている。

記憶がないことも言い当てられたいま、取り繕っても意味がない。

ディリヤは盗賊から金品を奪い、最も状態の良い刀を一本拝借し、古いほうはその場に捨てた。先ほど、この狼の爪で刃が欠けて使い物にならなくなったからだ。

「ディリヤ、その額の怪我だけでも手当てしよう」

「………………」

ディリヤは己の傷口に指を押し当て、そこに付着した乾いた血を見せ、出血は止まっているから不要だと行動で示した。

「飲料水を持っている。傷口を洗え。その血で山犬や獣が寄ってくる」

「アンタがいるから寄ってこない」

踵《きびす》を返し、ディリヤは前を向いて歩き始めた。

「どこへ行く」

「……っ」

強い力で腕を掴まれた。

腕を引こうにも、動かせない。

「どこにも行かせない」

離さない。

狼の放つ言外の意味がディリヤにも手にとるように分かる。

「馬と荷物を取りに行くだけだ」

「分かった」

「…………意味が、分からない」

なぜ、この狼はついてくるんだ。

なぜ、腕を摑んだまま隣を歩くんだ。

なぜ、当たり前のように一緒に行動する前提なんだ。

馬と荷物を取りに行って、そのまま逃げるつもりだったのに……。

腕を摑む狼の手を振り払おうと力を籠めたが、びくともしなかった。


「……ユドハという」

ユドハが名乗っても、ディリヤはなんの反応も示さなかった。

それどころか、「この狼、俺が訊いてもないのに名乗ってきた」といった様子で、ディリヤが名乗り返してくることもなかった。

だが、ディリヤはユドハを勘の鋭い男だと判断したようで、ディリヤに記憶がない前提で接するユドハの素性を確認したり、「アンタは俺のことをどこまで知ってる」と問うてきたりはしない。

問うことで、問い返されることを警戒している。自分を知ることよりも、自分の現状を他人に把握されることを忌避《きひ》している。ユドハに弱みを握らせまいとしている。

ユドハはそれが悲しかった。

いまのディリヤはディリヤ自身に興味がない。

愛着がない。

必死に足掻《あが》いて、一所懸命もがいて、いますぐどうしてもこの不安定な状況から抜け出すために記憶を取り戻したいと願う熱量がない。

記憶があってもなくても、生きることにさして変わりないといったところだろうか。

語るには長すぎる二人の関係を説明するには時間が

必要だ。ましてや、どこまで説明すべきか判断材料に欠ける。

ディリヤが混乱しないように。

ユドハから逃げないように。

ユドハは、まずディリヤの傍にいることを優先した。ディリヤが知りたいと望めば徐々に語ればいい。

当面は、東へ向かうディリヤをウルカ方面へ誘導することを目的に据えた。

すこしでも子供たちに近い場所へ。

ディリヤが帰りたいと願った時に一刻も早く戻れる距離に……。

その思いを胸に秘め、ユドハはディリヤの後ろをついて歩きながら声をかけ続けた。

「俺は今年で三十五歳になる。俺とお前が出会ったのは約八年前で、お前が十七歳の頃だ。お前、何歳まで記憶がある？」

「十六」

無視をされてもめげずに話しかけていると、ユドハの問いに、ぽつぽつとではあるが答えてくれた。


状況を受け入れるためには情報が必要だとディリヤも考えているらしい。ユドハとの問答でそのきっかけを摑もうとしている。

ディリヤのその思考を逆手にとり、ユドハは、ディリヤが食いつきそうな文言や、共有できそうな物事、ディリヤの欲しているであろう情報を質問に織り交ぜていく。

ディリヤの警戒心を踏み越えないことが肝要だ。

赤毛の獣は、無許可で自分の縄張りに足を踏み入れた外敵を排除する性質がある。

「俺はウルカの狼で、お前もウルカで暮らしている」

「……俺もアンタもウルカの軍人か？」

「そうだ」

ユドハが一歩踏み出せば、ディリヤは二歩も三歩も先を進む。どうやら、自分の背後にユドハが立つと威圧感があるらしい。

だが、ユドハの図体は風除《かぜよ》けにもなるので、冷たい風が吹き始めると、ディリヤはユドハの体を有効活用したし、ディリヤの馬と荷物を取りに戻る間も、それ以後も、ユドハの行動を制限したりはしなかった。

ディリヤもまた己の好きに行動するから、そのうち諦めてユドハが去ると思っているらしい。

馬と荷物を取り、開けた道に出ると、ユドハも指笛で己の馬を呼んだ。主の匂いを追ってすぐ近くまで来ていた馬がユドハを見るなり尻尾を振った。

盗賊たちの死臭が漂ってこない場所まで移動すると、ディリヤが馬を止め、荷を下ろした。

野宿することにしたらしい。

ディリヤは木の幹を背に、背嚢を腰に当てて目を閉じ、眠る態勢に入る。組んだ腕の右手を短刀の柄に添え、攻撃された時に備えて次の動きに繋げやすいように片膝を立てている。

眠る態勢ではあるが、本当に眠ってはいない。ユドハを観察し、不審な動きがあれば攻撃できるように身構え、心構えしている。

ここまで一度も「この道を進む」や「野宿するぞ」という声かけがないし、「俺はこう考えているが、アンタはこれでいいか?」と相談されることもない。


それどころか、ディリヤはユドハの馬が合流するのを待たずに一人で先を進むので、ユドハも移動しながら自分の馬を手もとに呼び寄せる必要があった。

とにかく、会話がない。

一人で決めて、一人で生きる。それが身に染み着いている。ディリヤの人生にユドハが組み込まれていない。それを如実《にょじつ》に感じた。

ユドハはディリヤの傍で火を熾《おこ》し、自分の荷を解いて食事の支度を始めた。

ディリヤの荷は最低限だ。山で現地調達するつもりかもしれないが、食べ物はあるのだろうか? ディリヤを抱きしめた時、全体的に肉が落ちていたことも気にかかる。狼の本能は、つがいに食べ物を運びたくてたまらなかった。

「食事ができたが、食うか?」

返事はない。

つまり、必要ないという意味だ。

ディリヤの分を残しつつ自分の食事を終えたユドハは、武器の整備と明日の準備を整えて休むことにした。

今夜は冷える。防寒具を持っていないディリヤが野営するには酷だ。ユドハがディリヤを見つめていると、ちらほらと白いものが視界の端で舞った。

「初雪だ」

天を見上げれば、雪雲が空を覆っている。

積もる雪ではないが、小雪がちらつく。

「ディリヤ、雪だ。寒くないか？　俺の毛布を使うといい」

本来なら自分のこの毛皮で暖めたいところだが、ユドハは毛布を差し出す。

ディリヤには見向きもされないが、寒さに我慢しきれなくなったら使うだろうと踏んで、足もとに置いた。合理的に動けるのがディリヤの美点だ。

「雪か、アシュたちが見たら……」

アシュたちが見たら喜ぶ。

ユドハはそう言いかけて口を噤む。

「なんだ？」

ディリヤは片目を開き、ユドハを見た。

「アシュたちが喜ぶと、そう言おうとした」

「……アシュ」

「聞き覚えがあるか？」

「そいつは、五つか六つくらいのガキか？」

「今年七歳の、金狼族の子供の名だ」

「ああ、金狼族のガキは成長が遅いから、人間の四つや五つとそんなに変わらないってやつか」

「そう、それだ」

「こんな情報、どこで知ったんだか……」

ディリヤは自分の発言の根拠を思い出せないようで首を傾げた。

ユドハは深追いせず、焚火の向こうにいるディリヤにすこし近い位置に移動し、腰を下ろした。

「アシュは、俺の息子だ」

「アンタ、子供がいるのか……」

「お前とも面識がある」

「俺と知り合いの、アンタの息子……」

「ああ」

「じゃあ、俺なんか追いかけてないでそいつの傍にいてやれよ。親は子供の傍にいる責任があるだろうが」

「そうだな、そのとおりだ。……だが、お前を探して、見つけて、連れ帰ることもまた俺の責任だ」

ユドハは会話の加減を調整しながら、地面に片手をつき、いますこしディリヤのほうへ体の重心を傾ける。

ディリヤは無表情だが、頭のなかでは、「この狼の風体《ふうてい》からして高級将校か貴族だ。俺は軍人で、こいつの部下かなにかで、子供を守ることもあった」と情報を整理しているはずだ。

ユドハが身を乗り出してディリヤのほうにひとつ詰め寄った。

「俺とお前の仲は悪くない。良い信頼関係を築けていたと自負している。十六で記憶が止まっているなら、狼狩りとしてゴーネに雇われていた頃だな？　その当時、金狼族と人間は対立していたが、九年経って、俺とお前は……」

しまった、距離感を読み違った。

会話が成立したのも束の間、ディリヤとの心の距離が遠くなったと感じる。

ディリヤはじっとユドハを見つめ、警戒を強めた。

同じ釜の飯を食おうと提案したこと。じりじりと物理的距離を縮めたこと。毛布を差し出したり、ディリヤを庇う行動。金銭や契約が発生しない善意や親切。そうしたユドハの行動が積み重なっての結果だが、決定打は、子供ともかかわるような深い関係性をユドハが匂わせたことだ。

ディリヤはそれを気味悪く感じ、その距離感に拒否反応を起こしたらしい。ユドハに喋らせて情報収集するよりも、自分の心を守ることを優先している。

「お前のいやがることはしない」

ユドハは前に乗り出していた己の体を後ろに引いた。

「なら、二度と俺に触るな、近寄るな」

「他人の体温が嫌いなのは知っている」

「…………」

言い当てられたディリヤはぐっと押し黙る。

地雷を踏み抜いてしまったのか、今度こそ、ディリヤはうんともすんとも言わなくなってしまった。

いまのディリヤは、傍にユドハがいることすら落ち着かないのだろう。他人の体温や気配が苦手なのはユドハも理解していたが、それがユドハにも適応され、ユドハがすこし動くだけで尻で後ろに逃げる。

縄張り意識が強く、個人の領域が広い。その範囲に侵入するすべてを警戒し、排除せずにはいられない。

それからまもなく、尻が冷えたディリヤが無言で立ち上がってどこかへ向かうから、慌ててユドハが追いかけると、「小便。ついてくんな」と蹴られた。

翌日も、ディリヤは日の出前に動き出し、ユドハの作った食事に手をつけず、なんの声かけもなく出発したので、ユドハもそれにあわせて動いた。

「料理はしないのか？」

「……めんどい」

三歩後ろを歩むユドハに答える。

「最後に食事をしたのはいつだ？」

「…………」

「その沈黙は、答えたくないがゆえの沈黙ではなく、いつ食べたか思い出すのが面倒なほど昔だから説明するのも面倒になって黙った、という意味合いの沈黙だな？」

ユドハが指摘すると、ディリヤは背後を振り返り、無表情で驚く猫みたいな顔をして、また前を見て歩いた。

ディリヤを探した六年。そして共に暮らした二年。執念で探しだし、ディリヤを知ることに幸せを見出す男、それがユドハだ。舐めないでいただきたい。

ユドハは人知れず胸を張る。

「食事はしたほうがいい」

自分への愛着を持ってほしい。

自分を育て、生かすための行動ができないということは、自分を愛せないということだ。

そして、本人にその自覚がないのが厄介だ。

「アンタ、いつまで付いてくる気だ？」

「俺はお前から一生涯離れない」

「……重い。嫁さんに嫌われるぞ」

子供がいるという発言から、つがいがいるとディリヤなりに判断しての発言だろう。

その嫁はお前だ、ディリヤ。そう叫びたいのを我慢した。

その後、ディリヤを観察していると、たまに干し餅を齧る姿を見ることができた。

一人で食事をして、食べているところをユドハに見せたがらない。決まった時間ではなく、腹が空いたら食い、一日に一度の時も多い。歩きながら干し餅を一口齧り、山の実を見つけた時に二つ三つ口に放り込むくらいで、火を熾して熱を加える料理は数日に一度。少量の米と野草の類、きのこと魚をすこし。獣肉は口にせず、調味料も塩と砂糖と臭み消し程度しか使わない。

食事は楽しむものではなく、体を維持するためのものだと割り切っている。

東から逃げてきた一団とユドハが行き合った時、老婆たちがディリヤの食料を分けてもらったと言っていたし、ディリヤの匂いが残る野営跡からは兎肉を食した骨も残っていた。

だが、時間が経つにつれディリヤはアスリフに戻っていく。ディリヤ自身の意志で戻している最中なのかもしれない。

肉食を最低限に、体臭を消し、ごく少量の食べ物で長期間動けるように体を慣れさせ、睡眠も短時間で済ませ、熟睡はせず、寒さに眉ひとつ動かさない。

言葉もほとんど発さず、動作も呼吸も静かで、ユドハから離れた場所で隠れるように眠る。あまりにも静かなので、ユドハがそっと近寄って呼吸を確認したほどだ。そうすると、ディリヤはぱちっと目を見開いて「近寄るな」とまた距離をとり、寝場所を変えてしまう。

ウルカにいた時の健康的な生活からはかけ離れていくが、かけ離れていけばいくほど、二十五歳のディリヤではなく十六歳のディリヤが完成されていく気がして、ユドハはそれに抗った。

食事を作り、暖かくしろと言い続け、眠るように促し、獣ではなく人間として生きろ、そうでないと早死にするぞと暗に示した。

「…………」

「……ディリヤ？」

川べりで、ディリヤが急に進路を変更した。

渡河するらしく、馬を引いて橋を渡り、対岸へ渡る。

この華奢な橋では、ユドハは渡れない。ユドハとユドハの馬と荷駄、その重量に負けて橋が落ちる。

ユドハはディリヤを見失わないように常に視界のなかに留めつつ、渡河しやすい浅瀬を探して川を渡った。

渡る間も、ディリヤはユドハから遠く離れていき、一度も振り返ることはなかった。

ああ、本当に、他人と群れて行動することをなにも知らない時期のディリヤなのだとユドハは胸が詰まった。


ユドハとかいう狼に、定期的に食事や睡眠を促される。

あの狼はそうしたことを疎《おろそ》かにしない性質らしい。備えあれば憂いなしの精神は立派だが、ディリヤにはディリヤの生きる時間配分というものがある。

九年間の生活を一掃し、アスリフのディリヤに戻すことが当面の目標だ。

眠る時間を減らしてもなお活動し続けられる胆力と正常な判断力と精神状態を維持することが、生き延びる一手になる。

自分の手や体から食べ物の匂いがしないこと。それが命を繋ぐ一歩になる。

記憶にない九年間は食事情が良すぎたのか、筋肉の付き方も変わっていたので、すこし絞った。ディリヤの記憶にある体は十六歳の頃だから、そこに近付ければ近付けるほど動かしやすくなる気がした。

あの狼はきっとそういうことを気にしたことがないのだろう。気にせずとも生きていけるほど強いのだろう。だから、食べて、眠れるのだ。

ディリヤが無視しても、あの狼は一向に諦めない。

あちらがディリヤと話をしたいように、ディリヤもあちらから情報を引き出したいが、一歩踏み込む前に後込《しりご》みしてしまう。

向こうが踏み込んできても引いてしまう。

狼は、失った九年間を知っておくべきだと言わんばかりに情報提供してくる。

情報過多で頭が爆発しそうだ。

知りたくない。

知らなくても生きていける。

でも、知っていたほうが生存率が上昇するのだろうか?

そう考えた時の、匙加減が分からない。

十六歳までと、十六歳以降。知るべきこと、知りたくないこと。思い出しておくべきこと、思い出したくないこと。忘れたいこと、忘れるべきでないこと。

忘れろと命じる誰かの声。ディリヤが過去を思い出そうとしないかぎりその声は聞こえない。聞こえないように行動すれば、あんなふうに心臓が痛んだり、感情が揺れて死にたくなったりしなくて済む。

それならもう思い出さなくていい。

「ディリヤ、眠れるなら眠れ」

「…………」

「なにか食べたいものはあるか?」

「……蓮霧《レンブ》」

「分かった」

「…………」

川を渡って数日後、ディリヤは具合が悪いフリをした。

すると、狼は、瞬く間にディリヤをその場で休ませ、野営地にぴったりの場所を見つけだし、せっせと巣作りを始め、完成したばかりの巣穴の特等席にディリヤを移動させ、火を熾し、自分の飲み水や食料や毛布を惜しみなく提供し、ディリヤが食べたいといった果物を探しに行った。

便利な狼だ。

ディリヤの言いなりだ。

甲斐甲斐しく、世話焼きで、よく働き、よく戦い、よく気がつく。体は丈夫で、頭も賢いし、ここまでの道中でもディリヤの言動に文句ひとつ言わず、ディリヤの後ろを一所懸命ついてきた。

なにより、補佐が上手で、ディリヤの動きをよく見て行動する。風向きが変わればディリヤの盾になるように位置取り、遠くに山犬の気配があれば先んじて睨みを利かせて牽制し、ディリヤよりもすこし早く周囲の変化に気付き、対処する。

ちょっとしたことの積み重ねだが、上手に扱えば、……傍に置けば、ディリヤによく尽くす狼になるだろう。

だが、ディリヤは自分より腕の立つ者を侍《はべ》らす趣味はない。手に負えなくなった時に寝首を掻かれる。

「…………」

ディリヤは、狼の気配が完全に消えたことを確認してから立ち上がった。

蓮霧は、冬のこの時期に、この気候帯では実らない。ディリヤに対するあの献身度合いから察するに、蓮霧が見つからないことはあの狼も知っているはずだから、きっと、代替の果物が見つかるまで戻ってこないだろう。

ディリヤは逃げた。

思い出すことよりも、思い出さないことを選んだ。

十六歳までと、十六歳以降。これ以上、自分のなかでふたつの想いが交わることは望まない。


ディリヤは、あの狼が恐ろしい。

見返りを求めない献身が恐ろしい。あとでなにを請求されるか分かったものではない。ああいう底なし沼みたいな男は得体が知れない。傍に近寄ることを許しすぎて、気がついたら雁字搦《がんじがら》めの泥沼で逃げられないことになっている、なんてのはごめんだ。

ディリヤは馬と荷物を諦め、走った。

これは、おいかけっこか、かくれんぼか。

狼相手は苦戦しそうだ。

「ああ、クソ……また変なこと思い出した」

おいかけっこに、かくれんぼ。

そんな単語、長いこと使った記憶がないのに……。

ディリヤは己の口端がゆるんでいることにも気付かず、走った。

走って、走って、途中で上着を脱いで崖下に放り捨て、細い糸のように幾筋も流れる滝を渡り、岩から岩へ飛び跳ねて滝を下り、高低差をものともせず、眼下に枝葉を伸ばす松の木に着地する。

生憎、今日は天気が悪い。曇天なうえに、霧か靄《もや》も出ていて、視界がぼんやりと薄暗い。冷えた肺が上手く息を吸いこめず、息切れするまでが速い。頭の芯が遠い。

それを凌駕するのは興奮だ。

全方位を確認し、短刀を手に、罠を仕掛けようとして……やめた。

あの狼はこちらに危害を加えたわけではない。

ディリヤも、給料も発生しないのに、狼狩りをするほど仕事に忠実でもない。この一手がきっかけで、あの狼が牙を剝くともかぎらない。藪蛇《やぶへび》は禁物だ。

生きることを最優先に。

ディリヤは松の木の上で方向を変え、隣の松の枝に飛び移り、それを繰り返して徐々に低い位置まで移動する。

ディリヤの視界の端に、きらりと宝石が瞬いた。

決して見逃さない、見覚えのある輝き。

あの狼だ。

目を細めなくてはならないほど遠くにあったその輝きが、見る間に、目も眩むほどの勢いで距離を縮めてくる。

ディリヤは全速力で山道を駆け上がった。

もう追いかけてきやがった。

命懸けで探して見つけるという気概をひしひしと感じる。

肌に、背中に、びりびりと鬼気迫る。

怖くはない。恐ろしくもない。その感覚と紙一重の感覚がディリヤの心を躍らせた。

楽しい。面白い。愉快だ。あの狼、化け物か。諦めろよ。なんで諦めないんだ？　馬鹿か？　俺は嘘をついて、騙《だま》して、逃げたのに……、なんでそれでも追いかけてくるんだ？　怒ってるのか？　怒ってるなら、もっと死を感じるが、ちっともそれを感じない。

あちらにしてみれば、この追走劇を楽しむディリヤなんて不愉快でしかないだろうが、ディリヤは楽しい。

本気のおいかけっこだ。

いままで一度も狼に捕まったことのない狼狩りを捕まえるかもしれない狼がすぐ後ろに迫っている。

薄い唇が笑みのかたちに歪むことに気付いていても、

それを隠して無表情を取り繕う余裕さえない。

一瞬でも気を抜けば捕まる。

俺が、捕まる。

この俺が。

死んでも負けてたまるか。

たかが狼に負けはしない。

走って、距離を詰められて、罠で時間稼ぎをして、追いつめられたフリをして狼が入り込めない岩と岩の隙間をすり抜ける。

今夜中に逃げきるのは難しい。あっちは完全にいまのディリヤの匂いを覚えている。

今夜は諦めて捕まったフリをして、食事に眠り薬でも盛ろうか。あの狼は、ディリヤに食事させようと躍起になっているから、一緒に食べると言えば絶対に口をつける。薬品の匂いも、自然物から抽出したものなら多少は誤魔化《ごまか》せるはずだ。

だが、考えをまとめる前に追いつかれた。

「ディリヤ、危ないからこちらへ来い」

狼が手を差し伸べる。


その腕には、ディリヤが攪乱《かくらん》用に脱ぎ捨てた上着がある。ちゃんと回収したらしい。

「…………」

ディリヤの背後は断崖絶壁だ。

「ディリヤ」

「あー……」

低く、不機嫌を露《あらわ》に声を発してみる。

「俺のことが気に入らないか」

「…………」

なんでこの狼は、俺の感情や行動のすべてが、自分が原因であり理由だと思えるのだろう?

なぜ、そんなに自信があるのだろう?

なぜ、ディリヤの行動原理が自分にあると思えるのだろう?

「逃げるな、ディリヤ」

「走ってたら、楽しいのに」

走ってたら、逃げ回ってたら、頭のなか空っぽになって、どきどきして、楽しくて、なにも考えずに済んだのに……。

もう、楽しくない。

「生まれて初めて、楽しかったのに……」

「楽しい？」

「………へんなの」

自分で言った言葉に自分で責任がとれなくて、小首を傾げる。

「ともかく、そこは危ない。こちらへ……」

「………」

「ディリヤ？」

「………」

二度、三度、瞬きする。全体的に薄暗かった視界がぐらりと揺れて、不意に膝から力が抜けた。その場に崩れるより先に、体が後ろに引っ張られ、宙へ舞った。


「ディリヤ！」

ディリヤの肩を抱いた狼が叫ぶ。

必死な顔してる。


ディリヤが鬱陶しげにその鼻先を追いやろうと右手を持ち上げると、しっかりと握りしめられた。

まるで、「大丈夫だ、俺がついている」と言わんばかりの力強さだ。耳も尻尾も表情もぜんぶ使うから、いやでも心配が伝わってきて、笑ってしまう。

「アンタ、……心配しすぎ」

「笑いどころではない。気を失ったんだぞ」

「あー……」

「まだ立つな」

「……っ⁉」

横抱きにされて、持ち上げられる。

ご丁寧に腹の上には上着を掛けられていた。

「下ろせ。絶対に下ろさないだろうけど、下ろせ」

「よく分かっているな。絶対に下ろさない。野営地まで戻るぞ。……まったく、こんなところまで全速力で走るな」

怒った口調だが、怒っていない。でも、すこし怒っている。眉間に皺が寄っているし、尻尾はそれを制御するかのように一定間隔で上下している。

「ディリヤ、大体お前は……」

「説教は嫌いだ」

「知っている」

「じゃあするな」

「……説教されるようなことをするな。そもそも、なぜ逃げた」

「アンタといると、思い出しそうになるから」

「思い出したくないか？」

「………」

分からないことには答えない。

狼も、深くは尋ねてこない。

「無理強いはしない。だから、もう二度と逃げるな」

「逃げても追いかけてくるくせに。アンタ、崖から落ちそうになった俺の腕を掴んで引き寄せたんだろ？」

「そうだ」

「あの位置から一瞬で俺のとこまで走ったのか。やっぱり速いな。……そういえば、昔もあったな、雪のなか俺を抱えて走って……あれって……」

「ディリヤ？」

「あれは、……去年の冬か？」

「なにか思い出したのか？」

「……感覚的なことだけだ」

狼の腕から強引に下り、自分で歩く。

足首の骨が抜けたみたいに、ぐらりと揺れる。

すかさず、狼がディリヤの腕をとり、支えた。

「………」

ディリヤは何度か瞬きをして、目頭を揉《も》む。

「ディリヤ……？」

「今日は天気が悪い。いや、……ここのところずっとか」

薄暗く、星や月が幾重にも重なって見え、視界が悪く、歩きにくい。

「ここのところずっと晴れだ。初雪の日だけは曇っていたが、今日は月も星もあって明るい。狼でなくとも歩きよい夜道だ」

「……？」

「お前、視界が不良で、手足が怠《だる》くて、馬上でも居眠りしてしまうような眠気に襲われないか？」

「………」

的確に言い当てられて、思わずディリヤが首を縦にしてしまう。

「いまのお前は貧血だ」

「はぁ？」

そんなものになったことはない。

「七～八年ほど前と、二年ほど前の二回、お前の体調が一気に変わったことがある。規則正しく生活していれば不調は出ないが、お前、この半月以上あまり食事をしていないだろう？」

「………」

「ここまで休みなく強行軍で移動したことも大きい。お前は一般的な人間より心肺機能が高く、身体能力も優れていて、並の人間よりもずっと体力も気力もあるが、ほとんど睡眠もとらず、他人の命まで預かって守って戦って、気を張り続けて……、そんな生活を半月以上も続ければ誰だって過労になる」

「……たるんでるだけだと思ってた」

なるほど、だからこの狼は、食事だ睡眠だ休息だと口うるさかったのだ。

ウルカを出てから、ディリヤは最低限の食事と睡眠に留めていたから加減を間違ったらしい。それならば、気を失うように馬上で居眠りしてしまったのも納得がいく。

「八年前と二年前って言ってたが、俺になにがあった」

「それは……」

ユドハは、それをどう伝えるべきか考えあぐねる。

八年前にアシュを産み、二年前にララとジジを産んだ。それをいま伝えるべきか、否か……。

「俺は病気でもしたのか？」

「病気ではないが、命にかかわるものであったことは確かだ」

「戦争で？」

「いや、ちがう。もうすこし、その……繊細な問題だ」

「アンタと一緒にやってた仕事中か？」

「お前の最近の怪我のいくつかは、他者を助けるために負ったものばかりだ」

「歯切れ悪いな。八年前と二年前について訊いてんだよ、俺は」

「その負傷を、その……お前自身は名誉の負傷だと誇らしげに言っていた」

「名誉の負傷？」

「ああ。お前は、それを乗り越えてでも得られた幸せがあると……」

「……しあわせ」

「そして、その負傷の責任は俺が負うものでもある」

「アンタのせいで怪我した？」

「ある意味では」

「命取りになるかもしれない負傷が名誉の負傷で、ののちの人生、自分の最善の状態からかけ離れた体でも幸せで、アンタも責任の一端を担ってる？」

「そうだ」

「……！」

ディリヤは狼の脚を横から蹴って地面に膝をつかせ、肩口を足の裏で押して地面に蹴り倒した。

仰臥《ぎょうが》する狼の腹に全体重をかけて腰を下ろし、豊かな飾り毛の密集する顎下に腕を押し当てて気道を圧迫する。

「お前ら、俺になにをした」

ふざけんな。

自分以外のものに命懸けになってたまるか。

俺の生き死には俺のものだ。

俺のことを俺より知っている狼。

気分が悪い。

まるで、俺のことを隅々まで支配しているかのような言い種だ。

「命取りになった傷は、これか？」

ディリヤは服を捲り上げ、腹の傷を見せる。

まるで腹開きの魚のように横一文字に裂いた下腹の傷。年数的にも、狼の言葉からも、この傷ぐらいしか当《あ》て嵌《は》まらない。

「そうだ。その傷が一度目の命取りだ」

「俺は、誰かの身代わりで死ぬ予定だったのか？」

「…………」

ユドハは押し黙る。

ディリヤの言葉はあながち間違いではない。

アシュを産めるなら自分が死んでもかまわない。ディリヤはその選択をした。だが、いまのディリヤは、腹の傷が子供を産むためのものだと想像もしていない。戦傷だと思っている。

どれほど家族という存在から縁遠く生きてきたのだろう。十七歳のディリヤは、他人に「お前、孕んでいるぞ」と膨らんだ腹を指摘されなければ自分の妊娠すら気付けず、病気なのだと勘違いするような子供だったのだ。

ユドハの前にいるディリヤは、そのくらいの年齢だ。

「すまない、ディリヤ」

「……っ！」

狼の横《よこ》っ面《つら》を殴る。

ディリヤは心中で叫んだ。

可哀想なものを見る目で俺を見るな。俺は誰かに庇護されるほど弱くない。申し訳ないと哀れまれるほど脆《もろ》くない。生きることすら誰かの助けがなければ成り立たない人生など許さない。

さも、お前独りでいさせて申し訳ないと言わんばかりのその表情を俺に向けるな。

屈辱だ。

俺を侮るな。

「俺は、独りで死ねる！」

差し伸べる手も、支えてくれる背中も、寄り添う言葉も、思いやる心も、なにもいらない。

自分で決めて、自分で死ぬ。

俺が腹を裂いたなら、それは、俺がそれでいいと納得して、俺が俺の命に責任を持って、それを選んだからだ。

この怪我は致命傷だ。

それでも生きているのは、こいつら狼に助けられたからか？　俺はその借りを返している最中だったのか？　だから狼と友好関係を築いたのか？　戦争はどうなった？　どう転んで俺はゴーネではなくウルカに与《くみ》した？

俺は……。

「なんで、っ……俺の体はこんなに動かない……」

「…………」

「……っ」

動かない。

ちっとも、動かない。

痛みは身に馴染んでいるはずなのに、古傷がじわじわと疼《うず》く。高く飛べない、速く走れない、腹に力が入らなくて強い力が出せない、筋肉の質が変わっている。挙げ句の果てに、貧血だ。衰えではなく、体そのものが十六歳の頃よりも重い。

まだ二十五歳だ。働き盛りのはずだ。病気はしていないはずだ。内臓も丈夫だったはずだ。

なのに、たった九年でこの体は使いものにならなくなっている。

「お前ら、俺になにしたんだよ……」

拳を狼の胸にぶつける。

自分でも驚くほど弱々しくて、握ったその手が震えていて、情けなかった。

「ディリヤ……」

ユドハはゆっくりと体を起こし、ディリヤを膝に乗せ、向き合い、細い手首をそっと摑む。


ディリヤは息を殺し、息を吞む。平静を装っているが、摑んだ手首から感じとれる脈は速く、不規則で、呼吸も浅い。体温も低く、全身の筋肉が強張っている。

顔色は月のように青白く、あれほど動いたあとでも血の気が失せ、その表情は、見ているユドハまで眉を顰《ひそ》めてしまうほど痛々しい。

ギリギリだ。

精神的に。

自分自身の感情に心が追いついていない。それどころか、自分自身に追い詰められている。

張り詰めていた緊張の糸が切れて、ディリヤ自身もどう収拾をつけていいか分からなくなっている。

視線は虚《うつ》ろで、なにを目的にどう行動すればいいか判断できず、大きく見開かれた赤い瞳はなにも映していない。

「ディリヤ、呼吸しろ、吸った息は吐け」

これ以上の心的負荷は与えるべきではない。

ディリヤはかたかたと小さく震え、薄い胸を膨
せるように肩で息をするものの、ちっとも吐

にいる。

「……っ」

「大丈夫だ、抱きしめるだけだ」

ユドハがディリヤの背に腕を回すだけで、びくりと大きく体を跳ねさせ、指先は武器を取ろうと戦慄《わなな》く。

ユドハの鼻先がディリヤの顔の輪郭《りんかく》をなぞり、ディリヤが顔を持ち上げた瞬間、くちづけた。

「……！」

ディリヤは反射的に殴った。

殴ったが、びくともしない。胸ぐらを摑んでもう一度殴ろうとしたが、両腕を片手で封じられ、身動きをとれなくされてから、再び唇を重ねられる。

一度目よりは重く。

けれども、優しく。

顎下の骨と上唇の上を一度にかぷりと甘噛みして、ゆっくりと離れる。

「な……に……」

「なにと言われても」

「食うのか、俺を」

「……食ってほしいか？」

ディリヤの下腹を掌で撫で、腰を抱く。

この腹でどれほどユドハを咥え込み、喘ぎ、乱れ、あられもない姿を晒したか、いまここでその身をもって教えてやろうか。

体に訊けば、思い出すやもしれない。

「俺に食われて、それでお前が楽になるなら、いくらでも食ってやる」

体の隅々、心の端々まで食らいつくして、貪って、忘れさせてやる。

それが望みなら、いくらでも叶えよう。

「ディリヤ、お前のすべて、俺のものだ。二度と離さない。俺からは逃げられない。諦めろ、お前が生きているうちは、……死んだあとも、永遠に俺のものだ。だから、安心しろ、お前の一生は俺が責任を持つ」

「…………」

「だいじょうぶ、だいじょうぶだ」

「…………ぜんぜん、だいじょうぶじゃない」

「そうか？」

「出会って数日で永遠にアンタのものだとか言われる俺の身にもなれ」

「なるほど」

「…………」

「だが、大丈夫だ。なにもこわくない。悪いことは起きない」

もうこれ以上、お前を傷つけさせない。

俺がずっと傍にいる。

そもそも、ディリヤは、他人に八つ当たりするということができない男だ。自分の問題を自分で解決できず、余所《よそ》で発散することは、自分自身が無能だと証明するようなものだと分かっている。

それでも、ディリヤはユドハを殴り、声を荒らげ、胸ぐらを摑んだ。

ユドハに甘えてくれた。

「もう独りで耐えなくていい」

これ以上、頑張らなくていい。

ここには、俺とお前の二人いる。

いまは俺にすべて預けて、お前はなにも考えるな。

ぜんぶ、俺が預かるから。

「俺が守るから、お前は戦わなくていい」

「…………」

ユドハは飽くことなく繰り返し伝え、ディリヤはそれを拒むことなく聞き続けた。


「そんなに不貞腐《ふてくさ》れた顔をしてくれるな」

困り顔の狼がディリヤに飲み物を差し出す。

木製の椀に入った汁物は、生姜《しょうが》湯だ。ほわほわと湯気が立ちのぼり、ディリヤの冷たい鼻先を温める。

ディリヤは狼の巣穴に監禁されていた。

「今日は絶対に丸一日ここから動かんからな。お前は便所以外で動くな。いや、便所も抱いてつれていく」

物腰柔らかだと思っていた狼は、存外、強い口調も使えるらしい。

逆らうと厄介そうだ。

ディリヤはすこし冷静になっていた。

というよりも、やっと冷静な自分を取り戻せたのかもしれない。頭を空っぽにして走って、力任せの八つ当たりで狼を殴って、怒鳴って、胸ぐらを摑んで言いたいことを叫んだら、憑き物が落ちたようにすっきりした。

体調はいまいちだが、気分は良かった。

昨夜、よく眠れたからかもしれない。

野営地に戻ってもずっと震えがとれず、歯の根が浮いて、奥歯が触れ合ってかたかたうるさくて、足の脛《すね》や腰回りの骨が痛いほど冷えた。眠いけれどこのまま寝たら寒さで死ぬ気がして、じっと蹲《うずくま》っていたら、狼の懐に抱えられた。

抱えられても抵抗する気も失せていた。

背中や首の裏に鬣や飾り毛が襟巻きのように添うて、腹や腰を支えるように回された腕がどっしりとしていて、尻を乗せた太腿には厚みがあって温かく、凭れかかった胸板はふかふかと弾み、それでいてぴったりと体の線に添って沈み、最高の寝心地だった。

そう、寝心地が最高だった。

暑いのはきらいなのに……、凍えそうな冬のほうがまだマシなのに、ほんのりあったかくて気持ち良かった。

朝、目覚めると尻尾を胸に抱きしめて眠ってしまっていた。

屈辱だ。

寝顔を見られた。

「おはよう」

「…………」

アスリフのディリヤが寝顔を見られたうえに、他人の懐で完全に無防備な猫みたいに寝てしまった。

睡眠中に身動きしたのか、狼の懐で寝相を変え、体の向きを変え、寝返りを打ち、爆睡して一度も目を覚まさなかった。

夜、寝落ちする前と起床時で、まるきり寝姿勢が変わっていたから、この狼の腕の中で、もだもだ、ごたごた、もぞもぞしてしまったのは確かだ。

寝惚けていたのか、「ディリヤ、起きたか?」と大きな欠伸をする狼の頬をつまんで、「でっかいくち……」と引っ張ってしまった。

ディリヤがじゃれついてきたと勘違いした狼の尻尾がディリヤの懐でばふばふ暴れて大変だった。

「勘違いすんな、いつもはこうじゃない」

「分かった分かった」

「おい……」

「体が疲れていて、眠っていてもじっとできなかったんだろう。いいじゃないか、寝返りくらい。不貞腐れるな。……まぁ、盛大に寝惚けていたが、それはいつものことだ」

そして、生姜湯を差し出されるところに戻る。

狼の巣穴は、洞穴のなかにある。奥行きはなく、天井も低いが、尻を乗せる地面が平らで、水滴が落ちてくることもなく、岩肌が乾いている。洞穴内の通路が直角に折れ曲がっていて、冷気が直に吹きこんでこず、体感温度もぐっと暖かくなるし、焚火の燃料も少なくて長持ちする。それでいて風の流れもあり、空気が滞留することがないので、長時間、火を使って中毒を起こす心配もない。

とても優れた巣穴だ。

「…………」

あの狼、いつもいいとこ見つけてくるんだよな……。

ディリヤは生姜湯をゆっくりと飲み、喉を潤す。

懐かしい甘みと喉の奥を刺激する辛み。体の内側から温まって、肩から力が抜ける。好きな味だ。

「お前の好きな人が作った生姜湯だ」

「俺の、すきな……ひと……」

「湖水地方に住むニーラさんという方の母上だ」

「俺のすきなひと……人妻……」

「ち、がう……ちがう、ちがうぞ、そういう意味の好きではない」

「……びびらせんなよ」

「お前の好きなのは、お……」

俺だ、と言いかけてユドハは口を噤む。

「なんだ？」

「ともかく、いま俺が言った好きな人という意味は、お前が尊敬する人、敬愛する人、親しい人、慕っている人、家族のように思っている人、感謝している人、

そういう意味の好きな人だ」

「……なんで俺がそんな善人みたいな生き物と知り合うんだよ」

「お前が知り合ってもなんら不自然ではないぞ」

「そういう人と出会えるのは、もっと品行方正に、真面目に、ちゃんと生きて、幸せになる権利がある奴だろ」

「お前が、……お前の責任で大事に物事を考えた結果、そういう人たちと巡り合えたのだと……、俺はそう思っている」

「時々、言いよどんだり、途中で話ぶった切るのはなんだ？　俺になんか隠してることでもあんのか？」

「ある」

「正直な狼だな」

「あるが、それについて話せばお前が混乱するのは目に見えているので、いまは話さない」

「俺が知りたいと言ったら？」

「その覚悟ができたらそう言ってくれ。嘘偽りなく話す。……お前は利口な男だから、お前自身に納得いく環境が整って、心構えができたら、きっと、自分から知りたいと願うだろうし、受け入れられる」

「アンタ、俺のこと買い被りすぎてないか？」

「いいや、これが正しい評価だ。俺はいつもお前を信じている」

「もういい、喋るな」

顔を俯《うつむ》けたディリヤは膝に自分の額を押し当て、頬の内側を噛んで口端がゆるみそうになるのを堪えた。

この狼の言葉はぜんぶやわらかくて、甘ったるくて、ふわふわして、くすぐったい。耳がじわじわと熱い。心が落ち着かない。意味もなくそこらあたりを走って、心の内側のそわそわしたものを発散したい。

この狼から、全幅の信頼を寄せられている。

この男から、認められている。

その事実で、心が満たされる。

たくさんの金を稼いだ時よりもずっとうれしい。

ゴーネの使えないあのクソみたいな弱腰の上司から上っ面《つら》のおべんちゃらで褒められた時よりもずっと心が跳ねる。

なんでこんな気持ちになる？

俺より足が速くて強い狼に褒められたからか？

「……分からん」

「なにが分からない？」

「アンタの、その言動が……」

「俺の言動に疑う余地や不明な点があるなら……」

「逆だ」

「……？」

「アンタは馬鹿正直に俺のことまっすぐ見つめて、まっさらの言葉をぶつけてくるから、アンタの言ってることぜんぶ本気なんだってことくらい分かる」

「結局、分からんのか、分かるのか、どちらだ？」

「あー……っ」

ぐしゃりと前髪を掻いて、唸る。

この狼は、真っ向勝負の男だ。

嘘をついてない分だけ、タチが悪い。人たらしだ。

いままでも、こうやって真摯に、誠実に、清廉潔白に、誰かを口説き落としてきたはずだ。そして、その手口で成功しているはずだ。老若男女を問わず狙った奴は落としまくってるはずだ。

それくらい、この男の愚直さはディリヤを惑わす。

まっすぐな金色の瞳を見ていられない。

目を逸らしてしまう。

「わけ、分からん……」

「ならひとつだけ分かっておくといい」

「あぁ？」

「お前の傍には、いつも、お前を愛する人たちがいて、お前もその人たちを愛している。皆、お前がしあわせでいることを願っている。俺もその一人だ」

「……重い」

「気にするな。お前はただ受け取ればいいだけだ。特に、俺が差し出すものはすべて、有形無形にかかわらず」

「アンタ、箱入りか？」

「なぜだ？」

「俺が言うことでもないが、見返りもないのにそんなことしたらダメだろ、気を付けろ、勘違いさせんぞ」

「お前も、俺たちになんの見返りも求めず、愛してくれた」

「…………」

「いま、俺はそれを返しているだけだ」

返しきれないほどの愛を、何百倍、何千倍、何万倍にもして、これから一生をかけて返していく。

「つまり、俺は、……狼から感謝されて生きてんのか？」

「感謝されて、愛されて、生きている」

「万人から？」

「そこは難しいところだ。人間も獣人も誰しも好き嫌いはある。俺も、一部からは嫌われているし、命を狙われたこともある」

「……アンタの命を狙う奴なんかいるのか。根性太いな。どんな神経してるんだ？」

「いい神経してると思うぞ」

「……？」

なんで笑うんだ？

それも、ちょっと嬉しそうに。

背中を蹴られて尻尾がばたばたするし、命を狙われて笑うし、やっぱりちょっと特殊な性癖の奴なんじゃないか、コイツ……。

「違うからな」

「なんでアンタは俺の考えてることがそう手にとるみたいに分かんだよ」

「お前を見ているから」

「……へんなの」

くすぐったい。冬なのに、菜の花の季節みたいなむず痒さがディリヤを包む。

この狼の語るディリヤは、十六歳のディリヤよりずっと他人に愛されているらしい。しかも、他人を助けたり、思いやったり、自分らしくない行動ばかりして生きている。

いまのディリヤにしてみれば支離滅裂な行動だが、それなら納得はいく。きっと、これが、いまの自分自身を混乱させるなにかの正体だ。

「俺のなかに、二つある」

「なにがある？」

「十六歳の俺の頭と、……二十五歳の俺の、頭以外の、なんていうか……体じゃなくて、もっと抗えない本能的な部分で、でも、本能とか反射じゃなくて、気付いたら突き動かされてる情動みたいな……。でも、情じゃなくて、感情みたいで、そうじゃなくて、胸の内側にあって、それに支配されてると心臓が苦しくて、……ああ、そうだ……、心だ。十六歳の俺の頭と、二十五歳の俺の心がバラバラで、ケンカしてて、頭と心がちぐはぐで、体が動かなくて、動いた時には自分らしくない行動ばかりで……」

「頭と心、どちらもお前だ。だが、自分でどうにもできなくなったら、その時は俺がいる」

「アンタが？」

「そうだ。俺がお前の傍にいる。安心しろ。十六歳と二十五歳の間で迷ったら、俺に伝えろ」

「伝える……」

「伝えなくてもいい。俺が気付いて、助ける」

「人を助けるってのはけっこう疲れるからやめとけよ、お人好し」

「十六のお前も、二十五のお前も、どちらもやさしいな」

「……な、……そんなわけ、ない……」

「俺はお前の知らないお前を知っている。お前が途方に暮れているなら、俺が助ける。一人で悩むな」

「二人でできることを、一人でする必要はない……？」

「その言葉を覚えていてくれるなら、俺はそれだけで満足だ」

「これは、アンタの言葉か？」

「俺の言葉であり、お前の言葉でもある」

ディリヤの隣に狼が座った。

どしんと大きな振動がして、すこしディリヤの尻が浮く。

肩と肩が触れ合う距離で狼がディリヤを見下ろしたが、じっと見られることを苦手とする十六歳のディリヤを知っているからか、すぐに前を向く。

尻尾だけは居場所がないようで、右へ左へうろうろしていたから、ディリヤが自分の尻の下へ敷いた。

怒るかと思ったが、この狼はディリヤのすることをなんでも許す。尻の下の尻尾が元気よく動くから、

「静かにしろよ」と片目だけで狼を見上げると、「これは言うことをきかんのだ」と鷹揚《おうよう》に笑った。

「ディリヤ、お前は記憶を取り戻したいと考えているか？」

「そのほうがいいとは……思う」

「歯切れが悪いな、どうした」

「思い出したほうが頭と心と体がちゃんとひとつになる気がする。ただ、……アンタと会う直前に、自力で思い出せるか試してみたら死にたくなったから諦めた」

「……死」

「拒否反応なのか、頭痛と吐き気と、……忘れろって言葉が頭んなかで響いて消えなかった」

「…………」

「生きてれば、いろいろ一気に最悪なことが起きて死んだほうがマシだって瞬間あるだろ？　あんな感じだ」

「……人生で、そう何度もそんな瞬間はない」

「そうか？　じゃあよかったな」

ディリヤは本心からそう言った。

この善良そうな、……すくなくともディリヤに対しては誠実な狼が、そんな気持ちになることがなくてよかった。

いい奴は、そうやってちゃんと報われるべきだ。

「額の怪我は……」

「頭んなかが気持ち悪くて地面にぶつけた。その時は必死で、楽になれるならなんでもよかった。……なんか、つまんないな、この話。死に損なったってだけだ……ぅ、ぉお？」

突然、狼がディリヤを抱きしめてきた。

狼狽の声を上げてしまったディリヤは自分がこんな声が出るのだと驚く間もなく、全体重で抱きつかれて地面に押し倒される。

「は、なせ……っ」

「…………」

「おいっ！」

背中をばんばん叩くのに、びくともしない。

後頭部を大きな手で抱えられ、全身を包むように抱擁され、膝から下だけをバタバタさせる。狼の腕一本を下敷きにしているからディリヤの背中は痛まないが、なんせ力が強い。

　左手で背中側の鬣を力任せに鷲摑み、二人の胸の間で折り畳まれた右腕で肩を押すが、剝がれない。

「このっ、クソ重い……、なんだこれ、剝がれない、ちょっと待て……一回離れろ、……息、できん……っ、おい、狼！」

　なんだこれ、なんだ、わけが分からん。

　この広い背中を知っている。懐の温かさを知っている。顔が埋もれる鬣の苦しさや心地好さ、胸板の厚み、抱擁の力強さ、腕の逞しさ、ぜんぶ、知ってる。

「ユド、ユドハ……！」

　名前を呼んだ。

　そしたら、やっと狼が顔を上げて抱擁をゆるめた。

「ディリヤ」

「……なんでアンタがそんな悲しい顔するんだ」

「お前が死んだら、生きていけない」

「バカみたいなこと言ってんなよ」

「愛してる」

「……恋だの愛だのに生きてたら損するぞ」

「損はしない。得をする。恋だの愛だのに生きているからこそ俺は頑張って生きていけるんだ。……それが、俺の生き甲斐だ」

「…………分かった、分かったから……怒るな。……怒ってんだよな？　そのツラは……」

「怒っていない」

「じゃあ、悲しいのか？　そんな顔するなよ。俺が悪かったから。……な？　落ち込むなって。いまんとこ生きてるから死んだ時のことなんか考えんな」

「…………」

「駄々捏《だだこ》ねんなよ」

　狼の尻尾が地面をバシバシ叩く。

　尻尾が起こす風圧と砂埃《すなぼこり》で焚火が揺れて、火勢が弱まった。

「こんなふうにお前を失うなんて、いやだ」

「我儘《わがまま》な男だな」

「…………」

「機嫌直せって」

　こいつがこんな顔していたら、こっちまで可哀想な気持ちになって、悲しくなって、勝手に涙が溢れそうになってくる。鼻の付け根がつんと痛んで、目の奥がぎゅっと苦しくなって、目尻がじわりと滲む。

困る。

「頼むから、……俺がアンタにそんな顔させてると思ったら、なんか、情緒がおかしくなってくる」

悲しくて、申し訳なくて、可哀想で、慰めてやりたくなってくる。頭を撫でて、毛繕いして、湿った鼻先をくすぐって笑わせてやりたくなる。

それと同時に、俺のことでこいつはこんなふうになるのか、という謎の優越感で満たされてしまう。

ディリヤに背中を蹴られて尻尾を振るような狼に、こちらの性癖まで歪められてしまいそうだ。

「死なないでくれ」

「そしたら機嫌直るか？」

「それとこれとは別だ。お前は死なない。まずは復唱しろ」

「俺は死なない」

茶化す雰囲気ではない気がして、言われたとおりに復唱する。

「そのうえで、俺の機嫌をとれ。俺を傷つけた責任をとれ。同時に、そんな状態のお前を一人にさせた俺を罵れ。俺がもっと早く見つけていれば……」

「あーもう、うざってぇな。どれかひとつにしろ」

「名前で呼んでくれ」

「あぁ？」

「これからずっと名前で呼んでくれ」

「………」

「狼、ではなく、ユドハ、と」

「……分かった」

そんなもんで機嫌が直って、この状態から抜け出せるなら安いものだ。

「いますぐ」

「注文の多い狼だな……、ユドハ」

「………」

「ユド、……ユドハ、……ユードーハー……」

「もっとだ」

「ユドハ」

鬣を摑んでいた手を下ろし、毛皮に埋もれたまま、何度も呼ぶ。

しょうがない奴だ。

「ユド、ユドハ……」

歌うように、囁くように、語りかけるように、同じ名前を繰り返す。

ユドハの喉の奥がぐるぐるうるうる鳴っている。

その音を聞いていると、なんだかディリヤまで眠くなってきて、知らず知らずのうちに瞼が落ちて、ゆっくりと息を吸って吐く。

狼の、……ユドハの匂いがする。

知らない匂いなのに、知っているような気がするのは、共に過ごした日々があるからだろうか。

「ユドハ……なぁ、いつまでこうしてんだ？　どけよ」

「………」

「なぁおい、ユドハ。おい、こら……なぁって」

耳を引っ張って、そちらへ向けて話す。

ユドハは目を閉じて、眠ろうとしている。

「………うそだろ、寝るなよ」

「………」

「まだ起きてるくせに寝たフリすんなよ、おい、ユドハ、……このっ、ちょっと気ぃ許した途端、調子乗りやがってこのドスケベ狼、……首に口吻の先とか押し当てんな、そういうのは自分の嫁にやれ。アンタの距離感どうなってんだ……、……あぁもうぜんっぜん動かねぇ……クソ重い、石像かよ……、筋肉重い、暑い……自分の重量知ってんのか……」

本当はそんなに重くない。

ディリヤに体重がかからないようにユドハが気を配っている。

びくともしない狼をどけることもできず、ディリヤは、「アンタ、尻尾を俺の太腿の間に隠してるけど、クソみたいに揺れてるから起きてるって分かってんだからな」とだけ言い置き、諦めた。


「……アシュ？」

やわらかな毛並みがディリヤの頬を撫でる。

ふわふわの塊《かたまり》を己の胸で抱きとめるように両手を広げれば、待ち望んでいた体温が懐《ふところ》に潜《もぐ》り込んできてくれる。

「いいこ、いいこ」

「…………」

「……っ、くすぐったい……」

「…………」

「しー、……じっと……、そう、いいこ」

ぽん、ぽん。一定の間隔で背中をやさしく叩き、頬に唇を押し当て、甘噛みをして寝かしつける。

首の後ろの飾り毛を毛並みに添って撫《な》で梳《す》き、軽く立てた指の先で背骨の筋肉の繋ぎ目に添って撫でるように揉《も》む。

背中の強張りが解《ほぐ》れてきたら、背骨から尾《び》てい骨、尻尾の付け根まで指を伸ばす。

尻尾がふるりと震え、喉の奥が鳴るのを遠くに聞きながら、顎下の肉を噛み、鼻先まで唇を移動させ、また、頬を甘噛みする。


まだ朝は早い。隣でユドハもララもジジも眠っています。だからアシュもディリヤと一緒にもうすこし寝ましょう。

でも、その前に……。

「……風呂に入りましょう。オス臭いです、アシュ」

「…………アシュではない」

「……？」

「起きたか？」

「誰だアンタ」

「ユドハだ」

「…………ああ」

かなり遅れて、ディリヤが頷《うなず》く。

ユドハの気が済むまで抱き人形になっていたら、一緒になって二度寝してしまったらしい。

目を覚ましたディリヤは何度か瞬いて、生欠伸《あくび》を漏らす。

眠気なんか感じたのはいつ以来だろうか。

どれほど眠っていたのだろうか。

まどろんで、どろどら、だらだらして、身も心も輪《りん》郭《かく》がぼやけて……、ディリヤの頬を撫でるユドハの掌《てのひら》の体温が心地好くて、目を閉じて、深呼吸をしたら、また眠ってしまいそうで……。

「暑苦しい、離れろ」

絆《ほだ》されそうになって、慌てて起きた。

「よく言う。寝ている間ずっと俺の尻尾を股の間に挟んで胸に抱え、鬣《たてがみ》の下に潜り込んで暖《だん》をとっていたくせに」

「……うるさい、無意識のことなんか知るか」

ユドハの体の隙間から抜け出す。

今回はすぐに自由になれたので、訝《いぶか》しげにユドハを見やると、思ったよりも真剣な表情でディリヤを見つめていた。

「無意識なら、二十五歳の記憶が優位に立つんだな。……ディリヤ、お前、先ほどアシュと言っていたが、なにか思い出したか？」

「なにも。なんか、毛玉の塊みたいなやつを毛繕いしてる夢で、……こう、指が気持ち良かった」

「そうか、分かった」

「なんだよ……」

問いかけた途端《とたん》、ぐぅ、とディリヤの腹が鳴った。

「メシにするか」

ユドハが頬をゆるめ、焚火へ近付く。

そこには、串に刺した肉が炙《あぶ》られていた。火にかけられた鍋からは、ふつふつと湯気が立ち昇る。

太陽の位置や鍋の様子から、二度寝していたのはそう長くないようだ。ディリヤが生姜湯を飲んでいた時にユドハが食事の支度を進めていたが、その時はまだ生肉だった串肉にもしっかり火が通って食べ頃だ。

ユドハは、己の手もとや鍋がディリヤから見える位置に座り、小細工などはせず、料理に異物や毒物を混入していないことを明確にして調理していた。

調理中に調味料は利用せず、「火が通ったあと、食べる時に自分で好きなように」と塩や胡椒、山椒《さんしょう》などを渡された。

どこからどこまでも気が回る男だ。

ディリヤのことを熟知していて、ひとつも蔑《ないがし》ろにしない。

「アンタ、そういうの疲れないか？」

「お前はこれの何万倍も俺を思いやってくれていた」

「ふぅん」

たくさん話して、頭を使うと、腹が空く。

ディリヤは渡された粥を啜《すす》った。甘みの少ない米に、黒米と小豆が彩《いろど》り程度に混ぜられている。ディリヤはそこに少量の塩を振った。

出汁《だし》がないので味気ないが、飲食の量を控えて胃を小さくしていたディリヤにはこれくらいが具合が良かった。

このユドハとかいう男、粥ひとつ作らせてもなかなかの腕前だ。美味い。

「そのデカい肉も寄越《よこ》せ」

空の器をユドハに突き出す。

ところが、ユドハは粥のおかわりをよそってディリヤへ差し戻す。ディリヤはあっという間にそれを腹へ流し込んだ。

「坊主や僧侶よりも清貧な食事を心がけていた奴が、いきなり肉などという胃に重いものを食うな」

「世の中には破戒坊主や生臭坊主とかいう不品行な奴らもいる」

「お前、ああ言えばこう言うな」

「気に入らないならどっか行け。そもそも、俺の食えないもんを作ってんじゃねぇよ」

「これは仕込みだ。今日の夕飯の出汁にしたあと、ほぐして、煮しめて、朝食のおかずにする」

「…………」

思わずよだれが出そうになって、ディリヤはぐっと拭《ぬぐ》う。

「腹が空くのは良いことだ」

「メシ食う時くらい尻尾静かにしろよ、親子そろってほんとそっくりだな」

「…………」

「アンタに似てんのは、たぶん、アシュのほうだ」

「そうだ」

「思い出すっていうよりも、じわじわ自分のなかに自分の知らない自分が戻ってくる感覚だ。……頭のほうは追いつかないが、感覚のほうはこういうのに慣れてきた」

「無理をすべきではない」

「アンタ、俺に思い出してほしいんだろ？」

「その件にかんしては俺の意志は不要だ」

「なんで？」

「お前の意志が最優先だから」

「…………」

「ここでひとつ提案なのだが、お前、俺に雇われてみないか？」

「……？」

「俺はウルカでお前を雇っていた。常に傍《そば》に置いていた。お前は有能だからな。お前に命を助けられたこともある。だが、お前が記憶を失ってこうなってしまった。……だから、もし、お前が記憶を取り戻したいとすこしでも願うなら、ウルカへ戻ってみないか？」

「…………」

「お前の九年間の手がかりは、すくなくとも東側には存在しない」

「それはまぁ、そうだろうが……」

「東で傭兵をするよりも高い給金を出すぞ」

「…………」

自分がどうしてこうなったのか、それくらいは承知しておきたい。それは確かだ。

ただ、なにか忘れているような気がしてならない。

自らの意志でウルカを離れた理由。あの時、状況を把握するより先に、本能が、ここから逃げろ、とディリヤに命じた。それに従ってこんな東のほうまで逃げた。

なのに、いまは「ウルカへ帰りたい」という意識ばかりが強く働く。もっと熟考すべきなのに、できない。ここで帰らないと言えば、きっと、ユドハが悲しい顔になる。

「ちなみに、これくらいは出す」

ユドハが地面に数字を書き、金額を提示する。

「衣食住と経費は給料から天引きか？」

「いいや、これはお前の総取りだ。衣食住と必要経費はこちらで持つ」

「仕事内容は？」

「護衛官だ」

「ガキの面倒も見るのか？」

「必要な時は。……俺は城詰めだから、お前は俺の後ろに控えていることが大半だ。午前中は部隊の訓練へ参加するか、子供たちの傍にいて、午後から俺の仕事に随伴している。不定期的に、城外や郊外、他国へ視察に赴《おもむ》く。その際もお前は一緒だ。随時、特別手当てが支給される」

「いくらだ？」

「これくらい」

再び、数字を書き足す。

「一度の遠征でか？」

「いや、一日刻みでこの金額を加算だ。別途、危険手当てなども付く」

「じゃあ、ウルカに行く」

「……っ！」

ユドハが立ち上がり、拳《こぶし》を握った。

天井が低い洞窟内だと忘れていたのか、ユドハが頭をぶつけた。

すごい音がして、岩のほうが砕けた。


「お前は、体を捻《ひね》る動きが苦手だ。それでも、上半身よりも下半身を重点的に使って攻撃する。特に足技が増えた。両腕を空けておく必要があるからだ」

「なんでだ？」

「子供たちを守るためだ」

「ああ、アンタのガキか……」

ディリヤは素直に頷いた。

どうやら自分は、ユドハとその子供たちから、かなりの信頼を得ていたらしい。

ウルカへ戻る帰路で、ディリヤはユドハの言葉に耳を傾けた。

主にユドハが喋《しゃべ》り、ディリヤが聞く。話す内容は、ユドハの知るディリヤについてだ。

生活習慣、仕事、戦い方、体の動かし方、十六歳の感覚で動くのではなく、二十五歳のディリヤがどう動いていたか。精神面ではなく、体力や身体面での話が多かった。

いまはユドハの助言をもとに体の動きを調整している。山道はそうしたことに適していて、移動しながら自分の限界が見極めやすかった。

「お前は高山地帯で生まれ育ったから、このあたりとも相性がいいんだろう」

ユドハはディリヤのことを知っている。

アスリフの生まれだということも知っている。

時にはユドハを相手に組手をするが、「俺は前にもコイツと手合わせしたことがあるな」とぼんやり体で分かる。

知らないはずのウルカ軍の正規の剣術なんかもディリヤは見知っていた。護衛官をしていたなら、ウルカ軍の戦法や立ち居振る舞いも覚えただろう。虎から助けた女たちが、ディリヤがどこかの軍人だと指摘したのはあながち間違いではなかったらしい。

いまの体に適した動き方が身に染みついていて、ユドハとの手合わせがそれを思い出させた。

この体は、十六歳の頃とは違う。筋肉の質、体の大きさ、持久力、耐久力、体力、身長、体重、すべて、二十五歳のディリヤに最適なものになっている。

下手に十六歳の頃を目指して食事量を絞り、体重を落とすべきではなかった。

二十五歳のディリヤは、たぶん、健康だったはずだ。怪我はあっただろうが、工夫を凝《こ》らして試行錯誤し、食事や睡眠、普段の生活にも細心の注意を払い、健《すこ》やかな体を作りあげていたに違いない。そこには、この甲斐甲斐《かいがい》しい狼、ユドハの意図が働いていたはずだ。

そう思うのは、この険しい旅路でも、ユドハがいつもディリヤを見ているからだ。献身的にディリヤを支えるからだ。

ユドハは食料を調達し、飲料水になる水場を見つけ、雨風を凌げる最適なねぐらを整え、火を絶やさず、険しい山道ではディリヤに手を差し伸べる。

疲労困憊《こんぱい》する旅路でさえ至れり尽くせりなのだから、ウルカではより丁寧な扱いを受けていたに違いない。

ディリヤをウルカに連れ戻すために、いまだけ特別親切にしている、といった様子は見受けられない。たとえこの親切が嘘であっても、「コイツにはきっと嘘をつくだけの理由があるはずだ」とユドハに有利になる解釈をしてしまうような、そんな誠実さがあった。

「胡散《うさん》臭い……」

誠実であればあるほど疑ってしまうのは、ディリヤがそういう奴らしか見てこなかったからだ。

「なにか言ったか？」

「俺は狼の群れで異端だったか？」

「最初は異端だったが、群れの一員として認められていた。そして、より馴染《なじ》むべく努力を続けていた。いつも誰かのために命を張っていた」

「…………」

不思議だった。

二十五歳のディリヤは、誰かの命を奪うために狼の群れに溶け込むのではなく、命を守るために群れに馴染む努力をしていた。

高額報酬と引き換えの雇われの身とはいえ、命を奪う仕事は短期間で終わるが、命を守る仕事は終わりがない。護衛対象者が生きているかぎり、もしくは契約が解除にならないかぎり続く。

ひとつのところに永遠に留め置かれる。

自分から契約を解除すれば自由の身になれるだろうが、今回のユドハとの契約では、破棄する際の取り交わしがなかった。

ユドハも忘れているのだろうか。

まさか、そんなはずはない。この男は抜かりない男だ。そんな大事なことを確認し忘れるはずがない。

ということは、一生涯、ディリヤをウルカから出ていかせない前提で契約したということか？

そういえば、「二度と離さない」だとか「どこにも行かせない」だとか物騒なことを言っていた。

「ディリヤ」

ディリヤの隣を歩いて風除《かぜよ》けになっていたユドハが馬を止め、立ち止まった。

「う、あ……？」

ぬ……と、大きな腕が伸びてきて、ディリヤの鼻を拭う。

「鼻血が出ている」

「あー……、なんだ、これ……」

ぶっ、と血混じりのそれを地面に唾棄《だき》する。

ずず、と鼻を啜《すす》り、手荒に拭《ぬぐ》う。

「乱暴に触るな」

「あぁ？」

「座れ、出血が止まるまでじっとしていろ」

「いらない」

「俺と会う前に額や頭を打っただろう？　眩暈《めまい》や吐き気、手足の痺れや呂律《ろれつ》が回らないなどはあるか？」

「騒ぐな、触んな。寒くて乾燥してるのと、あんま寝てないからだ」

ユドハの手を振り払う。

頭のなかが熱い。脳味噌を使ったり、体を動かしたり、考えすぎたり、休みなく使いすぎた。

「俺が傍にいると眠りにくいか？」

「アンタじゃなくて、他人なら誰でもそうなる。これでも、アンタと合流してからはわりと寝てるほうだ。……おい、なにしてんだ」

ユドハが馬から荷を下ろし始めた。

「すこし早いが、今日の移動はここまでにする。すこし先で水音がする。小川か、水辺だ。飲み水を汲《く》んでくるからお前は……、おい、ディリヤ」

「水音どっちだ」

「北だ」

「………あー、クソ、また出てきた」

唇に温かさを感じて、手の甲で拭うと血がつく。

鼻を啜りつつユドハの尻尾が示す方角へ進む。

慌ててユドハが追ってきて、ディリヤの前を歩き、草木を掻き分け、道を作る。

その先に、清水が湧き、白糸のような滝が流れていた。

まだ凍りついておらず、使える水場だ。水量も豊かで、さぁさぁ、ざぁざぁと高くから低くへ流れ、岩肌を跳ねてディリヤの頬に勢いよく飛沫が飛んでくる。

血のついた手を滝に対して直角に差し入れると、水の向こうは空洞になっていて、岩肌までいくらか距離があった。

ディリヤは、そこに頭から突っ込んだ。

「……う、お？」

次の瞬間、ユドハに引き戻された。

「真冬だ、真冬！」

「うっせぇ」

耳もとで叱られたディリヤは、ユドハに羽交《はが》い絞《じ》めされたまま頭の水をふるう。

「頭、冷やしただけだ」

「いまの時期にすることではない」

「頭んなか熱い。きもちわるい」

「頭が熱い時は、発熱を疑え」

「冷静になっていいだろうが」

「人間の十六歳の思考回路はなぜそうなんだ。お前はもっと冷静で……、いや、アシュたちのことがなければ、お前はそうして生きていたのかもしれない。どこか自暴自棄で、生きて死ぬのは当たり前のことで……」

「ぶつぶつうるさい」

ディリヤはユドハの腕から抜け出し、無造作に顔を洗った。背中に刺さるユドハの視線が痛くて、頭から水に突っ込むのはやめた。

「おい、ユドハ」

「なんだ、血が止まらんのか」

「ちがう、鼻血は止まった。アンタ、ちょっとここに立て」

「こうか？」

「そう、そんで、両手を洗え。洗ったら、手で器を作って、こう……、そのまま、じっとしてろ」

清流の前にユドハを立たせ、掌で作った器で水を受けさせる。大きな手に瞬く間に清水がなみなみと揺蕩《たゆた》う。ディリヤはそこに唇を寄せて喉を潤した。

こく、こく……、喉を鳴らす。

清流から撥《は》ねる水飛沫が睫毛《まつげ》に乗って重い。

ユドハの手は、指と指の間に隙間がないから水が漏れない。それでもなお溢《あふ》れるたっぷりの水がディリヤの唇から顎先、喉を伝って服の下に消える。

「…………」

前髪が落ちるのが鬱陶《うっとう》しい。

自分の手で強引に掻き上げるが、何度も落ちてくる。するとい急に水の量が減った。ユドハが片手を下ろしたからだ。残った片手でも飲み水が足りないことはないが、勝手をするなと視線で文句を言おうとしたら、ユドハの濡れた指先が、遠慮がちにディリヤの前髪を掻き上げ、そっと耳に掛けた。耳まで足りない短い髪は、ユドハの手が押さえている。

じっとユドハを見るが、それ以上はなにもしてこない。

ユドハから視線を外し、瞼《まぶた》を伏せ、ゆっくりと喉の渇きを癒し、ユドハの指の端を噛んでから顔を上げた。

「無許可で俺の体の一部に触んな」

「……すまん」

小さな噛み痕とディリヤを見比べ、ユドハが困り顔になっている。そのくせ、尻尾はぱたぱたしていて、どういう感情なのか分かりにくい。

「ほら……」

ディリヤは自分の手で器を作ってそこに水を溜め、顎先でユドハに促した。

「なんだ？」

「水、アンタも飲むだろ。ここ、顔から直で飲みにいこうとすると鼻に入るし、アンタの骨格だと口に入る前に滝の向こうの岩に当たって飲めない。早く飲め、手が冷たい」

足先で軽く蹴って急《せ》かす。

ユドハが背を丸めて身を屈《かが》め、優雅なお辞儀をするようにディリヤの掌に鼻先を寄せる。

静かに、牙が触れないように、ユドハは水を飲む。

ディリヤは、腕の高さを調整して、自分で意識するよりも高い位置で保持する。そうすると、ユドハも飲みやすくなったようで、ディリヤにもごくごくと音が聞こえるほど喉を鳴らした。

「…………」

でっかい夕日色の宝石だ。

ユドハの瞳が、キラキラしている。

ちょうど、ディリヤの視界のど真ん中にユドハの瞳がある。その瞳が閉じられることはなく、まっすぐディリヤを見つめている。

いまはユドハに水を飲ませているから、ディリヤは逃げも隠れもしないと分かっているだろうに、ディリヤから視線を逸《そ》らさない。

撥ねる飛沫がユドハの長い睫毛を濡らし、淡雪のような水滴が毛皮の表面を滑り、雫《しずく》になって足もとに落ちる。ディリヤがそれを視線で追いかけてユドハから目を逸らすと、大きな舌がディリヤの掌ごと水を舐めとり、掬《すく》い上げた。

「……っ」

その感覚にディリヤが思わず手を離してしまう。

「ふ……」

「笑うな」

「いや、すまん。あまりに可愛かったもので……」

「…………」

「すまんすまん」

ユドハは、ディリヤに裏腿を蹴られても笑顔だ。

口元を拭ったユドハは「お前のおかげで勢いよく水が飲めた」と礼を述べ、ディリヤの手をとり、当然のように手拭いで拭う。

「…………」

触り方が、やらしい気がする。

また、俺の許可なく触った。

二つのことを同時に考えたディリヤだったが、ユドハの親指の腹が、ディリヤの手の甲を撫ぜた瞬間、手を引いた。

「……クソっ、この……馬鹿力……っ」

手を引いたのに、離れない。

たった二本のユドハの指がディリヤの手首を摑む。まったく力が入っていないように見えて、押しても引いてもゆるまない。

首を垂れたユドハは、ディリヤのその爪先に唇を触れさせた。

びくりと面白いくらい自分の肩が震えたのをディリヤも感じた。ユドハはそれを茶化さず、微笑ましげに見つめるでもなく、ディリヤの掌に口吻《こうふん》の先を寄せ、唇を寄せ、掌を撫で辿る。

ディリヤの指先がユドハの毛皮に触れ、埋もれる。かじかんだ爪先がじわりとユドハの体温に馴染んでいく。

いいにおいがする。

狼のくせに、ユドハからいいにおいがする。

水飛沫と、陰りを見せる前の陽光と、ユドハの黄金色の毛皮。それらが折り重なって宝石みたいな虹が出て、それがユドハの毛皮に映りこみ、毛艶に真珠色の光沢を描く。ゆっくりと静かにユドハが呼吸するたび、首を垂れた麦の穂が風にささめくような波を描き、この生き物だけが持つ美しさでディリヤの心を奪う。

「……たからもの」

「……？」

ユドハが、狼の眼を片方だけディリヤへ向ける。

「たからものみたいだ」

でっかくて、おおきい、ピカピカで、キラキラの、宝物。でも、無機物の宝石と違って、息をして、血が通っていて、肉があって、体温があって、毛皮があって、心があって、生きている。

この世でひとつだけの、生きた宝石。

誰かのたからもの。

「早くウルカに帰らないとな……」

「……ディリヤ？」

「アンタも誰かの宝物で、家に帰ったら大事な嫁と息子っていう宝物が待ってんだろ？　じゃあ、早く帰ってやんないと……。いつまでも俺にかまけてる場合じゃない」

ディリヤは今度こそユドハの手から手を離した。

きっと、ユドハに必要なのは、この手じゃなくて、大事なつがいの手だ。こんな傷だらけで、奪うことばかりが得意な手じゃない。ユドハを待っているのは、上手に誰かを抱きしめられる手で、撫でて、毛繕いして、手に手を携えて優しく寄り添えるような、そんな誰かの手だ。

「アンタの大事な人たちのとこに、早くアンタのこと返してやんないと……」

「…………」

「俺、記憶のあるかぎり、十六歳までいいことなんかなんにもない人生だったけど、……そのあと、いいことあったんだな」

「アンタみたいな奴と知り合えただけで、一生もんの宝物だ」

雇っていた人間が失踪したからと、遠い遠い道のりを、ただただ心配ゆえに追いかけてきてくれて、探してくれて、見つけてくれた。

ディリヤに記憶がないと知ってからも、それを鬱陶《うっとう》しく思って邪険《じゃけん》に扱うのではなく、寄り添い、些細な体調の変化に気付いては手を尽くし、心を尽くしてくれる。

じゃあ、もう、充分な気がした。

一度でもこの人生が報われたことがあるのだと、……良いことがあったのだと知れた。

それだけで、いつ死んでもいいと思えた。

「死ぬなら、こういう日もいいな」

「お前は、いつもそうだ。……どうしてそんな些細な幸せだけで満足してしまうんだ」

「なんで俺が俺の幸せな話をすると、アンタはいつも悲しい顔になるんだ?」

「…………」

「思い出せば分かる」

「……分かった。……でもまぁ、いまの話で、二十五歳の俺の生き方がちょっと分かった気がする」

誰かを死なせる仕事じゃなくて、誰かのために自分が死ねるような仕事。死に方に意味や理由や自分なりに納得のいく理屈があったなら、ただ生きて死ぬだけだった一生も、きっと鮮やかに色づく。

死に際に彩《いろど》りが添えられる。

この男の傍で過ごした時間、環境、傍にいる者たち、そうしたものが気に入っていて、二十五歳の俺は、終わりのない仕事を死ぬまで続ける気になったのだろう。

ユドハはとても優れた雇用主だ。

狼は仲間意識が強く、一度でも懐に入れればとことんまで助けあう。戦時中も、そんな狼たちを何度も見てきた。

ディリヤも、いま、ユドハの群れの一員として扱ってもらっている。

「記憶がないうえに、単に雇ってただけの人間なんか、普通は失踪したらそのまま見向きもしない」

「これまでお前の傍にいた者はそうだったかもしれんが、俺は違う」

「……一緒くたにして悪かった」

「いまのお前の傍に、そうした奴はいない。だから、そんな悲しい顔でそんなことを言ってくれるな」

「俺の表情は変わってないはずだ」

「声や瞳で分かるくらいには、俺も、お前の傍にいた」

「厄介だな」

困ったような、泣きそうな、不思議な表情で、ディリヤの頬がすこしゆるむ。頬のこの筋肉の使い方、どことなく既視感があって、懐かしい気がした。


山を越えた先の、麓《ふもと》にある街に入った。

このあたりの交易路の中心地で、東側の強国に属しており、悲しむ人の多い戦火のなかでも潤っている街だ。

東側の雰囲気が強く、街並みも与都《よと》に似ているが、降雪地帯特有の屋根の形や道幅などが独特で、温泉も湧き、風光明媚で、観光名所としても有名だ。

ウルカへの連絡、食料調達、装備品の補充を理由に街へ入ると決めたのはユドハだ。

まず宿を決めて、馬を預け、部屋に荷物を置いてから買い出しに出かけた。

宿は、一室しか空きがなかったが、寝室と控室の二間続きで、ゆったりと広く、風呂場や水場もある離れを借りることができた。

「一泊して明朝の出発か、……もう一泊して明後日の出発にしよう。天候次第だな」

「雨が降るからか？」

「そうだ。今晩か、明日あたりは雨だ。また雪も降るな」

「なんで泊まる？　とっとと家に帰れよ」

「俺が疲れたからだ。たまには屋根の下で寝たい」

ウルカへの連絡や買い出し、雇用主であるユドハが疲れたという体《てい》だが、ディリヤを休ませることが目的だ。

一ヵ月以上、野営ばかりの生活だ。ディリヤはユドハよりももっと長い期間そうして寝起きしている。人間は狼よりもずっと弱い。屋根の下でしっかりと眠らせておきたかった。

ディリヤは皮膚が薄く、色白だ。目の下の隈《くま》などはとても目立つし、血の気の失せた首筋などは痩せて筋張っている。長らく服の下を見ていないが、体も薄くなってしまっている。

節制して体を絞り、アスリフとしてより動ける体に持っていこうとしたと本人が言っていた。

「十六の時みたいにはいかないな」

心身の状態を正しく評価できていなかったディリヤが、ぽつりとそんな言葉を漏らした。

トリウィア宮で健康状態の良好なディリヤを知っているユドハからしてみれば、いまのディリヤは一歩も歩かせたくなかったし、抱きかかえて山越えしたいと思ったほどだ。

ディリヤは自分の限界を見極めている最中だ。ユドハが心配を声にしたり、構いすぎれば依怙地《いこじ》になる。

だからこそユドハは街に入ると決めた。

雇われている側のディリヤは文句を言わないし、ユドハが「屋根の下で眠りたい」と言えば、それに従う。

ユドハは自分勝手にディリヤを気遣うことにした。

なにも言わずに実行することにした。

二十五歳の愛され慣れてきたディリヤとは異なり、十六歳のディリヤなら、そうして自分が気遣われていることに気付くまでに時間がかかるだろう。その頃にはこの街を出発しているだろうから、そのあとにディリヤがなにを言ってきても「気のせいだ」と言い張ればいい。

「では、まずは買い出しだが……」

「一刻後に現在地に集合でいいか？」

宿屋の前でユドハと並んで立っていたディリヤは、薄曇りの隙間から差し込む太陽と薄い影を交互に見やり、時間を測る。

「なぜだ」

「なにが」

「なぜ別行動なんだ」

「だって、アンタはウルカに連絡入れるんだろ？　俺は食料調達してくる。効率がいい」

「……あぁ、そうか……それは、そうだ、そのとおりだ」

ついディリヤとすべて一緒に過ごす前提で予定を立ててしまっていた。

というよりも、買い出しくらい一緒にしたかった。

「別行動はしない。雇用主の決定だ」

ユドハがそう決めれば、ディリヤは従った。

ユドハは決してディリヤを一人にしない。それがたとえ効率を無視していても、命令という強権的な手段であっても、いまは離れずにいることを優先した。

「では行こう。まずはウルカへの連絡だ」

ユドハが先んじれば、ディリヤが後ろをついて歩く。

この街にウルカの連絡要員は置いていないが、それなりの規模の宿場町や街道沿いには飛駅《ひえき》や鏢局《ひょうきょく》などの運送業者が店を構えている。

この街も、宿の近くに鏢局があった。そこで、ウルカの連絡要員が暮らす街まで手紙の配達を依頼する。手紙さえ連絡要員に渡れば、迅速にウルカまで報告がいく。

鷹を連れてくればよかったが、アレはいま一羽をイェヒテに貸し出し、もう一羽をアシュのもとに置いている。

「次は市場だ。宿屋の亭主によると、宿屋が山の手、南に下れば市場があるそうだ」

手紙を出し終えたユドハが手招くと、ディリヤがユドハの背中に隠れて歩く。進行方向から吹く風除けにユドハを使っていた。

ディリヤは合物《あいもの》の薄い外套を着ていて、フードを目深にかぶっている。どこにいても自分の容姿が目立つことを自覚しているからだ。

この街は、七対三ほどの割合で人間のほうが多く暮らしていて、金狼族のほうが耳目《じもく》を集める。特にユドハは金狼族でもナリが大きい。職業柄、注目されることに慣れているユドハだが、いまもディリヤではなくユドハのほうに好奇の眼差《まなざ》しが向けられている。

ウルカにいた時とは立場が逆転していた。

市場に入ると、東から逃げてきた者、仕事を探す者、家を探す者、より遠くへ行くための手段を探す者、それらを相手に商売する者たちで溢れていた。

「わりと混んでるな」

ユドハが斜め後ろを振り返る。

後方から歩いてくる通行人がディリヤとぶつかりそうだったので、慌てて手を引き、袂《たもと》に引き寄せた。

「ユドハ」

「なんだ」

「いまの奴、スリだ。俺にわざとぶつかって財布ギろうとしやがった」

「分かっているなら、なぜ避けない」

「ギってきやがった瞬間、手を刺してやろうと思って」

「……物騒なことはやめなさい」

「…………」

「それは仕舞いなさい」

ユドハは、ディリヤが握り込んでいる千枚通しに似た得物を仕舞わせる。

「ほら、行くぞ」

「歩きにくい」

「分かった。後ろではなく隣を歩け」

繋いだばかりのディリヤの手を離し、ユドハの隣を歩かせる。

途端《とたん》に、ディリヤの歩みが斜めに逸れてユドハが慌ててそれを追いかけた。

「ディリヤ」

「あ？」

「あ？　ではない。なんだ、どうした」

なぜまっすぐ歩かない。

ユドハの問いに、ディリヤは「人がごちゃごちゃして鬱陶《うっとう》しい」と答えながら先を進む。

「人が少ないところを選んで歩こうとしたのか？」

「気分」

ディリヤは曖昧《あいまい》に答える。

「腹が空いたか？」

飲食の屋台が続く方向へ進んでいるのかと思い、そう尋《たず》ねれば、ディリヤは「いや、別に」とそれらの屋台には目もくれない。

ディリヤは急に方向転換して後ろを振り返り、歩いてきたばかりの方角へ、二、三歩進んだ。

「ディリヤ、……待ちなさい、こら」

「あぁ？」

「どこへ戻る」

「…………」

「なにか欲しいものでもあったか？」

「ない」

ディリヤはまた方向転換して前だけ見て進む。

ようやくまっすぐ南へ進んでくれるのか、それとも、市場を見て回りたいのだろうか……。ユドハがディリヤを観察して、ようやく気付いた。

こいつは他人とあわせて歩けない奴だ、と。

他人と歩調をあわせられず、急な方向転換や進路変更が隣を歩く者を戸惑わせると分からない。

知らないのだ、十六歳のディリヤは。

「道の半ばで振り返ったのは、帰り道の風景や人の流れの確認で、敵襲に遭った時の回避を考えてだな？」

「ほかになにがある？」


ディリヤもディリヤで考えて動いている。

いままでのユドハが贅沢だったのだ。

ディリヤが歩み寄り、相談を持ちかけ、互いの考えや関係が拗《こじ》れないように想いを交わらせ、想いを通わせるための努力をしてくれたからこそ、ユドハもディリヤの言動をなんとなく察せられるようになっていた。

それを取っ払ったのが十六歳のディリヤだ。

そこが理解できれば、ユドハのすることはひとつだ。

歩く道すがら、ディリヤがうろうろして、自由で、ふわふわしているなら、ユドハがディリヤにあわせて歩き、手を繋げばいい。

「なんで手を繋ぐんだ。歩きにくい」

「今日はずっとこのままだ」

「はずかしい」

「はずかしくない」

「……だって、俺、他人と手を繋いだの初めてだ」

「…………」

「はずかしい」

掌、あったかい。体温がぞわぞわする。

他人と手を繋ぐってこんな感じなのか……。

「………」

「なんでそんな変な顔になってんだよ、男前なんだからもうちょい表情筋締めろ」

目を丸くするユドハにディリヤが首を傾げる。

「十六になるまで、……今日まで、手を繋いだことがなかったのか」

「ないだろ」

「………」

「アンタ、驚いてるけどな、一般的に、ある程度の年齢になってから他人と手を繋ぐ状況って特殊だからな？　挨拶《あいさつ》以外で。そもそも、俺は挨拶しないし」

「人と触れ合うのは、……特殊ではない」

「特殊だろ」

ディリヤは己の意見を曲げなかったが、「まぁいいや、雇用主が白って言えば白だ」と議論をやめた。

ユドハに恭順《きょうじゅん》の姿勢をとるような言動だが、真実は「面倒臭そうな話になりそうだからユドハの言い分に話をあわせておく」というのが真相だろう。

いま、二人は想いを交わらせることすらできない。

互いの想いや考えが交わるより前に、ディリヤは会話を切り上げてしまう。

分かりあう必要などないと言わんばかりに……。

二人の気持ちが交わり、関係が拗《こじ》れることすら、いまは許されない。

「手を離すな」

ディリヤはすぐ手を離す。

手を繋ぐことに慣れていないせいか、ユドハの手からするりと抜け落ちてしまう。そのたびにユドハが握り直すが、人の流れや通行人を避けるたび、すこしずつゆるんでいく。

ディリヤのほうに、ユドハの手を握り返す意志がないのだ。

与都では、これよりも混雑している人混みで手を繋いで歩いたが、一度として離れなかった。その時は、片時も離れずにずっと傍にいようという互いの想いがあったのだと、いまなら分かる。

「ディリヤ、手を繋ぐのが苦手なら尻尾を握ってなさい」

「断る。なんでそんな狼のガキみたいなこと……」

「抱き上げられて運ばれるのとどっちがいい」

「………」

渋々といった様子でディリヤがユドハの尻尾を摑む。ユドハは、ディリヤの手首にくるりと三重に尻尾を巻いて、離れないようにしっかりと固定する。

人間の手首は細くて頼りない。尻尾の力でへし折ってしまいそうだ。力加減に気を配りつつ、背後のディリヤを見やると、腹いせだろうか、空いている手でユドハの尻尾の毛を毟《むし》っていた。


商店で食料や固形燃料を購入し、支払代金にいくらか上乗せして宿に届けてもらうよう手配を頼んだ。

両手が空いた状態で店を出たユドハとディリヤは、数軒隣に、乾燥果物と木の実の量り売りの出店が出ていたので立ち寄った。

袋詰めをしてもらい、ユドハと店主が金銭のやりとりをする間に、ふと、尻尾を握っていたディリヤの手が離れた。

どうやったのか、ディリヤは三重にした尻尾の拘束を抜け出したらしい。

ユドハが背後を振り返ると、二店舗先で、見知らぬ男に食べ物を買ってもらっているディリヤがいた。

「すまない、それはいま伝えた宿へ届けてくれ」

会計を済ませた食品を店主に預け、ユドハが大急ぎでそちらへ向かうと、見知らぬ男はユドハを見上げるなり血相を変えて立ち去った。

「ディリヤ……」

「……ん」

むぐむぐ、なにかを頰張ってる。

蒸かした饅頭《マントウ》だ。餡《あん》は入っていない素の饅頭だ。

「なにをしているんだ」

「腹減ったなー……って屋台見てたら、見知らぬオッサンが買ってくれた」

「見知らぬ人についていってはいけない」

「だって、金かかんない。目の前で作ってるメシだし、毒とか入ってないの分かってるし、タダで食えんだからいいだろ。……アンタも食うか？」

「食わない。そしてお前は金輪際《こんりんざい》見知らぬ人についていってはいけない」

「……？」

「だめだ」

十六歳、あぶなっかしい……っ。

そのあたりの教育、どうなってるんだ。

内心、ユドハは頭を抱える。

ディリヤは、アシュに対しては、知らない人についていってはいけない、他人から渡された食べ物は一度ディリヤかユドハに渡すという躾《しつけ》をきちんとしている。

なのに、自分のことになると、なぜこうなんだ。

「アンタ、いちいちめんどくさいな……」

「いままでもこういうことをしていたのか」

「たまに。見知らぬオッサンとか、こぎれいな女とかが、食いもんとか物とか買ってくれる。タダより怖いものはないから、めんどそうな奴の時は断るけど、さっきの奴くらいなら財布にできんだろ」

「………………」

逞しいのか、なんなのか。

それが独りで生き抜く処世術であり、ディリヤなりに線引きはできているのだろうが、「厄介なことになったら殺せばいい」と考えている節もある。

物事の始め方も、片付け方も、終わらせ方も、暴力で終始している。短絡的な思考ゆえではなく、ディリヤの生きてきた環境がそうさせている。

ありとあらゆる物事の最終手段に、人殺しができる自分のほうが強いと知っている。他人は決して己の味方ではないと早いうちから分かっているからこそ、対人関係の初手として、挨拶や対話ではなく、暴力や攻撃を選ぶ。

ユドハと会った時もそうだった。

まず攻撃してきた。

十六歳、厄介だ……。

「いまの男は、確実に下心があったぞ」

ディリヤは強さへの自信ゆえに、自分がそういう目で見られる対象であり、性欲主体で動く大人もいるということへの危機感が薄い。その自覚があっても、まず、逃げるのではなく、利用できるなら利用するという強《したた》かさが優位に立つ。

ユドハの知るディリヤなら絶対にしないことだが、目の前にいるのは自分以外に守る者がないディリヤだ。

「腹が空いたら、俺に言え」

「分かった」

「尻尾」

「……はいはい」

自分の顔の半分くらいの大きさの饅頭を三つ、ぺろりと平らげたディリヤは、ユドハに促されて再び尻尾を握った。

二人は、布物を扱う店が集まる通りに入った。

「ディリヤ、気に入った店があれば入れ」

ユドハは立ち位置を変え、ディリヤに前を歩かせた。

「……？」

「お前の上着を買う。これから先、ウルカ方面に戻れば戻るほど寒さが厳しくなる。その上着では事足りない」

「雇用主命令か？」

「そうだ。風邪を引かれて薬代を出すよりは上着のほうが安くつく」

内心では、自分の懐に囲い込み、この体と毛皮と尻尾のすべてを使って四六時中抱きしめて温めてやりたいが、そんなことをしたら全身の毛を毟られそうなので、己が買い与えた上着で温めることで我慢する。

「……上着」

ユドハが分かりやすく命じた途端、ディリヤが古着商の店先に進路を変えた。

間口の小さな店で、軒先に、冬用の外套や大判の襟巻などが無造作に吊るされている。

色褪《いろあ》せていたり、襟や袖、腕ぐりなどの布同士が擦れる部分が擦り切れて薄くなっている商品が多い。

「これ」

「待て、待て待て待て」

ディリヤが即断即決で選んだ商品を自分で購入しようとしたのでユドハが慌てて止めた。

「あぁ？　なんだよ、買えって言ったのアンタだろ」

「買えと言ったのではない。買うと言ったんだ。そもそも、一軒目で決めるな。もうすこし見るぞ。すまない、亭主殿」

古着商の亭主に詫びて、ディリヤの手を引いて店の前から移動する。

通りに戻って歩きながら、「あの店の上着が気に入ったか？　気に入っているなら戻るが……」と尋《たず》ねた。

「俺、金ない」

「金がないからあの上着にしようと思ったのか？」

「さっきのやつ、悪くなかった。羊毛だし、いま着ているのを売った金で買える。死臭が残ってたけど、アンタがいるから野犬にも襲われないし、そのへん気にしなくていいし、腐乱した死体から剝いだ臭いはしなかった。虫食いもなかったし、ダニもノミもいなかった」

「俺が金を出すから、せめて身の丈に合ったものを着てくれ。先ほどの上着はお前にはすこし窮屈《きゅうくつ》だし、膝まで覆えない」

「……いや、ちょうどだろ」

「お前、自分の感覚は十六歳なんだろうが、いま二十五歳だからな？」

「……？」

「身長が伸びているからな」

「あー……」

「ひとまず、この店にするか」

ユドハは店構えと店内の売り子の様子で判断して、一軒の店の暖簾《のれん》を潜《くぐ》る。

誂《あつら》える時間はないので、仕上がり品を買い求めると売り子に伝え、いくつか見繕ってもらう。

「色や形の希望は？」

板張りに絨毯《じゅうたん》を敷いた高床にユドハが腰を下ろし、傍に立つディリヤを仰ぎ見る。

「軽くて動きやすくて、黒か灰色」

「俺が選ぶぞ」

「なんでもいい。アンタが買うんだからアンタが選べ」

「お前の物だ。お前に選ぶ権利がある」

「俺の体のこと、俺よりアンタのほうが知ってるからアンタが選べばいい」

「……ディリヤ、そういうきわどいセリフを外で言ってはいけない」

「ほんとのことだろ」

ユドハの隣に腰を下ろしたディリヤは、ぐるりと店内を見回す。

ディリヤのその瞳は、店構えに興味をそそられているのではなく、あの天井の梁《はり》を使えば敵に襲われた時に逃げられるな……と考えている時の瞳だ。それが、好奇心旺盛なアシュの瞳や仕種《しぐさ》に似ていて、ユドハの頬がゆるむ。

「ディリヤ、これに袖を通してみろ」

あからさまに面倒臭そうなディリヤだが、渋々袖を通し、「これがいい」と言った。

これでいい、ではなく、これがいい、だ。

ディリヤの気が変わらないうちに会計を済ませ、「そのまま着ていく」と伝える。

いままで着ていた外套は、持っていても邪魔だとディリヤが言うので同じ店で買い取ってもらった。

「ほら、現金をすこし持っていろ」

「上着の支払いに足せよ」

「これはお前の外套を売った金だ。俺の物を売った金ではない」

「……つっても、いままで着てた外套、ウルカから逃げる時にかっぱらってきたのを別の町で古着と交換したやつだから、俺の物のようで俺の金で買った物じゃないけどな」

「知っている。本来の持ち主には、俺のほうで詫びて、新しい外套と迷惑料を届けておいた。所有者から、道具小屋に置きっぱなしのものだったから返却は不要だと聞いている」

「すげーな、最近の雇用主はそんな尻拭いもしてくれんのか？」

「俺にはそうすべき理由があるからな」

二人そろって店を出て、宿まで戻る。

帰路で、必要な物や欲しい物はないかとディリヤに尋ねるが、ディリヤは新しい上着の暖かさと肌触りを満喫するのに忙しいらしく、首を竦めて襟もとに顔の半分を隠し、首を振った。

「気に入ったか？」

「うん」

「それはよかった」

「なあ、ユドハ、俺が着てた黒い服って護衛官の軍服か？」

「そうだ。……とってあるのか？」

「換金しにくいから背嚢《はいのう》の底に仕舞ってある」

「なら、それも着るといい。防寒になる」

「着ていいのか？　あれは、アンタを守る男が着る服だろ？」

「俺のものだと示す服でもある」

「……狼、縄張り意識強いな……」

「…………」

すこし重すぎただろうか。

ユドハがディリヤに視線を落とすと、ディリヤはさして深く気に留めておらず、すこし長めの袖口に唇を押し当てて隠し、「こんなぬくい上着はじめて。ぜいたくだな」とわずかに口端を持ち上げた。

だが、ユドハと目があった瞬間、「見てんじゃねぇよ」とユドハの裏腿に蹴りを入れてきた。

喜ぶディリヤはやはりかわいいと思ったが、十六歳のつがいの取り扱いは難しいとも思った。


ユドハに対して、ぞんざいな態度をとる。

暴言を吐くし、すぐに蹴るし、ユドハのような気遣いはできないし、素っ気ないし、謝罪も感謝も言葉にしていない。

そんなディリヤに対して、ユドハは怒ったり叱ったりせず、不快な素振りすら見せないけれど、思うところはあるだろう。

ディリヤが、心と体の両方で距離をとろうとすると、ユドハの尻尾が悲しくなる瞬間があった。

たとえば、差し出されたユドハの手を払いのけた時。

たとえば、ユドハがじっとディリヤを見つめてくる瞳から逃げた時。たとえば、一緒の食事を断って、ユドハが調理した食べ物を口にしなかった時。たとえば、ユドハの傍で眠るのはいやだと言葉にして伝えて、一定の距離を保って眠った時。

そういった時の尻尾は、なんだかとても元気がなくなって、しょんぼりしている。それを見ると可哀想な気持ちになって、罪悪感で息切れしそうになるけれども、そういう時は、「これは二十五歳のほうの俺の気持ち」と整理できるようになってきた。

元気のない尻尾を見たくなくて、ユドハの作った食事を食べ、すこしだけ距離を縮めて眠り、ユドハを風除けにして暖をとった。

「なんでこんなに簡単に絆《ほだ》されてんだか……」

頭を抱えるが、いやな気分ではなかった。

ちょっとしたことを許して、絆されて、きっと、こうしたことの積み重ねで記憶を取り戻していく。そんな気がしていた。

事実、一人で行動していた頃に比べて、二十五歳の自分の心に直面しても狼狽《うろた》えることが減ってきた。

ディリヤの心を掻き乱すのがユドハなら、ディリヤの心を安定させるのもユドハなのかもしれない。

獲物に対するユドハの執着はとびきりだ。

ユドハは、必ずディリヤを探しだして見つける。

ディリヤがすこし離れただけで鋭い眼光が追いかけてくる。あの大きな背丈と長くて速い脚を活かして、瞬く間に距離を詰めてくる。

ディリヤはそれを喜んでいる。久々に狩られる側の恐怖を実感したからか、隠しもせず執着を見せつけられたせいか、胸が高鳴る。

十六歳と二十五歳、二つの感情が溶け合う瞬間がある。

ディリヤがどう逃げても、足掻《あが》いても、自分自身と向きあうことを避けても、ユドハが存在することで向きあわずにはいられない。

きっと、そういうことの繰り返しで、二十五歳の自分に戻っていく。そんな気もしていた。

どういうかたちに落ち着くかは想像もつかないけれど、最後の最後で、ユドハの尻尾が元気であればいいと思う。

まぁ、ウルカに戻れば、ユドハには嫁も子もいるし、話を聞くかぎり家族仲も良好そうだから、ディリヤがいなくても幸せに過ごすだろうし、家族と会えれば尻尾も元気なはずだ。

「ディリヤ、茶ばかり飲まず、もうすこし血になるものを食え」

「いらない」

ディリヤとユドハは宿屋の食堂にいた。

庭に面した小亭が設《しつら》えられていて、席ごとに世話係が一人付く。足もとには緋毛氈《ひもうせん》が敷かれ、風除けの織物や薄布が張られた空間を大きな火鉢が温めていた。

管弦の音色と、さざめきのような上品な歓談の声がかすかに耳を打つが、ほかの客と顔を合わせるような無粋《ぶすい》なことはない。

盃が空になれば酒が満たされ、大皿に盛られたご馳走をきれいな女が恭《うやうや》しく運んでくる。

ユドハが街で一番高級な宿を押さえたから、ディリヤは居心地が悪かったが、人目につかないのでディリヤは上着を脱げた。

「あとはこちらで」

ユドハが人払いをすると二人きりになる。

食事の前に部屋にも入ったが、目がちかちかするほど豪勢だった。この宿で一番高い部屋を押さえたらしい。一泊の宿泊料が法外で、しかも食事代は別だ。

「まだ宿代のことで怒っているのか？」

「怒ってない。空室がそこしかなかったんだろ。アンタが出すんだから好きにすればいい」

「なら、なにが不服だ？」

「あの部屋はお大臣とかが泊まるとこだぞ。寝るだけなのにさっきみたいな部屋はそわそわする」

「ああ、身の置き場がないのか。……お前、いまからそんなことを言っていたら、ウルカに帰った時に驚くぞ」

「……？」

「帰ってからの楽しみにとっておけ。それより、食べる手が動いていない。粥を啜っただけだろう。もうすこしなにか……」

「いらない」

「ここの食事は口に合わんか？」

「味が濃い」

「寒い地域はどうしても味が濃くなりがちだからな」

「アンタの作ったメシのほうが美味い」

「……そうか」

ユドハの尻尾が、緋毛氈の上で揺れる。

「…………アンタ、俺の好きなもん知ってるか？」

机に頬杖をついて尻尾の揺れる影をぼんやり眺めながら、ディリヤは尋ねた。

「生姜の砂糖漬け。俺の作った料理。味付けは薄めを好み、好き嫌いはない。俺が口元に持っていくと、確認もしないで食べるところがある」

「ぜんぶ俺の知らない俺だ」

「なら、いまのお前を教えてくれ」

「俺は見たままだ。……そんで、アンタは健啖家《けんたんか》」

ディリヤは問いかけとは異なる言葉を返した。

ぱくぱく、もぐもぐ。大きな狼の口のなかに、あっという間に食べ物が消えていく。見ていて気持ちがいい。瞬く間に皿が空っぽになっていくのは爽快で、それを見ているとすこし食欲が湧く。

「狼の俺からしてみればお前は小食なのだが、人間からすると小食ではないらしい」

「そうだな」

「だが、いまのお前はあまり食べない」

「今日は食ってるほうだ」

「遠慮をしているなら……」

「食べすぎたら身が重い。アンタと一緒にメシ食ってたらついつい食いすぎる。三食きっちり食う生活なんか初めてだし、今日はもう饅頭食ったからいらない。俺は部屋に戻る。アンタは腹がくちくなるまで食ってろ」

ディリヤは席を立ち、小亭を出た。

当然のようにユドハも追いかけてきて、通楼の半ばでディリヤの隣に並んだ。

「お客様、いかがなさいましたか」

世話係が慌てて声をかけてくる。

「残りは部屋でいただく」

「畏《かしこ》まりました」

ユドハの言葉に一礼して世話係が下がる。

ディリヤはユドハの背に隠れて二人のやりとりを観察した。

街で買い出し中も思ったが、ユドハは他人を動かすことや命令することに慣れている。横柄《おうへい》ではないし、物腰も丁寧だが、ディリヤとは生まれ育ちや住んでいる世界が根本的に違う。

「ディリヤ、散歩でもするか？」

離れの部屋へ戻るには、庭を渡る必要がある。

その庭を散歩しようとユドハが誘ってきた。

まっすぐ部屋に戻って無言で二人きりで過ごすよりも……と、ディリヤが頷くとユドハが尻尾を振って庭へ出た。

ユドハはディリヤの歩調にあわせてゆっくり歩く。

ユドハの鬣が靡《なび》いて、いい匂いがする。

夜に咲く花、夜に光る虫、夜を照らす月、夜の匂いを孕《はら》んだ風。そんなものに心は動かないが、いますぐ部屋に戻りたいとも思わない。

「そちらの御方、もし……失礼いたします」

せっかくの良い気分を打ち消すように、一人の男が話しかけてきた。

清潔に整えられた身なり、汚れていない手や沓《くつ》、お仕着せの服装などから、ほかの宿泊客の侍従かなにかだと判断がつく。彼は、ディリヤではなくユドハに用があるらしい。

「なにか？」

「私めの主人は、東の戦火を逃れてウルカへ向かう道中、こちらに滞在中でございます。いまは、あちらの亭で食事をしております」

侍従はユドハにのみ話しかけ、背後の楼閣《ろうかく》を仰ぎ見る。

ちょうど、ディリヤやユドハを見下ろせる位置から、裕福そうな白頭の男性が一礼した。

「どういったご用件か」

ユドハは立ち位置をわずかにずらし、ディリヤを背後に隠す。

「我が主は、ご主人様とそちらの美しい赤毛の方をお見かけになり、是非、ご一献《いっこん》差し上げたいと……」

「ありがたい申し出だが遠慮させていただこう。我々も旅の途中で、今宵は早く休もうと考えているので……」

ユドハは侍従の返答を待たず、ディリヤの肩を抱いて部屋へ続く道に進路を変えた。

「散歩は？」

「残念ながら家に帰ってからだ」

追いかけてくる侍従を撒《ま》くように速足で進む。

「酒くらいもらっとけばいいのに」

「酒なぞ単なる誘い文句だ。大方、あの楼閣にいた白頭の男の目的はお前だ、ディリヤ」

「……？」

「侍従は、俺を主人と呼び、俺にだけ話しかけてきた。お前のことを俺の奴隷か持ち物だと思っている。俺を酔わせた隙にお前を慰みものにでもするか、俺を上機嫌にさせてからお前を売らないかと持ちかける算段だ」

「なんで分かる？」

「白頭の男は、俺ではなくお前だけを見ていた」

「逆光なうえに暗いのに、やっぱ狼はよく見えてるな」

「あの目つき、虫唾《むしず》が走る」

「俺のこと買うつもりなら、吹っかけてやればよかったのに」

そうすれば、昼間、ディリヤの服や食料や薬のために使った金銭を補填《ほてん》できて、釣りもくるし、路銀《ろぎん》の足しにもなる。

「そんなことのためにお前を売らない」

「売っても適当に逃げてくる」

「逃げられるだろうが、しない」

「……怒んなよ」

「怒っていない」

「肩、痛い」

「…………すまん」

抱いていたディリヤの肩から手を離す。

力みすぎていたのか、眉根にも皺が寄っていて、ディリヤは怒っていると判断したらしい。

「馬鹿力」

痛いと言った途端、情けない顔と尻尾になったユドハに「大丈夫に決まってんだろ」と見せつけるようにぐるりと肩を回し、ディリヤは鼻先で笑い飛ばした。

「ディリヤ、先に釘を刺しておくが、あとで俺の目を盗んであの男のところへ自分を売りに行くなよ」

「…………」

バレている。

時々、こうしてユドハに行動や思考を先読みされることがある。

「分かったな？」

「財布には余裕があったほうがいいのに？　アンタの金はアンタのもんであって俺のもんじゃないから、俺だってちょっとは自分の金を……ぅ、ぉお？」

ユドハがおもむろに懐から財布を取り出し、ディリヤの胸に押しつけた。

「俺のすべてくれてやるからお前は絶対にお前を売るな」

「…………」

「返事は」

「……わ、かった」

「お前の面倒は俺が見る。金銭も、衣食住も、人生も、すべて。最初の契約どおりだ。それ以外は許さない」

「そんな契約だったか？」

「そんな契約だ」

「……それは」

それは、結婚とか、結納とか、そういう時の約束事じゃないか？　そう言いかけてディリヤは黙った。

藪蛇《やぶへび》のような気がしたからだ。

下手なことを言って、この狼の声で甘ったるい言葉を吐かれても困る。

「……十六歳、厄介だ……いっそ箱詰めして持って帰りたい……」

「そんなしみじみ呆《あき》れ声で怒んなよ……なぁ、ユド、ユドハ、……な？」

とりなすが、取りつく島もない。

コイツ、怒らせると厄介だ。

どれだけ俺を箱入りにしたいんだよ……。

「なぁ、ユドハ……」

「部屋に戻ろう」

ユドハが表情をやわらかくしてディリヤに手を差し

伸べる。

ディリヤはその手に手を重ねることはなかったが、ユドハの隣を歩きながら改めて考えた。

ユドハと自分の関係を……。


部屋に戻ると、小亭となんら遜色《そんしょく》ない食卓が設えられていた。

ユドハが食べる横でディリヤはそれを眺めた。

時折、ユドハの皿から乾きものや肉の切れ端をつまみ食いして、野菜を口に放り込まれて仕方なしにそれも飲み込んだ。

食後、いくらか経《た》つと、「湯殿の支度が整いました」と戸外から声をかけられた。

「なぁ、一緒に入るか？」

「……っ！」

食後の茶を飲んでいたユドハが吹き出した。

「湯が冷めんの早いからいっぺんに入ったほうがいいだろ」

「……一人で入れ」

「なんで」

「ここは山のほうから温泉を引いているらしい。足し湯を頼めば追加でいくらでも運んでもらえる。それに、俺が湯船に入ると一度に湯が減る」

「一緒に入って一緒に出たら関係ないだろ」

「………」

「ほら行くぞ」

ユドハの手を引いて隣の風呂場に連れていく。

口では断りつつも、わりと素直にユドハはついてきた。

板張りの脱衣場と二つの風呂桶が同じ部屋に置かれている。板張りの床を洗い場として使い、体を流す湯を溜めた小さめの風呂桶と、温まるための大きな風呂桶があった。

米糠《こめぬか》で全身を洗い、手持ちの石鹸も使う。

たっぷりの湯を使えるのは狼にはありがたいだろうが、体を洗い清める間ずっとユドハはディリヤに背中を向けていて、終始ユドハとは視線があわなかった。

「ユドハ、石鹼」

「……ここにある」

「どこだ」

「ここだ」

「めんどくせぇな、こっち見て渡せよ」

「…………」

ディリヤの言葉にユドハはだんまりを決めこむ。

ひとつの石鹼を二人で融通しあうだけなのに、ユドハはディリヤを見ようともせず、闇雲に石鹼を差し出す。

「おい、鬣の後ろに泡が残ってる」

「……自分でする」

ディリヤが湯桶で湯をかけてやろうとすると、ユドハはそそくさと距離をとる。

風呂に入った途端、ユドハとディリヤの立場が逆転した。ユドハは言葉数も少なく、ディリヤから一定の距離を保ち、指先すら触れあわせない。あんなに手を繫いできた男が、わざわざ鋭く尖らせた爪先に石鹼を突き刺して渡してくる。

ディリヤがユドハを訝しげに見ていると分かっていても気付いていないフリを貫く。

長方形の湯船に向かいあって二人で浸かる頃に、ようやくユドハと目があった。

乳白色の湯に隠されて、水面より下の互いの肌は見えず、白い湯気に紛れて互いの表情も分かりにくい。

だが、ディリヤよりもユドハのほうが緊張していることは肌で伝わってきた。

「なんか言えよ」

雫《しずく》の滴《したた》る赤毛を無造作に搔き上げ、ユドハの肩を蹴る。

「おとなしくしなさい」

ディリヤの足をそっと摑んで、湯のなかへ戻す。

「……なぁ、この傷っていつのだ?」

体を起こしたディリヤは湯船のへりを右手で摑み、ユドハの胸もとへ凭《もた》れかかるように近付くと、左手でユドハの太腿を撫でた。

そこには、古傷があった。

なめらかな湯が絡む指先をそっと動かし、傷を撫でる。

「古い傷だ」

「……っ、と」

ユドハが強めの力でディリヤの肩を元の位置に押し戻す。

たぽん、と波のように湯が揺蕩《たゆた》い、寄せては返し、湯船のへりから零《こぼ》れる。

「ディリヤ、その胸の怪我はなんだ」

「あー……？　あぁ、アレだ、記憶のない部分を思い出そうとした時に、胸なのか心臓なのか、……なんかすごい痛くて、……こう、掻いたり、ぎゅって摑んだ。けっこう前なのにまだ残ってたんだな」

ユドハの視線の先にディリヤも目線を落とす。

自分の爪の痕だ。服の上からなのに、随分《ずいぶん》と強く掻《か》き毟《むし》ってしまったらしい。

「まだらに鬱血《うっけつ》している痣《あざ》はなんだ」

「……なんだこれ……あー……殴った」

自分の拳で殴った青痣がうっすらと残っている。

「心臓の位置だぞ」

「だって、苦しいから。止まったら、苦しくなくなる」

「……それは、死ぬということだぞ」

「ああ、……そっか、そうだな。……ん、……ぉ、ぃ、なんだ……？」

ユドハの腕が伸びて、ディリヤの顎先を摑むなり、右斜め上へ持ち上げられ、次は、左斜め上へ持ち上げられる。

「首もとが内出血を起こしている」

胸や心臓の激痛を、患部を殴ることで拡散しようとした。割れんばかりの頭痛に眩暈《めまい》を起こし、吐き戻し、耐えきれず、地面に己の頭を打ちつけて死のうとした。全身に力が入りすぎて、首もとの毛細血管が切れたのだろう。

いまのディリヤは日常的に鏡を見ず、他人と風呂に入ることもない。

記憶のないディリヤの服を脱がせる行為に及ぶ気にもなれずにいたが、ひん剝いてでも身体を検《あらた》めるべきだったとユドハは後悔する。

「思い出そうとしなければ死にたくならないんだから、そういう怖い顔すんのやめろ」

「……怖かったか」

「怖い」

「お前を怖がらせるつもりはないんだ」

「知ってる」

なんでか分からないけど、知ってる。

二十五歳のディリヤが、ユドハの言葉を肯定する。

「思い出すことでお前が自傷に走るなら……」

「一生思い出さないで生きていけって？」

「お前がいちばん幸せになる方法を探す」

「……アンタ、いっつもそうやって俺が主体みたいなこと言うけど、アンタはどうしたい？」

「…………」

「俺はアンタの意見が聞きたい」

ディリヤはいま一度ユドハに詰め寄り、鼻先が触れ合う距離で狼の眼を見据える。

「…………」

「黙ってんじゃねぇよ」


ディリヤは固く結ばれたユドハの口端を摑んで強引に開き、わずかな隙間に指を差し入れた。

己の顎でディリヤの手指を嚙み砕いてはならないと思うのか、ユドハはあっさりと口を開く。

ディリヤは、開いた隙間に指の付け根まで捻《ね》じ込み、牙を剝かせ、「喋れ」と脅す。

「アンタは俺をどうしたい。俺の所有権を主張して、俺の行動を制限して、俺の生き死にまで支配するつもりなら、相応の覚悟見せろ」

肝心なとこで黙ってんじゃねぇぞ。

クソ狼。

俺を支配したいなら死ぬ気でかかってこい。

「そんなんで俺の人生に食い込んでくるつもりか？」

「…………」

ユドハがディリヤの腕を二度ほど叩く。

口のなかに手を入れられていたら話せないから一度手を抜けという合図だ。

ディリヤが手を引き抜くと、ユドハはまずディリヤの手を確認した。骨が砕け折れていないか、牙で抉《えぐ》れていないか、傷つけたり、出血していないか。無傷を確認してから、深く息を吐き、ディリヤの手の甲を指の腹で撫ぜる。

ディリヤの手の甲には、うっすらと小さな歯型がある。皮膚が引き攣《つ》れているが、痛んだり、違和感があるわけではない。

ユドハに撫でられなければ気付かなかった。ほかの傷に混じってしまうような、小さな噛み痕だ。

これは、仔猫か、仔犬か……。

「これはララとジジ……、双子の仔狼の仕業《しわざ》だ」

「……それ、いまの俺の問題提起と関係あんのか？」

「ある」

「なら、続けろ。その双子はアンタのガキか？　確か、俺に懐いてる三人のガキの、下のほうか？」

「そうだ、双子だ。お前にとても懐いている」

「ふぅん。じゃあ、上のガキと同じで、俺は、その双子ともずっと一緒にいたのか？」

「ああ、ずっと一緒だ」

「一緒にメシ食ったり、一緒に昼寝したり、遊び相手になったり？」

「風呂にも入れているし、移動も一緒だ。最近は、お前よりも俺に懐くことが多かったが、きっと、帰ったらまた双子の一番はお前になる」

「……俺が一番」

「そうだ」

「それで？」

「俺は、お前と子供たちが一緒にいる景色を見るのがなによりも幸せだ」

「それから？」

「俺はお前からは離れられない」

「…………」

「離れたくない。絶対に。離れない」

「それがアンタの意見？」

「そうだ」

「つまり、俺がどうあっても、思い出そうと思い出すまいとアンタは俺から離れない？」

「離れない。お前が生きていようと、死んでいようと」

ユドハはまっすぐディリヤの瞳を見て答えた。

つがいであることも、子供がいることも、いまのディリヤを傷つけるなら隠し通すが、嘘はつかない。三人の息子が傷つかないための最大限の努力をしたうえで、ユドハはディリヤを離さない。

「……ちょっとだけ、俺は俺のことが見えてきた」

ディリヤはひとつ頷き、先に湯船を出た。

風呂から上がると、互いに会話もなく寝支度をした。

ユドハが主人で、ディリヤが従者。宿の者もそう判断したらしく、主寝室の隣の控えの間にも寝床が用意されていたが、どちらから言い出すでもなく、二人ともがなんとなく主寝室の大きな寝床に入り、その両端で眠った。

「……なぁ、俺とアンタ、肉体関係あった?」

深夜、眠るユドハの腹に跨《またが》ったディリヤは短刀片手に尋問した。

「……なぜ、そんなことを」

「おかしいだろ、距離感」

「…………」

「それから、言葉選びもおかしいだろ。俺、あんま他人と会話しないから話術が巧みってわけじゃないけど、それでも、適切な語彙《ごい》くらいは分かるつもりだ」

面倒を見るとか、一生涯とか、生きていても、死んでいてもとか、離れないとか、二度と離さないとか、選ぶ言葉のすべてが、雇用主と部下のそれではない。

「…………」

「否定しないってことは、やっぱり俺は、愛人か、囲いもんか……、それとも、仕事と寝床、両方の相手してたって感じか?」

「…………」

「不思議だったんだよ。俺がウルカでかっぱらった外套の尻拭いしたり、金に糸目をつけず物を買ったり……。どう考えてもおかしいだろ。メシにしろ体調にしろ気遣い方も異常だし、山を上り下りしてる時にアンタは何度俺に手を差し伸べた? 俺、途中で数えるのやめたわ」

「それは……」

「なにより、アンタと子供たちが俺を信用して寝食もともにしてるってことはアンタの口から何度も聞かされてきたが、アンタの嫁からも信頼されてるって言葉は一度も出てこなかった。俺とアンタの関係、嫁にも勘づかれてんじゃないか？　もしかして、それが今回の原因か？　そんなクソつまんねぇ理由で俺は俺の九年間を奪われたのか？」

「それはない」

「……アンタ、もし痴情《ちじょう》のもつれで嫁さん捨てて俺のこと追いかけてきてんならマジで最悪だぞ、早く家に帰って謝れ」

「ちがう」

「…………」

「本当に、お前の考えているような関係では……」

「歯切れ悪いな」

まぁいい、体に訊けば分かる。

ディリヤは後ろ手でユドハの股の間に短刀を突き立てた。

「……ディリヤ、物騒なものは仕舞え」

「動くなよ、動いたら使いもんにならなくなると思え」

ディリヤはユドハの腹から太腿へと指を滑らせ、股間の一物《いちもつ》を握る。

「勃《た》ってんじゃん」

「……勃ってない」

「こんな物騒なもん持ってんのに？」

「持っていても、勃っていない」

「…………」

握る。

無心で握る。

「勃っていない」

「…………これで？」

うそだろ。

ディリヤは背後を見やり確認する。ユドハの言うとおり、なんの反応も示していなかった。

「ディリヤ、下りろ」

「まぁ待て」

ディリヤは掌で狼の陰茎を握り込み、ユドハの表情の変化を確かめる。

興奮するどころか、眉間に皺を寄せ、険しい表情でディリヤの腕を摑み、「やめろ」と短く命じる。

「足りないか……？」

なにが足りない？

ディリヤは、過去に自分を誘ってきた女や男がどうしていたかを思い出す。

宿が貸し出している寝間着は東側風の前袷《まえあわせ》だ。その結び紐を解き、寝間着の裾を首もとまで持ち上げた。

「下もいるか？」

興奮材料を提供する。

狼の股間の位置まで尻をずらして腰を揺らし、尻の間に大きな一物を挟み、臀筋《でんきん》を締めた。

それは正解だったようで、ユドハの尻尾が一度だけ揺れた。

「動きにくいな」

ディリヤは寝間着の裾を嚙んで両手を空にする。

ユドハの腹筋に両手をつき、陰部同士を密着させ、腰を反らしてユドハの前に胸を差し出し、一定の間隔で腰を使って疑似的な性行為を続ける。

ディリヤの口端から、短く、浅い呼吸が零れる。

人殺しとは違う筋肉を使う。こういうことをするのは初めてなのに、わりと上手に使えていると自負する。

「ほら見ろ、やっぱりそういう関係だろうが」

その証拠に、ユドハの陰茎が徐々に熱を持ち始めた。

「………」

ユドハはバツが悪そうに目もとを手で覆っている。

「アンタ、尻尾だけじゃなくてこっちも言うこと聞かないんだな……」

わりと簡単に落ちた狼にディリヤが呆れた。

尻の位置をずらし、誤魔化《ごまか》したらいつでも潰すぞ、という意志を込めてユドハの陰茎を掌で揉みながら、言い逃れできない状況に「さぁどうする」と問い詰める。

「それを潰すと、あとでお前が後悔するぞ、ディリヤ」

「これはそんなに俺のお気に入りだったか？」

「そもそも、お前はそれしか知らない」

「………」

「お前の最初も、最後も、すべて俺のものだ」

「アンタは、俺のそういうことの遍歴も知ってんのか」

「知っている」

「…………」

「今日一日、行動が不自然だったからなにか企んでいるのだろうとは思っていたが……これが狙いか」

街で見知らぬ他人から食べ物を買ってもらったり、散歩についてきたり、急に風呂に入ろうと言いだしたり、こうしてユドハを煽《あお》り立てたり、いくつかは意図的ではないかもしれないが、あれこれと態度が不自然だった行動は、これを確かめるためだ。

「カマかけた甲斐《かい》があった、ドスケベ狼。アンタ、俺を抱いたことあるだろ」

「肉体関係はある」

「やっぱりな。アンタと俺はそういう関係で、……待て、アンタ、子持ちだったな？　息子三人だったな？」

「そうだ」

この機会に、ディリヤこそがユドハのつがいだと説明して納得してくれるか、と期待するユドハだったが、続くディリヤの言葉でユドハの期待は裏切られた。

「アンタ、やっぱり最低だな。嫁さんいるのに俺のこと囲ってたのか……」

「初めてだ、お前から軽蔑の眼差《まなざ》しで見つめられるのは……、こんな気持ちになるんだな……」

真顔で遠い目をしたユドハが、初めての経験にドキドキする。

ギリギリの綱渡りをしている気持ちだ。

ディリヤは自分が日陰者だと思っている。それが不憫《ふびん》でならない。自分が報われてはならないと言い聞かせるかのように、幸せから遠ざかろうとする。

ユドハは、「お前が本妻で、俺のつがいだ。愛人ではない。三人の息子は俺とお前の子供だ」と叫びたくてたまらなかった。

いっそ、言ってしまおうか。

言ってしまって、ディリヤを苦しめないだろうか。

自問自答するうちに珍しくユドハのほうが黙ってしまう。

だが、ユドハのその長考の時間は、ディリヤにとっても事実を受け入れるために必要な時間だった。

「はー……、俺、すげぇな。他人に肌許してるよ、はは っ、笑える……っ、…………マジか、……はー……」

ディリヤは口先で笑い飛ばしたものの、項垂《うなだ》れ、前髪をぐしゃりと掻き乱し、目を閉じる。

受け入れられない。

けど、現実逃避もできない。

ぐちゃぐちゃだ。

ちょっとずつ二十五歳の自分にも戸惑わなくなってきたと思い始めていたのに、二十五歳の自分を深く知れば知るほど理解できなくなっていく。

「なんでいまは手を出さない」

「八年前、俺は、十七歳のお前に手を出した」

「…………」

「いまのお前の一年後だ。その負い目がある。だから、その時と同じ気持ちをお前にぶつけたり、不安定なお前を抱くことはできない。俺の欲のためだけに手を出せない。お前のことを傷つけてはならない」


そのうえ、十七のディリヤの腹を大きくさせた。

目の前にいるディリヤには、到底、受け止められない現実だ。

「俺は、たぶん、その時、傷ついてない。……なんでだ？　いやな感じがしない。アンタに手を出されたっていま聞いたばっかりなのに……」

「……それは、覚えていないからだ」

「合意か？」

「特殊な状況下だった。お前は俺に抱かれるために俺の前に現れて、俺はお前を抱いた」

「単に抱かれるだけってことはないよな？」

「俺を殺す目的だった」

「あぁ、仕事のついでに抱かれたのか」

「……ついでなどと言うな」

「悪かった」

まっすぐ金色の瞳で見据えられて、ディリヤは思わず謝罪を口にしてしまった。

どうやら、ユドハは本気でディリヤを抱いたらしい。

ディリヤに対して強い思いや並々ならぬ執着がある。

そんなふうに想われる二十五歳の自分が、すこし羨《うらや》ましい。

そうだ、ユドハが執着しているのは二十五歳のディリヤだ。

早く取り戻したいのも、二十五歳のディリヤ。

十六歳の俺じゃない。

「俺は俺なのに、……愛されんのは俺じゃないいんだな……」

「ディリヤ？」

「なぁ、試してみるか？　俺がちょっと触っただけでこれだけ完勃ちさせてんだから、溜まってんだろ？……っと、動くなよ」

ユドハがディリヤの肩に手を添えた瞬間、股間の短刀はまだ有効だと脅す。

いまの自分とユドハの距離感を測りたい。

もうすこし、ユドハの心を暴きたい。

ユドハのこの反応は単なる肉欲の発散か、それとも……。

「ディリヤ、やめろ」

「っ、……このっ、腹括《くく》れ！」

力で抵抗されたら押し負ける。

ディリヤの肩を掴むユドハの手を払いのけ、袖口の武器を抜く。その手をユドハに掴まれ、動きを封じられる。反対の手で足首の短刀を抜こうとすれば、尻尾で邪魔をされる。

尻尾の隙間をすり抜けて次の武器を取り出そうにも、一手先を読まれて未然に防がれ、両腕を片手でひとまとめにされた。

ユドハが本気になって抵抗するものだから、ディリヤも本気でユドハを剝こうとするが、決め手に欠ける。

「なん、で……俺の動き、読めるんだ」

「その寝間着の下なら、ここと、ここ、……ここにも、ああ、これも忘れてはならない。それから……」

「……っ」

ユドハの掌が服の上からゆっくりとディリヤの体を撫でる。時折、ユドハが爪を立てるのはディリヤが隠し持っている武器の在《あ》り処《か》だ。

「すべて、お前が俺に教えてくれた」

「………アンタは、俺のなんなんだ……」

初めて、この男を恐ろしいと思った。

ディリヤの身も心も暴く。

教えるはずがないことまで、教えている。

自分の命綱を他人に握らせているのと同義だ。

俺は、どれほどこの男に教えて、預けて、委《ゆだ》ねて、差し出して、許しているのか。

「それと、俺のこれは完勃ちではない」

「は、え……、っ⁉」

間抜《まぬ》けた声を生まれて初めて発すると同時に、視界がひっくり返った。

十六歳の思いきりの良さ、おそろしい。

突拍子もない行動に出たかと思えば、その本質はディリヤそのもので、どう相対するのが適切か、判断が難しい。

ディリヤの自覚年齢は十六歳だ。ユドハに恋していないし、愛してもいない。とてもではないが手を出せない。

なのに、無垢な大きな赤い瞳でまっすぐ見つめられるとユドハの下半身は反応してしまう。

二十五歳のディリヤに比べて未熟で、男に迫ることに不慣れで、腰を使う仕種もぎこちなく、あきらかに色仕掛けが下手糞な初心《うぶ》さがまたかわいらしくて、ユドハは頭を抱えた。

心のなかで、「このディリヤに手を出してはいかん、心は十六歳だ。いや、だがしかし体は二十五歳だ」とせめぎあう。

釣りあいのとれていない心と体、その不均衡《ふきんこう》さ、不安定さが、時折、途轍《とてつ》もない色香になってユドハを惑わす。

ユドハは、揺れる柳腰を鷲摑んで揺さぶりたい衝動に葛藤したが、理性が打ち勝つ。

現に、ユドハが形勢逆転してディリヤを寝床に押し倒した瞬間、ディリヤは石のように固まってしまった。

胸の前に腕を寄せ、きゅっと脇を締めて、大きな瞳でユドハを見つめ、脳内でぐるぐる思考しているのが手にとるように分かる。

ディリヤは、自分がそういう対象になるとは毛ほども思ってない。

悪い大人に手を出されたとしても、あれだけ強ければ返り討ちにする自信があるのだろうが、もし、薬を盛られたり、ユドハのように強い男が敵となった場合、どうするつもりなのだろうか。

それも、こんなふうに簡単に男の上に乗って……。

「調子に乗るな」

危機感を持て。

寝床に押し倒したディリヤを睥睨《へいげい》し、鼻先が触れあう距離で詰め寄る。

武器を封じても、手も足も無事だと言わんばかりにディリヤは抵抗する。ディリヤの意志では閉じられないように、ユドハは股の間に己の胴体を割り込ませた。

「あと、いまのお前は初物丸出しだ」

「は、はつもの……」

脳味噌が処理落ちしているらしく、ディリヤはユドハの言葉を鸚鵡《おうむ》返しする。

「俺の前だからまだしも、よその男の前でそんな姿を見せるな。食い頃の美味い肉が暢気《のんき》に目の前を歩いているようなものだ」

「………」

「あぁクソ……、俺はどういう情緒でいればいいんだ」

好きな子の初物をもらって孕ませたのに、また好きな子の初物を前にしている。

鋼《はがね》の精神で耐えているが、ユドハの前立ては窮屈さのあまり痛みを訴え、眉間の皺は深くなるばかりだ。

尻尾も苛々《いらいら》して、ばしばしと寝床を打っている。

「離せっ」

「二度とこんな真似はしないと約束するなら」

「確かめただけだろうが」

「なら、もう確認は終わったな？」

「終わってない。アンタ、俺のこと……体だけなんだろうが、こっちは、その体だけの関係ですら……」

「体だけで、この関係が完結してたまるか」

「んっ、ぅ」

がぶりと大きな口でユドハが噛みつくと、ディリヤはぎゅっと身を固くする。ディリヤが噛みつき返せないように、下顎をすべてユドハの口内に咥《くわ》え入れ、甘噛みをして、薄く開いた口端の隙間に指を引っかけて舌の根を押さえ、ユドハは舌を潜り込ませた。

「……っぅ、ん、ぁ……っ、ぷ」

ディリヤの狭い口腔《こうこう》は、ユドハの指と舌でいっぱいになる。唾液が溢れ、口端からこぼれ、溺《おぼ》れるような声で喘ぐ。

舌先で頬の裏側を舐め、歯列を辿り、唇を牙の先端で甘く刺激して、大きく喉が開いた瞬間を見逃さず深く舌を絡め、呼吸すらディリヤから奪う。

お前は息をすることすら俺の傍で俺のために行わなくてはならないと教えこむ。

暴れるディリヤの腕を片手で封じ、頭上へ持ち上げ、もう片方の腕でディリヤの尻を摑んで太腿の上へ乗せた。

正面から抱きあう体勢で、下から突き上げるように腰を使うと、ディリヤの軽い体が寝台の上を滑るように動き、いとも簡単に跳ねる。

寝台の頭側へ逃げようともがくディリヤの体を引き戻し、深くくちづける。

「ユ、……っ、ド、……ュ、ドハ……っ」

息継ぎもままならぬくちづけの最中、ユドハの口中でディリヤが名を呼ぶ。

絡めた舌に絡め返してくるものがなくとも、抱きしめあう腕がなくとも、ユドハの耳はディリヤの声音が艶を帯び始めていることを聞き逃さない。

「……ひっ、ぅ」

ディリヤが、か細い悲鳴を上げた。

びくびくとユドハの太腿の上で腰が踊り、じわりと股のあたりの布が色を変え、独特のにおいを撒き散らす。

さほど勃起していないにもかかわらず、ディリヤの陰茎はくちづけだけで達したらしい。

その愛らしさに、ユドハはごくりと喉を鳴らす。

「……ち、が……っ、ちがう……っ」

「狼の鼻は誤魔化せない。……ああ、足りないか？

俺が溜まっているなら、お前も溜まっているだろうからな」

下腹に圧を加えるように掌でやわらかく押し、射精したばかりのディリヤの腹を外から刺激する。息をするたびに、ちょうど、腹の奥の気持ち良くなるところが感じるように。

「ゃ、だ……やめっ、ユドハ……っゃ、あ、ぉあ……ぅ、ぅー……」

小さく背を丸めて、びくびくと震える。寝具をきつく握りしめ、自分のなかだけで快楽を完結させようと耐えている。

赤い前髪が乱れ、美しい横顔にかかる。枕に埋もれた頭は小さく、暗がりで表情も見えない。肩を竦めてすこしでも身を隠そうとしている。

想いどころか、体を交わらせることもできない。拘束していた腕を自由にすると、ディリヤは己の顔を隠すように、身を庇うように、顔の前で腕を構えた。ユドハを拒むように。

「……ぇ、っ……あ、ぁ？」

ディリヤが戸惑いの声を上げる。

快楽でゆるんだ口は、なかなか閉じられないらしい。

ユドハの指が会陰《えいん》をなぞるだけで、腰が抜けたように下半身の抵抗がゆるむ。

「……っ、……ンっ、ンぅ……」

喉の奥で息を詰め、上体だけを使って逃げるように上へ上へもがく。

諦めの悪い獲物をユドハは己の懐へ引き戻し、俯《うつぶ》せにしてうなじを噛む。

「ひっ……」

「またイったか？」

「……イって、ねぇよ！」

「威勢がいい」

「クソ、っ……」

下着の内側でねちゃりと糸を引く不快さに、ディリヤが悪態をつく。

ユドハが爪先を引っかけて寝間着ごと下着を脱がすと、臀部の狭間《はざま》まで濡れそぼち、噎《む》せ返るほどの濃い匂いが広がった。

「多いな」

一度の射精とは思えない量だ。

ディリヤの内腿にべたりとへばりつくそれを掬いあげ、そのぬめりを借りて、尻の窄《すぼ》まりに指を差し入れる。

ディリヤのそこは、なんの抵抗もなくすんなりと受け入れた。

「ここは、いい子だ」

「なん、でっ……」

「自分で自分の尻は見れんからな。……どうなっているか教えてやろうか？」

ここは、ユドハを受け入れるためのメス穴だ。

幾度となく交わってきた結果だ。

「聞きたくない、やめろっ」

「なぜだ？　俺がお前をどれほど愛したか確かめたいんだろう？　お前のここは、俺の形によく馴染んでいて、深くまで咥え込み、いつでも俺のために開く」

「んっ、ぅ……ぁあ、っ、ぅ」

「尻を噛んでも、胸をこうしてつまんでも、爪で引っ搔いても、尻尾で太腿を締めても、なにをしてもお前は悦《よろこ》ぶ。……だが、お前は、腹のここ、臍《へそ》の向こうまで俺を咥えるのが一番のお気に入りだ」

「ふっ、ぅ……っ、ンぅ、っぁ、あ……っ」

己の意志とは無関係にディリヤが喘ぐ。

目を白黒させて、なぜ自分がこんなにも大きな声ではしたなく喘ぐのか分かっていない。

手の甲を噛んで口を塞ぐが、ユドハが指をすこし曲げて臍のほうを押せば、それだけで唇から手の甲が剝がれ、なまめかしい吐息が漏れ出る。

頬も、耳も、首筋も、胸も、乱れた下肢も、どこもかしこも淡く色づいて、うっすらと汗ばんでいる。

「ぉ、……ぁあ、っあ……」

「盛りがついたか？」

猫のように発情した声が腹の奥から溢れて、ユドハの耳を楽しませる。

わずかな刺激でディリヤは簡単に股を開く。懸命に閉じようとしているが、ユドハの体が邪魔をして閉じることもできず、股関節が疲れてくると下半身から力が抜ける。

「……っ、ん……っ、は……」

根元まで咥えたユドハの指を健気《けなげ》に締めつけて、奥へ招き入れるように食《は》み、声にならない息遣いで深く感じ入り、腰を揺らしている。

「腹の奥が切ないか？」

「……ん、ぅ」

「奥に欲しい時に、お前がよくそう言っていた」

ぼんやりと虚《うつ》ろな赤い瞳に優しく語りかける。

さみしくて、掻き乱されたくて、熱いもので穿《うが》たれたくて、太くて逞しいもので満たされて、息苦しいほど深くまで繋がって、感覚がなくなるほど貫かれて、腹がいっぱいになるほど種を注がれて、狼の陰茎の根元の大きな瘤《こぶ》も腹のなかにぜんぶ隠して、そのまま何時間も繋がって、後ろから抱きしめてもらって……。

「お前は、そうされるのが一番好きだ」

「し、らっ……ない、そんなん……知るかっ」

「いいや、知っている。お前の体が……」

「も、だしたくない……っ、でない」

「だが、お前は言葉で伝えるより行動で伝えたほうが分かるタチだからな……」

前立腺と精嚢《せいのう》を内側から強く押し上げると、だらだらと前から垂れ流す。色も匂いも薄く、陰茎もだらりと項垂れているが、陰茎の先端をすこし指先で抉《くじ》いてやれば、潮を吹く。

「……っひ」

翻弄すればするほどディリヤは乱れる。

ユドハの下で組み敷かれた四肢が身悶《みもだ》え、喉を引き攣らせてあえかな嬌声《きょうせい》を響かせ、美しさと相反するように貪欲にオスを求めて股を開く。

いまも、男を知っている二十五歳の体はいともたやすく反応して淫らに開く。

「分かったら二度とこんな真似はするな」

ユドハは指を引き抜き、上掛け布団を引いてディリヤの下肢を隠してやった。

「…………」

「それと、二度とよその男にも女にもついていくな。俺以外の者になにかねだるな。お前が欲しがるものはすべて俺が与える」

「…………」

「ディリヤ、分かったら返事だ」

「…………」

「ディリヤ」

「……っひ、ぅ」

「…………」

しまったと思った時にはもう遅い。

小鹿のように震えて、胸の前で短刀を握るディリヤがいた。ほかに縋《すが》るものがなく、こんな時まで武器に心を寄りかからせるしかないらしい。

それだけが、ディリヤの支えらしい。

「すまん、やりすぎた」

「ひっ、ぁう」

ユドハの尻尾がディリヤの肌に触れた。

その瞬間、仔猫みたいな声で、……ユドハも初めて聞くような高い声でディリヤが鳴いた。

「…………」

「……うそ、や、だ……いやだ……」

「…………」

「見るな、クソおおかみ……っ、見るな……っ」

じわじわと寝具に大きな海が描かれていく。

ディリヤは止めようとしているらしいが、自分でそこに触れるだけでも感じてしまうらしく、止まらない。

間歇《かんけつ》的に、不規則に、勢いよく寝具を濡らしたかと思えば、力なくじんわりといつまでも垂れ流し、すっかり枯れるまでそれは続いた。

「……っんで、黙ってんだよ……」

いつもいっぱい喋るのに、こういう時だけ無言でじっとディリヤのことを見つめる。

「すまん、見惚れていた」

「……へんたいっ、ドスケベ狼！」

「かわいいぞ」

「答えになってねぇんだよ……、なんで、この年になって、こんなっ、漏らして……っ」

「漏らしたんじゃない、潮だ。大丈夫だ、安心しろ。癖になっているのかして、お前はよくこうして潮を吹く」

「そんな二十五歳の俺のちんこ馬鹿になってる話とか聞きたくない……」

ディリヤは布団を頭からひっかぶって丸まった。

「まだ残り湯が温いはずだ。拭いてやろう」

丸い小山に向けて話しかける。

「……へんなことするからいやだ」

「なら、自分で拭け」

「触ったら、きもちよくなるからいやだ」

「…………落ち着いてからでいい」

ユドハはひとつ深呼吸して、ゆっくりと立ち上がった。前立ての中で限界まで張り詰めた陰茎のせいで、腰まで重怠く、痛かった。


部屋付きに頼んで新しい寝具一式を持ってきてもらい、ディリヤが粗相《そそう》した寝間着を洗濯に預けた。

ユドハが寝具を交換している間、ディリヤは部屋の隅の衝立《ついたて》の向こうで体を清め、下着一枚で出てきたので慌ててユドハが服を貸した。

「お前な、さっき俺に手を出されて痛い目を見たくせに、なぜそういう格好で部屋をうろつく」

「え、あ……っ」

あ、そうか……、という表情でディリヤはそそくさとユドハから距離をとった。

本気でぼんやりしていたらしい。

先ほどの余韻を引きずっているようだ。

「なんか、腰と腹、だるい……」

「……明日の昼頃には戻る、安心しろ」

射精して潮まで吹けば怠いだろうな……と皆まで言わず、ディリヤがいつも「次の日の昼くらいまで腹がきもちいい」と言っていた言葉を丸く包んで伝えた。

ディリヤは、ユドハの上衣を頭からかぶり、ぶかぶかの袖を捲《まく》り、自分の短刀をしまう場所がなくて手に握ったまま、裸足で所在無げにしている。

その無防備な雰囲気は、ユドハの前だけで見せるディリヤそのもので、手を引いて抱きしめたい衝動に駆られた。

「……寝直すか」

がしがしと頭を掻いてその衝動をやり過ごし、ユドハは部屋の蠟燭《ろうそく》をひとつだけ残して消すと、大きな一人掛けの椅子に腰を下ろした。

布張りの足置き台に片足を乗せ、腕を組み、俺はここで眠る、寝床は分ける、と暗にディリヤに示す。

「ディリヤ、お前は寝床を使え」

「……分かった」

部屋の隅に突っ立っていたディリヤは天蓋《てんがい》の布を掻き分けて寝台へ上がり、胸に短刀を抱いたまま、もぞもぞと寝床の端で丸まった。

今夜はさすがに懲《こ》りたのか、聞き分けが良い。

「おやすみ、ディリヤ」

夜の挨拶に返事はない。

随分と長くディリヤのそうした言葉を聞いていない。

おはよう、おやすみ。

いただきます、ごちそうさま。

ユドハ、あいしてる。

耳の奥に残るディリヤの声を慰めにユドハは目を閉じた。

そうするうちに深く寝入ってしまったらしい。ふと、夜更けにユドハが違和感を覚えて目を覚ますと、寝床にいたはずのディリヤの姿がなかった。

慌てて立ち上がるより先に、違和感の正体に気付いて動きを止めた。

ユドハの足もとに蹲る猫がいた。

ディリヤだ。ユドハの座る椅子と足置き台の間、ユドハの太腿の裏側あたりに隠れるように小さくなって、背を丸めて眠ってる。

胸に短刀を抱き、寝具の薄布に包まっている。その薄布の端から、赤毛と顔の半分、裸足が出ていた。

まるで猫の子みたいだ。

飼い主の傍で、飼い主を守るように、飼い主にぴったりとくっついて眠っている。

いつの間にか寝床を出て移動したらしい。

「ディリヤ、床で寝ると風邪を引く。……これでは野宿と変わらんぞ」

尻尾の先でディリヤの頬を撫ぜる。

「……広い寝床、嫌い……」

目を閉じたまま、寝惚けた声で返事がある。

「ついさっきお前を押し倒した狼の足もとで寝るほうが危険だとは考えないのか？」

「…………ねむい」

「質問の答えになってないな」

一人で膝を抱えて眠っていた時に比べれば距離が近くなったと喜ぶべきだろうか。

広い寝床よりも、自分に手を出してきた狼の足もとのほうが安全だと思ってくれたのだろうか。

すこしはユドハに心を許してくれたのだろうか。ユドハを選んでくれたのなら、それはそれで嬉しい。

「あの寝床、ふかふかして気持ち悪い」

「ここの寝床はそこまで上等ではないぞ」

「……知らない。宿屋、泊まったことないし、軍用のは固い……」

「だからといって床では疲れがとれない」

「ここにいる」

ディリヤは薄い布きれを頭からかぶって隠れてしまう。

そのディリヤを見て、ユドハはふと思い出す。

ディリヤとアシュが二人で暮らしていた家も、アシュの寝床には、しっかりと乾燥させたやわらかな干し草や干し藁《わら》が敷かれ、綿もしっかりと詰められていて、とても寝心地の好い寝床が作られていた。

だが、ディリヤの寝床は固い板張りだけで、寝具も薄く、なによりほとんど使った形跡がなかった。夜、寝床で眠るよりも、台所で椅子に座って食卓に俯せになって仮眠する日々だったのだろう。

ディリヤは一度も言葉にしなかったが、きっと、城に来てから初めてやわらかい寝床で眠ったに違いない。

「ディリヤ、駄々を捏《こ》ねずに寝床へ……」

「やだ」

ディリヤはユドハのズボンの裾を爪先でつまむ。

アンタもここから動くな、という意思表示だ。

「…………」

かわいさのあまり、天を仰ぐ。

普段のディリヤはあまり我儘を言わないし、駄々を捏ねてくれないから、かわいい。

かわいくてたまらない。

好きな子に翻弄されるしあわせ、何物にも代えがたし。

だが、ユドハは気を取り直し、寝惚けて素直なディリヤを横抱きにして寝床へ運んだ。

ディリヤを横たわらせ、自分は椅子へ戻ろうと背を向ければ、く……、と尻尾を引かれた。

振り返ると、ディリヤが尻尾を握っていた。

「……ディリヤ?」

「昔、……こうやってアンタを引き留めた」

「なにか思い出したか?」

ユドハは寝台に片足をかけ、ディリヤの様子を見守る。

「……時々、ちょっとずつ、夢なのか、現実なのか、昔なのか、どれか分かんなくなる時がある。そういう時は、たぶん、俺の覚えてない経験な気がしてる」

「なぜ言わない」

「ちゃんと思い出せてないのに、思い出したかもって言ってアンタに期待させたら可哀想だ」

「こんな時まで俺のことを考えなくていい」

前髪を撫で梳き、冷えたディリヤの頬を掌で温める。

記憶が前後して不安だろうに、ユドハのことを思いやって、不安な素振りを見せもしない。

やはり、ディリヤの本質は変わらない。

こちらの胸が詰まるほどに優しく、脆《もろ》い。

「っ……くしゅ」

「ほら見たことか、しっかり暖かくして、いまは寝てしまえ」

くしゃみをしたディリヤの首まで上掛け布団を引き上げる。

ディリヤはユドハの尻尾を摑んだままだ。短刀を握っていてはしっかりと尻尾を握れないと思ったようで、枕元に短刀を置いて、両手で尻尾を摑む。

「……さむい」

「俺も一緒でいいか……?」

「うん」

ディリヤの許可を得てから、ユドハはディリヤの隣に入った。

十六歳のディリヤと、ユドハの知るディリヤは随分と違う印象を抱いたし、実際に違った。

二十五歳のディリヤを知るユドハが想像していた十六歳のディリヤは、もうすこし大人びていて、冷静沈着で、落ち着いていた。

ところが、実際の十六歳のディリヤは、子供らしいところもあり、無垢なところもあり、無邪気さもあり、不安定なところも目立った。

感情を表情に乗せないところはよく訓練されていたが、話せばいくらでも感情が伝わってきた。

十六歳のディリヤは、二十五歳のディリヤのように自分を隠すのが上手だが、二十五歳の時ほど神経質になって自分を隠す必要がなかったのかもしれない。

ディリヤが生きてきたのは戦場だ。誰かと親密に接することもなかっただろう。生きるか死ぬかに支配されている場所で、わざわざディリヤの心に踏み込む他人もいなかったに違いない。

おそらく、十六歳のディリヤにとっては、ユドハが親密に接した初めての相手だ。

そう考えると、ディリヤはいま人付き合いというものを初めて経験している。

だから、まだ上手に自分を隠すことができない。

他人との会話に慣れていないから、言葉に乗ってしまう感情を消しきれない。

その、隠しきれない、消し去りきれないディリヤの心がすこしずつ零れ出て、それがユドハの目に映り、耳に届いている。

見逃してはならない。

聞き逃してはならない。

これは、本来ならば、ユドハが知っておくべきことだ。いま、ユドハは、ユドハの知らないディリヤを追体験している。

ユドハの知らないディリヤを追いかけている。

それは、ユドハが知りたいと望んでいたものだ。

こんなかたちで知ることは望んでいなかったが、見ないフリをすることはできない。

これは、十七歳のディリヤを孕ませて、六年間も探しだせなかった結果だ。

ディリヤは、その六年の間に、それらの子供らしさをすべて捨てた。

アシュを守るために。

湖水地方で狼ばかりに囲まれた環境で暮らし、その群れに馴染むべく個を消し、己を捨て、周りに学び、諍《いさか》いを起こさず、自由を捨て、自分勝手や我儘や我欲を封じ、殺す以外の手段で他人とかかわっていくために、急いで大人になる必要があった。

強制的に精神的に成長しなければならず、ディリヤはそれを自分で理解して、幼さを捨てた。

十代ならば満喫すべき青春を諦めた。そうしたものが存在することすら知らぬまま、一般的な子供が経験する過程を飛び越して、親になった。

だから、ディリヤと再会したユドハが見たのは、歪《いびつ》ながらも大人として完成されたディリヤだ。

だが、本来のディリヤというのは、戦時中に、遺跡のなかで見つけた家族の暮らしぶりを想像し、憧《あこが》れ、愛されて死んだ者の墓の前で、こんなふうに愛されるにはどうやって生きればいいのかと考え、こんなにも愛し愛されるなんてどんな気持ちだろうと想い焦がれるような、さみしい生き物だ。

死んだあとも愛され続けたいと誰にも言えずにいるような、そんな愛を求める生き物だ。

ユドハの目の前にいるディリヤは、そうした感情を胸の内に封じ込める前のディリヤだ。

もし、十七歳のディリヤをあの時あのままユドハが己の腕に引き留められていたなら、いまのディリヤと同じようにかかわれたかもしれない。

旅をしながら話をして、逃げたら追いかけて、探して、見つけて、食事をするしないで一喜一憂して、分かりあっていくためにケンカをして、寝床を分けあうまでにとても時間がかかって、愛していると言葉にできない日々にも尊さを感じながら、ゆっくりと時間をかけて、時には急ぎ足で、二人で成長していけたかもしれない。

ユドハが離れずに傍にいて、手を差し伸べることができたかもしれない。

ディリヤの心は、ずっと置いてけぼりだった。

ユドハが奪ってしまった。

心だけではない。

十六歳のディリヤがディリヤらしく生きていくための時間を、心を、なんの憂いもなく動く体を……。

人間の十六や十七の子供だ。体の頼りなさも、肉の薄さも、心の脆さも、弱さも、幼さも、儚《はかな》さも、ユドハが奪ったものは成長途中だったはずだ。

子供一人を産むために心臓が鼓動を止めるような体だ。

「すまない、ディリヤ……」

ユドハに背を向けて眠るディリヤに触れることもできず、ユドハは、骨の目立つその首筋を見つめた。


翌朝、寝起きのディリヤが寝床で横になったまま、寝惚けまなこでユドハに尋ねた。

「なぁ、俺ってアンタのなかで何番目だった?」

「一番目だ」

「……なんの番付か分かって答えてるか?」

ユドハが即答するから、ディリヤは背を向けていた体を反転させ、ユドハに向き直る。

「優先順位だろう? お前が俺の一番目だ」

「そっか」

「納得したふうに見せかけているが、嘘だと思っているな?」

「アンタは俺には優しいっぽいから、俺が嬉しがりそうな答えを持ってくる」

「嘘ではなく、真実だ」

「でも、アンタには嫁さんがいるだろ? 次に子供。……あと、普通の家庭の一般的な奴って、ほかになにがある? 飼い犬とか飼い猫とかか? ああ、家族だ。

自分の親兄弟とか、親戚とか、そういうのがいる。仕事とか部下とかもいるだろうし、そうやって大事なもんから順位付けしていったら、……な？」

　皆まで言わずとも分かるだろ？

　ディリヤは、ユドハが下にしている右目のほうに小首を傾げ、瞳を見つめる。

「いま、俺はお前の傍にいる。その真実を直視して、お前が俺の一番だとは考えないのか？」

「……そういうふうにまっすぐ物事を捉えられたら、俺も、今頃もうちょっとしあわせだったかもな」

「…………」

「俺が二十五歳の記憶を取り戻した時に、いまのこの会話とか、旅してきたこととか覚えてるかどうか分かんないし、忘れてるかもしれないけど、一瞬でも、俺が一番目って言ってもらえたことは覚えておきたいかもしれない」

「ディリヤ……」

「憧れるよな、誰かの一番目。そんで、自分のなかにも一番目がいてさ……。そうだ、俺、アンタのことを俺の一番目にしてやるよ。それも、殿堂入り、不動の一番だ」

「どういう順番付けでそうなった？」

「俺、アンタ以外ほかに誰も知り合いいないから。順位が動かない」

　だから、ずっと一番目。

　自分が一番になれなくても、自分の一番目をつくることはできるから。

　誰かに好かれるのは無理でも、せめて、せめて……。

　せめて、目の前にいるユドハくらいには嫌われたくない。化け物を見る目じゃなくて、普通の人間を見る目で見てくれて、手を差し伸べてくれた初めての人だから。

「アンタはなんで朝っぱらから落ち込んでんだ？」

　ユドハの尻尾は元気がない。

　どこか物憂げな表情と相まって、精彩《せいさい》を欠く。

「お前に申し訳ないことをしたと……」

「なにも覚えてないのに謝られてもな」

「お前が思い出した時に改めて謝罪する」

「謝ってアンタが楽になるなら謝れよ。謝るってことは、許してもらいたいってことだろ？」

「許されなくていい。ただただ、申し訳なかったと……」

「じゃあさ、俺の記憶が戻った時、いまのこのアンタとの会話や、十六歳の自分の気持ちを覚えてるかどうかは分かんないけど、もし、その時に俺が、アンタが謝った件をどう思ってるか尋ねてみろよ。それで、二十五歳の俺が怒ってたら殴られてやれよ」

「…………」

「その時の二十五歳の俺がアンタを許してたら、アンタもあんまり思い詰めなくていいんじゃないか？」

「お前は絶対に俺を許す」

「じゃあもう答え出てんじゃん。落ち込む必要ない」

「それではお前があまりにも可哀想で」

「……ふふっ、……たのしいな、他人から哀れまれるってこんな気持ちなんだな……」

「…………」

「アンタが悪い意味で可哀想って言ってんじゃないのは分かってる。だから、俺を哀れむなとは言わない。でもまぁ、なんていうか……、アンタから見て、いまの俺、あんまり幸せそうに見えないんだな」

いまの俺はわりと幸せなんだけど、ユドハからしてみれば、そうじゃなさそうだ。

ユドハがディリヤを見つめる瞳は、物悲しい。

きっと、ディリヤを幸せにしたいのにできなくて、苦しんでる。

ディリヤは、そういう尺度で生きてこなかった。

可哀想とか、幸せそうとか。でも、それは、きっと人が生きていくうえで大切な物差しなんだろう。

だから、可哀想な思いをさせてしまって申し訳ないとか、この人を生涯かけて幸せにしたいとか、死んでもずっと愛し続けるとか、そういうふうに相手のことを思いやれるのだ。

「俺も、そういう物の尺度で生きてみたかったな」

「ディリヤ」

「……くるしい」

ユドハに抱きしめられて、ディリヤは苦笑した。

だが、その背に腕を回すことはできない。

この抱擁は、たぶんきっと、十六歳の自分に差し出されたものではない。ユドハという男や、ユドハの与えたい幸せは、十六歳の自分のものではない。

そういうのは、いつも、誰か、他人のもの。

自分のもとに訪れるはずもない。

最初から淡い期待すら抱いていない。

俺は俺なのに、……愛されるのは俺じゃない。

幸せになるのは、九年後の俺。

でもまぁ、それでいい。

嘘でも、俺を一番目にしてくれた男のためなら、死にたくなるような想いにも耐えられる。

「早く記憶を取り戻して、アンタが取り戻したいディリヤ、返してやる」

「……ディリヤ？」

「大丈夫、任せろ。アンタの雇った俺は強い」

すぐに返してやるから。

アンタの大切なもの。

それくらいしか、返せるものがないから。

十六歳の俺がいても誰も幸せにならないから。

いてもいなくても、なんにも変わらないから。

それなら、ユドハが幸せになるものを差し出したい。

ふしぎだ。

他人からの評価なんて気にしたこともなかったのに、ユドハが喜んでくれるなら、それを理由に動ける。

「……くぁ、ぁあ……」

ディリヤは大きな欠伸をして寝床を出た。

ぐっと伸びをして、窓辺に立つ。

朝陽が眩《まぶ》しい。神々《こうごう》しくて、厳《おごそ》かで、宝石みたいにキラキラと輝いている。

記憶がなくなって、ぼんやりしていた自分の生き方に、ひとつ光明が差した気がした。

第四章

街を出て、旅路へ戻った。

ディリヤの心は決まった。

ユドハに二十五歳のディリヤを返す。

それが目的になった。

目的意識を持って生きるのは初めてだ。ぱちぱちと火花が弾ける不思議な感覚が胸の奥で息づく。

それを言語化するのは難しい。

人生の張り合いっていうのは、こういうことを言うのだろうか。嬉しい。楽しい。晴れ晴れとして清々《すがすが》しい。ユドハが喜ぶと、俺も嬉しい。そんな言葉の羅列が、ふと頭のなかで芽生える。

記憶からではなく心のほうから二十五歳の自分に近付いていってるのかもしれない。二十五歳のディリヤが、早くユドハのもとへ帰りたいと願っているのかもしれない。思い出したくてたまらないのかもしれない。

それを邪魔しているのが十六歳の自分かもしれない。


できるだけ早く二十五歳のディリヤをユドハに返してやるつもりだが、それをユドハに伝える気はなかった。

ディリヤが考えている方法は、あまり歓迎される方法ではない。ユドハはきっと反対するだろう。付き合いは浅いけれども、なんとなく、あの男のひととなりは知ったつもりだ。

情の深さ、広さ、底なし沼みたいな優しさ。それは、甘ったるくて、むず痒い。ほんのちょっと、それらに触れただけで、あの男にとって自分が特別な生き物になったと勘違いしてしまう。

「…………」

新しい上着は暖かい。

虎の出る林を、たったの一度も虎を見かけずに安全に抜けて、馬に揺られて先を進む。

旅は順調で、ここまでくればウルカはもうそう遠くない。風景も変わってきた頃、ユドハとディリヤの前に一人の金狼族が現れた。

「ユドハ様」

その金狼族はユドハをそう呼んだ。

二言、三言ばかりユドハと言葉を交わし、ディリヤに一礼するとウルカ方面へ向けて馬を走らせた。

ユドハによると、あの狼は部下らしい。立ち寄った街で出した手紙が届いていて、このあたりでなら会えると踏んで巡回していたそうだ。ユドハは、彼に「近々、ウルカに戻る」と伝言を頼んでいた。

そうこうするうちにウルカ領内に入った。

二十五歳のディリヤは王都ヒラで暮らしていたらしい。ひとまず、そこまで戻ることになっていた。

日に日に体感温度が下がり、指先がかじかむ。遮蔽《しゃへい》物《ぶつ》のない吹きっさらしの平原、なだらかな丘陵地、むき出しの岩場、変わり映えしない風景を馬上から眺めつつ西へ進めば進むほど体温が奪われていく。

寒さには強いのでなんてことはないが、アスリフの村のあたりとは異なり、この近辺は湿気を多く含んでいて、雪が降るにつれ、まとわりつく空気もどんよりとして、衣服や体も重く感じ、それが不快と言えば不快だった。


斜め後ろには、ユドハが続く。わりと近い距離にいて、今日も立派な図体を活かしてディリヤの風除け兼肉壁になっている。

背中や後頭部のあたりにユドハの視線を感じるが、それをいちいち指摘して「見てくんじゃねぇよ」と言うのは諦めた。あの狼の執着は、ああいうものだ。あれは生まれ持った性質だから変えようがない。

馬上のディリヤは右手で馬の手綱《たづな》を握り、左手で短刀を手慰みに操る。指から指へと転げさせ、手首で返して人差し指と中指で刃を挟み、反転させて掌側の袖へ隠し、いま一度取り出そうとして、やめた。

代わりに、新しい上着のポケットに入れていた石を取り出す。

ひとつだけ残しておいた宝石だ。宝石と呼べるほど高価ではなさそうだが、ディリヤの斜め後ろにいる男の瞳と同じ色をしている。

施された金彩と内包された不純物が絶妙な具合で混ざり合い、星屑のようにきらめく半貴石だ。

爪先で弾いて空へ放り投げると、雪雲の切れ間から差し込むわずかな光を捉えてキラキラと眩しい。

「……！」

ふと見惚れて手元が狂った。

小さな石が掌から零れる。反射的にそれへ手を伸ばすと、ディリヤの指先に触れて、さらに遠くへ飛んでしまう。

ディリヤは馬から飛び降りて石を追いかけた。

小さな石は、岩が点在する坂を跳ねて転げ落ち、大きく跳ねた。その瞬間、ディリヤの指が石に届きかけ……。

「ディリヤ！」

ユドハに名を呼ばれたと同時に、強い力で、ぐんと体を抱えられた。

「………」

ユドハの胸の飾り毛に後ろ頭と背中がぼふりと埋もれる。胸が圧迫されるほどきつくユドハの両腕で抱かれ、爪先が浮くほど持ち上げられている。尻尾がぎゅっと太腿に絡みついていて、身動きがとれない。

尖った岩の先端がディリヤの着地地点にあった。たとえ、ディリヤ自身がその岩を回避したとしても、周辺には隆起した岩が点在している。それに触れたなら、ひどい流血沙汰だっただろう。怪我だけならばまだしも、打ちどころが悪ければ、流血だけでは済まない。

「危ないことをするな！」

「でも、落ちた」

「……はー……」

ディリヤを抱いたままユドハはその場に座りこむ。

背中全体で大きく息を吐いているが、それが、安堵ゆえのものなのか、呆れ果てているのかは、ディリヤには判断がつかない。

「石、摑み損ねた」

ユドハの懐から抜け出そうとするが、がっちり摑まれていて微動《びどう》だにできない。

「俺が拾うから、お前は動くな」

「……危ないだろうが」

ディリヤが尻尾を摑んで制止した。

ここは足場が悪い。狼の大きな体で足を踏み入れれば怪我をする。

「……そっくりそのままお前に同じ言葉を返す」

ディリヤを抱いたまま、ユドハは岩から岩へと器用に渡り歩き、身を屈めて石を拾い上げるとディリヤの掌に落とした。

「ほら、失くすなよ」

「…………」

その瞬間、ディリヤの全身が総毛立った。

与都、街の賑《にぎ》わい、ひといきれ、その日の天気、屋台から漂う食べ物の匂い、この石を買った露店の店構え、品ぞろえ、その瞬間の記憶が一度に蘇った。

心の奥底に隠れていた記憶が、突如として表層の一番上に上昇して、ディリヤの目の前に広がった。

「……これ、アンタが買ってくれた石だ」

「それはそうだが、……急にどうした」

「ああ、そうだ、この石は、アンタの瞳と毛皮の色に似ていて……」

だから俺はこの石から目が離せなくて……。

どうしても欲しくて……。

でも、ディリヤの手持ちが足りず諦めようとしたら、ユドハが「つがいのいいところはこういうところだ」と言って不足分を足してくれて……。

「…………」

ディリヤはその場にしゃがみこみ、口を手で覆う。

忘れろ！

連鎖的にその言葉が頭のなかで叫んだ。

忘れろ、マディヤディナフリダヤ。

忘れろ。

思い出したことへの罰を与えるかのように、ガンガンと鳴り響き、ぎりぎりとこめかみを締めつけ、耳や顎の付け根まで鈍痛が走る。後頭部を思い切り蹴られた時と似た感覚が延々と続き、頭の中心から後ろへ引っ張られるように気が遠くなる。

「うるせぇ……」

奥歯を噛み、自分を苦しめるすべてに暴言を吐く。

気を失えば楽になる。それは分かっているが、頬の内側を噛んで抗《あらが》う。

ふざけんな。頭のなかで命じる声に向けて悪態をつく。

俺の頭んなかで勝手に俺の人生を左右するな。俺の生き死にも、記憶も、ぜんぶ俺のもんだ。俺は、どこの誰とも知らねぇクソみたいな声の持ち主に従って生きるくらいなら、俺のことを追いかけてきたこの狼のために人生捧げてやる。

「ディリヤ」

「邪魔、すんな……っ」

黙って見とけ。

アンタが欲しがってるディリヤを返してやる。

蹲ったディリヤを心配するユドハの手を振り払う。

これは、記憶を取り戻すために乗り越えなくちゃならない壁だ。いま、思い出すきっかけが巡ってきた。これを逃せば、また、この狼はディリヤを取り戻す機会を失う。

「ディリヤ！」

「……っは……、っ、んンっ、ぅ……ぅう！」

大きな掌でディリヤの顔が押し包まれ、地面を凝視していた視界がユドハの顔になった瞬間、がぶりと顔の下半分を噛まれた。

どしゃりとその場に尻餅をつく。尻が痛いと感じる前にユドハの腕に支えられ、太腿のうえに膝立ちにさせられる。ユドハの腕と尻尾でその体勢を保持されていて、ディリヤが自分で体を支える必要はない。

「ぁ、ぅ……っぐ、んぅ……っン」

鬣を摑んで引き剝がそうとすると、もっと強い力で背中と腰を抱かれ、喉の奥にまで舌が入ってくる。顎を開けさせられたまま、閉じられない。あっという間に口のなかが唾液でいっぱいになって、だらしなく溢れて、垂れる。

寒風吹きすさぶ野外で、二人分の呼気が白く頰にまとわりつき、冷えた鼻の奥が温まって鼻水が出そうになる。

「ンぅ、っ……」

くらくらする。頭の芯までぼんやりしてきた。

ずっと昔、一人で眠る夜が寒くて、寒くて、寒くて……、「ああ、このまま眠ったら死ねるんだな」とぼんやり感じた夜を思い出す。

でも、あの時は頭の芯まで寒くて、骨まで痛くて、次第に痛みも寒さも感じなくなっていったが、いまはちがう。

頭が熱い。脳味噌が茹《ゆ》だる。ふわふわして、眩暈《めまい》がする。胸の内側がそわそわして、背中から這い上がってくるものが全身をぞわぞわさせる。いつの間にか、鬣を摑む手がだらりと落ちて、ユドハの唇に酔っていた。

「……っ、ぁ……ぷ」

赤ん坊みたいな声が出て、それでやっと唇が離れたのだと分かる。

唾液が糸を引いて、二人を繫ぐ。

それを追いかけるようにディリヤの体が前に傾ぐと、それこそまるでディリヤからくちづけたかのように、再び唇が触れ合ってしまう。

「ん、……」

上から見下ろして、ユドハの唇を奪う。

小鳥みたいな啄《ついば》みを、ユドハは「……くすぐったい」と笑う。

その笑い顔がディリヤの心臓を貫いた。いますぐこの狼に嚙みついて、わしゃわしゃと頭を撫でて、毛並みをぐしゃぐしゃにしたい衝動に駆られて……。

「もう、いっかい……」

笑うユドハの牙を嚙み、ねだった。

「気に入ったか？」

「……？」

「気持ち良かったか？」

「………きもちいい」

ああ、そうだ、これは、きもちいいだ。

ぼんやりして、ふわふわして、きもちいい。

嚙んで、舐めて、しゃぶって、絡めて、飲んで、触れあわせて、夢中になって、この男の手練手管《てれんてくだ》に酔う。

きもちいいことはすきだ。

それは初めて知ったことなのに、初めてじゃない気がする。

「ディリヤ、あいしてる」

「……っふは、……それ、ほんとにこの世に存在する言葉だったんだな……」

くちづけの合間に、笑う。

「愛している」

「それは二十五歳の俺に言ってやれ」

「二十五歳も、十六歳も、俺にはすべてディリヤだ」

「…………」

「すべてひっくるめてお前のことを愛している」

「それは、だめだろ……。アンタ、そうやって余計な荷物背負ってると、気苦労でそのうち早死にするぞ」

愛してる。

その言葉はディリヤを冷静にさせる。

言葉はいつもそうだ。行動よりもずっとあやふやで、根拠がなくて、信じるにはとても勇気がいる。その言葉を信じるだけの勇気は、いまのディリヤにはない。

ユドハの腕から抜け出そうともがくと、ユドハがわずかに抱擁をゆるめた。

「……ぉ、わ」

腰から砕けて、ユドハの太腿に崩れ落ちる。

尻尾で支えられて転倒は免《まぬか》れたが、ユドハの腕を支えに立とうにも立てない。情けないことに、腰が抜けていた。

「お前、俺とのくちづけでこんなことになるのに、俺から逃げられると思うなよ」

「…………」

「それと、無理に思い出そうとするな」

「なんでだ」

「口のなかがぼろぼろだ」

「……？」

「噛みすぎだ。思い出すたびに噛んでいるのか、癖なのかは知らんが、舌も、頬の粘膜も、唇にも治りかけの痕がある」

「…………」

もごもごと自分の舌で口内に触れると、確かに、そんな気はする。

「人間の口内は感覚が薄いと聞くが……痛まないのか？」

「あんまり。アンタも気にしなくていい。俺、どっちかって言うと痛みに強いし、体も丈夫だし」

「お前は、痛いことは嫌いだ」

「…………」

「お前は、痛いことも、苦しいことも、つらいことも、悲しいことも、さみしいことも、すべて嫌いだ」

「……そんなん、俺じゃないだろ。俺は、そういうの知らない。いや、俺のことだけど……。ああ、そういや、昔、顔面殴られて、歯が頬っぺたの内側に刺さった時はちょっと痛かったな」

「その話は移動しながら聞く。それはそれとして、お前のその昔話は話題の転換になっていない。自分の内側を暴かれることが苦手なのは知っているが……」

「話を変えたいって分かってんなら乗っかってこいよ」

「俺は、お前の昔のことを知りたい」

「よくある昔話でも？」

「お前の話はすべて聞きたい。お前の経験したこともすべて。お前のこれからもすべて」

「勘弁しろよ。なんでもかんでも知ってどうすんだよ。そういう性癖か？」

「そうだ」

「そんなに俺のこと愛してんだな」

「ああ、愛してる」

ユドハはディリヤを抱いて立ち上がった。

「だめだ、しゃがめ」

ユドハの鬣を引いて、ディリヤを抱えたままの姿勢で同じ場所にしゃがませる。

ディリヤは手を伸ばし、すぐ傍に落ちていた半貴石を拾い上げた。くちづけに夢中になるあまりディリヤの手から零れ落ちていたらしい。これを拾うためにここまで来たのに、忘れてしまっては本末転倒だ。

「よし、いいぞ」

ばんばんと背中を叩き、立って歩けと指図する。

ユドハの首に両腕を回し、胴体に足を回してしがみつき、肩に顎を乗せて、ユドハから表情が見えないのをいいことに、太陽に石を透かして楽しむ。

陽光と、石と、ユドハの鬣の色が反射して、キラキラきれいだ。

そのきれいな石に、ディリヤの掌から滲《にじ》む血が付着した。掌を握り込んだ時に己の爪で切れたらしい。何度も同じことを繰り返すうちに皮膚が薄くなり、治りきる前に傷口が開くのだろう。

ディリヤは己の血を袖口で拭ってなかったことにする。

この狼も、ディリヤのきれいなところだけ見て、醜《みにく》くて汚くてどうでもいいところなんか見なければいいのに……。

そうすれば面倒臭くないのに……。

おいしいとこだけ食べて、いらないところは捨てればいいのに……。

「なぁ、ディリヤ……」

「あぁ？」

「思い出そうとしていた時、ほとんど呼吸をしていなかった。顔色も一瞬で血の気が失せて、心臓のあたりを摑んで、小さく丸まって、唸《うな》って、脂汗《あぶらあせ》が滲んで、そのくせ、耳や瞼の皮膚の薄いところは真っ赤になって、首筋は血管が浮いていた」

「やばいな、俺、死にそうじゃん」

「お前が苦しむ姿は見たくない」

「じゃあ見んな」

「苦しんで、死にそうになってまで記憶を取り戻さなくていい」

馬のもとへ到着すると、ユドハは自分の馬にディリヤを乗せた。

懐に石をしまうディリヤの背後で、ユドハが自分の荷物を探る。その間に、ディリヤの馬が傍《そば》まで歩み寄ってきた。

「落ちる」

馬を手繰《たぐ》り寄せようとディリヤが身を乗り出し、伸ばした腕をユドハが摑む。

「心配性」

心配性の狼は、ディリヤの掌を真水で洗い流し、包帯を巻いた。反対の手も同じように手当てされる。

血の匂いは狼には隠せないらしい。

「ふ、っ……」

思わず、ディリヤの口端から笑い声が漏れた。

ユドハの耳がひくんと動いて、ディリヤのほうを向く。

「なにか面白いことがあったか？」

「なんか、大事にされてるみたいでいいな」

手当てされたり、心配されたり、抱きしめられたり、そういうのがくすぐったい。

馬に乗ったディリヤと、立ち尽くしてディリヤを見つめるユドハの視線は同じ高さだ。馬上のディリヤをユドハが抱きしめ、そこでようやくディリヤは自分がまたバカみたいなことを言ったと気付いた。

「忘れろ、ちがう。離れろ。あと、俺の許可なく勝手に抱きしめてくんな」

「記憶があろうとなかろうと、お前が生きてさえいてくれれば、それだけで俺は幸せなんだ」

「……………ちっさい幸せだな」

「そのちいさな幸せが、俺のすべてだ」

「…………」

「愛してる」

「分かったから離れろ。ずっとこうしてるつもりか」

「…………」

「ウルカに戻るんだろ？」

「そうだな、……ウルカに帰ろう」


ユドハはディリヤの後ろに騎馬し、その手で二頭分の手綱を操り、馬を進めた。

「帰る、か……」

ディリヤは口内でその言葉を唱《とな》える。

仕事の契約でウルカに戻る、ではなく、ウルカに帰る、とユドハは言う。

帰るってなんだろう。帰る家ってどんな感じだろう。ユドハは変なことばっかり言う。どこにも帰る場所がないから仕事を探してあちこち移動して生きてきた。

生きてる間は、生きなくちゃいけないから。

包帯を巻かれた手で、ディリヤは己の腰に回った尻尾を撫でながら、「俺、厄介な男に引っかかったんだなぁ……」と苦笑した。

でもまぁ、しょうがない。

好きになったら、きっと、そういうのもぜんぶひっくるめて愛しく映るんだろう。

だから、しょうがない。

その夜、ユドハと言い争いになった。

記憶を思い出すべきだと主張するディリヤと、無理に思い出さぬべきだと譲らぬユドハ。互いに一歩も譲らず、焚火の両岸に立って、睨《にら》み合いになった。

「なぜ無理に思い出そうとする！」

「俺が気持ち悪いからだよ！　分かるか？　記憶がないのにアンタのメス扱いされてんのが好い加減いやなんだよ！　気味が悪い！」

「そこは謝罪する！　今後はお前の許可なく手を触れない。そうした雰囲気や匂わせ方もしない。一切だ！先ほどからこちらはそう言っている！」

「だとしても！　総合的に考えてアンタの傍にいること自体が無理なんだよ！」

「なにが無理だ！　改善する！　すべて言え！」

「デカい図体！　デカい口！　牙！　デカくて長い手足！　デカい声！　ぜんぶだよ！　真ん前にアンタに立たれると、俺はなんにも見えなくて、陰に隠れて、落ち着かないんだよ！　存在自体無理っつってんだろうが！」

がなり立て、捲《まく》し立てる。

ユドハの尻尾から見る間に元気がなくなっていくが、追い打ちをかける。

「俺は、いつでも俺の寝首を掻けるような奴が傍にいるだけで精神的にキツいんだよ」

「…………」

「愛されたことのない奴が、いきなりアンタみたいな奴のクソ重くてデカい愛とかいうやつをぶつけられる気持ち分かるか？　分かんないから、アンタはそうやって俺のこと愛してるって言うんだろ？」

「では、ウルカに帰ったら、俺はお前から一定の距離をとる」

「それで？」

「雇用関係だけで構わない」

「それから？」

「お前がお前らしくあれば、それでいい」

「俺らしくってなんだ？」

「食事をして、寝床で休んで、風呂に入って、怪我をすれば手当てをして、身の丈にあった衣服を身に着けて、余暇を自由に過ごして、欲しいものを欲しいと声に出し、趣味を見つけて楽しみ、自分のために生きて、四季のうつろいや出会った誰かやなにかに心を動かし、幸せでいてくれれば、それでいい」

「模範的な人間だな」

「………」

「それで？　続きは？」

「狼にならなくていい。けものでなくとも構わない。お前が生き物として幸せなら……」

「狼の国でなら、俺が幸せだと？」

「お前は独りでいるべきではない」

「狼に混じって、馴染んで、群れで暮らせって？　雇用関係でも構わないからアンタの傍にいろって？」

「………」

「俺がメシ食って、古着じゃない服着て、毎日決まった寝床で寝て、包帯巻いて、趣味にかまけて金を稼ぐことも忘れて、寒いとか暑いとかで人生を左右して、人間っぽくなればお前ら狼は幸せか？　ふざけんな。人間っぽくなったところで、生きづらいだけだ。なんで俺がお前らに合わせなくちゃならない。俺は俺で勝手に生きてんだから、人間っぽくなることが幸せだとか勝手に決めつけんな。それはお前らの価値観だ。大体、なんで俺がそっちの常識とか型に嵌《は》められて生きてかなきゃならないんだ。お前らが俺みたいに生きるって手段もあるだろうが。そもそもの時点で、俺の生き方が可哀想だとか想ってるからウルカに来たほうが幸せだとかそんな傲慢なセリフが出てくるんだ、ふざけんな」

「それは、確かに……、そうだ」

「分かればいいんだよ、分かれば」

「だが、愛してほしいと言ったのもまたお前だ。どんなお前であっても、俺はお前を愛することをやめない」

「………」

「ディリヤ、なぜ黙る」

「もういい、喋んの疲れた。顎、痛い」

一気に喋ることには不慣れだ。

舌の根っこが筋肉痛になりそうだ。

「俺が支える。俺がいる」

「俺とアンタは分かりあえない」

「…………」

「出会ったばかりの狼がいてなにになる？　何度も言わせんなよ。アンタのその感情が俺には重石《おもし》にしかなってねぇんだよ。俺のことを想うとかその口でほざくなら、俺が許可した時以外で俺に構うな」

「……どこへ行く」

「いま、構うなって言っただろうが」

「それはできない」

「ついてくんな。アンタの顔を見てると苛々してくる。向こうで寝るだけだ」

「なら、俺が移動する。お前は焚火の傍で……」

「だから！　そういうのが……っ！　とにかく、俺の自由にさせろ！　いちいち口出しすんな！　どうせ俺が逃げてもすぐに気付くんだからほっとけよ！」

「…………」

「……安心しろ、ウルカには行ってやる。アンタ、金払いはいいからな」

ディリヤは自分の荷を摑むと、踵《きびす》を返し、焚火から離れた。

「マディヤディナフリダヤ！」

ユドハが声を張った。

「……っ！」

あからさまにびくりと背中が震え、立ち止まってしまう。

「俺とお前は、そういう関係だ」

「…………」

「お前の命は俺のもので、俺の命はお前のものだ」

「他人の命なんか背負えるか」

「それでも構わない。ただ、これだけは知っておいてくれ。俺はお前を愛している」

「二十五歳の俺とアンタは想いが通《かよ》っていたのかもしれない。でも、いまの俺とアンタじゃ、想いが交わることすらない」

ディリヤは振り返らず、前を向いて進んだ。

焚火の火が届かないほど遠くまで離れた。

川の近く、やわらかく湿った土と大小の木々、風下にある大木の木陰を選んで場所を決めた。互いの姿も息遣いも聞こえないそこに腰を下ろす。

ユドハは先ほどと同じ焚火の傍にいて、動いた気配はない。

本心ではないとはいえ、ひどい言葉を投げたことは申し訳ないが、これくらい言わないとあの男はディリヤを一人にしてくれない。

「………………」

心臓が跳ねたまま、一向に止まない。

ユドハの言葉には説得力がある。

ディリヤの決心に決定打を与えた。

これで、逃げださずに立ち向かえる。

マディヤディナフリダヤ。

私の悲嘆に暮れた悲しみの心。

名前を差し出した。


俺が、誰かに……。

「そんなん……うそだろ……」

そんなしあわせ、ぜったいにない。

うれしい。

心の奥底が打ち震え、それが皮膚の表面にまで湧き上がり、身震いになる。

自分の命を投げ出せる存在がいるって、どういうことだよ……。俺は、利益云々《うんぬん》抜きにして、純粋に自分の意志で他人のために死ねるような、死んでもいいと思えるような、そんな存在に出会ったってことか？

じゃあなおさら絶対に十六歳の俺より二十五歳の俺をユドハに返してやったほうがいい。

好きか嫌いで言うなら嫌いだった二十五歳の自分。

でも、もし、二十五歳の自分がユドハという男のために生きていたなら、それはいい選択なのかもしれない。

それを認めて、受け入れたら、もうなにもこわくない。

ディリヤは自分の荷物から薬品類が入った巻き布を

取り出し、胡坐《あぐら》を掻いた足もとに広げる。

そのなかから、薬品を選びだす。気付け薬、興奮剤、催眠作用のある薬、筋肉の収縮と弛緩《しかん》に作用する薬、血管の拡張剤、覚醒作用のある薬物、神経系と脳を強制的に活発化させる薬、そして強心剤。

強心剤以外を空の壜《びん》に適量ずつ入れる。丸薬は粉にして、粉末状のものと同一の粒子になるまで均《なら》し、液状のものと混ぜ合わせた状態で蓋をして、さらに振って攪拌《かくはん》する。

強心作用のある薬液の入った壜は蓋を開けて脇へ避けておく。

上着を脱いで腕に引っ掛け、腰の帯革を引き抜き、足と歯を使って自分の両手首をきつく縛る。

大木に背を預け、鼻で深呼吸を二度ほど繰り返し、調合した薬液の蓋を開ける。

鼻につく甘い匂いを感じるより先に息を止め、薬壜を手に躊躇なく呷《あお》る。

すっかり飲みきったら、このあと舌を噛まないように、叫び声がユドハに届かないように、腕に掛けていた上着を噛む。

悠長にだらだらやってたら、ユドハの一生が無駄になる。記憶が戻るたびに苦しむ姿を見せて、ユドハに気を遣わせて、心配させて、記憶を取り戻すまで何年かかるか分からないまま支え続けさせるなんてできない。愛しい男をいつまでも待たせるのは可哀想だ。

「…………」

自分が無くなるのは、どんな感じだろうか。

でも、きっと、これまで生きてきた十六年とそんなに変わりないはずだ。自分の気持ちに封をして、心の訴えに見て見ぬフリをして、ただ生きて死ぬ。

それだけだ。いままでとなにも変わらない。

戦場じゃなくて、気に入った奴のために死ぬだけだ。

死に方がちょっと有意義になっただけだ。

十六歳のディリヤは死ぬ。

ここから先は二十五歳のディリヤが生きていけばいい。

最後の最後がユドハとケンカ別れっていうのは、ちょっと後味が悪いが、こうでもしないとあの男はディリヤがこの手段を選ぶことを良しとはしないだろう。

あの男はやさしいから。

十六歳のディリヤもぜんぶひっくるめて自分のものだと言ってしまうような、そんな男前だから。

きっと、こんな方法は許さない。

でも、イチかバチかに賭けたほうがいい。

これで記憶を取り戻せたら、幸運。

もし死んでも、ユドハは次を見つけるためのきっかけを得られる。

だいじょうぶ、死んでもずっと一生愛せなんて言わない。死んでまでずっとアンタの一番でいさせろなんて厚かましいこと願わないし、ずっと一番目の座に居座るつもりもない。

ディリヤが生きてても、死んでも、これからのユドハに悪いことは起きない。

「クソ……」

薬が効いてくるのを待っているが、イェヒテの作った薬は効きが悪いのか、遅いのか……、アイツの適当な性格がよく表れている。


……ああ、でも、そろそろかもしれない。

この感覚、見知っている。

指先が震えるのは恐怖じゃない。武者震いだ。拳を握り、自身にそう言い聞かせ、暗示をかける。

「……忘れろ」

誰かの言葉が脳裏に蘇り、ディリヤの口から毀《こぼ》れ出た。

見知らぬ誰かの言葉なのに、声の色、調、質まで蘇り、耳もとで囁かれたかのように頭の奥で聞こえる。

この薬の匂いは、鼻につく甘い匂い。

この匂いと、その言葉は、ひとつだ。ディリヤのなかで関連づいている。関連づいているのに、なぜ関連があるのか、その記憶はない。

「……っ」

知らぬ間に息が上がり、呼吸が乱れていた。

薬品臭に混じって、焼け焦げた材木、血と肉、土と雨の匂いが蘇る。この場には存在しないのに、どこか覚えのある匂いがディリヤの鼻先にまとわりつく。

匂いの次は、音だ。なにかが倒れる轟音《ごうおん》、バチバチと火花が弾ける音、天高く揺らめく炎が木々を燃やす音、無数に乱れる馬蹄《ばてい》の重低音、金属音、泣き声、笑い声、叫び声、怒号、悲鳴。音の記憶が耳もとで蘇り、繰り返し再生し続ける。

自分で思い出そうとせずとも、衝動に突き動かされるように頭が勝手に働いて、次から次へと連想していく。

匂いと音の合間に、視界の端に、断片的な絵が差し込まれる。

最初は、人の表情。知らない人間。赤眼で、赤毛。周りが燃えているから、炎が赤いのか、その人自身が赤い髪と眼をしているのか、判別がつかない。全体的な顔も、服装も、分からない。

刹那《せつな》の速さで絵が切り替わっていき、目が追いつかない。ぎゅっと圧縮された他人の人生を強引に見せられているかのような不快感だ。

星も月もない夜の景色。高く煙が上がって空が覆われていく。剣のきらめき。それを見上げる自分の視線は随分と低い。地面に跪《ひざまず》いているのか、寝転んでいるのか……。

ちがう。

これは、自分が子供の頃の記憶だ。

背丈が子供だ。

匂いと、音と、絵が、ぴたりと重なり、そして、急に静かになる。

「………」

ディリヤは重い瞼をゆっくりと持ち上げる。

伏した瞳に映るのは、帯革で縛った両手首と、包帯を巻いた掌をきつく握りしめる己の手だ。

途端に、身に覚えのある吐き気と頭痛を自覚する。

全身から血の気が引き、体感温度が下がるほど寒気がして、背筋が凍る。肌が粟立《あわだ》ち、冷や汗と脂汗が交互に吹き出し、寒気は悪寒に変わる。

指先ひとつ動かせない。

息の仕方を忘れて、呼吸が止まる。

耳もとの血流が速まり、どくどくと音が聞こえる。

その血流と同じか、それ以上に心臓が不規則に跳ねる。

苦しい。

心臓のあたりを鷲摑む。

吐き気と頭痛がそろってやってくる。

マルスイヤ。

匂いや音や断片的な絵や痛み。それらとともに思い出す。

ディリヤはその名前を知っている。

覚えている。

同じ場所か、同じ時間か、その名前の持ち主と、なにかを共有したはずだ。

頭のなかに靄《もや》がかかる。透明のガラス容器に煙を閉じ込めたように渦巻《うずま》いている。

ここで諦めれば、いままでと一緒だ。逃げるな。大事なのは、誰のために死ぬかだ。ディリヤは空《くう》を摑むような不安を心に、奥歯を嚙みしめ、手を伸ばす。

「……マルスイヤ」

マルスイヤは、俺が初めて殺した人間の名前。

俺が最初に犯した同族殺し。

俺の母親。

次の瞬間、口中に嘔吐物が溢れ、喉の奥で詰まる。

吐きそうになるそれを飲みくだし、えずいて、喘《あえ》ぐ。

肺が窄《すぼ》まる。胸の内側が冷たい。心臓が締めつけられる。鼓動が弱まり、意識が遠のく。

握りしめた両手の拳で心臓を叩く。嚙んでいた上着を吐き出し、強心剤を一気に飲み干す。

途端に、心臓が強く鼓動する。

だらだらと鼻血が垂れるが、それが汗か、涙か、鼻水なのかすら判断がつかない。

思い出すことをやめたい。やめたくない。知りたい、知りたくない。思い出すたびに同じ苦しみを繰り返す。

でも、その先に得られるものがあるなら……。

忘れろ。

聞き覚えのある声だ。赤い眼と、赤い髪。顔の下半分は隠されているが、互いの双眸《そうぼう》に、互いが映りこむ。

あの声の持ち主は誰だ。

二十五歳のディリヤが記憶を失う寸前の記憶。そして、もっと幼い頃の記憶。その言葉と声、同じような状況を二度経験している。

「……っ！」

声もなく、ディリヤは叫んだ。

子供のひきつけのように大きく両目を見開き、口端が切れて血が滲《にじ》むほど口を開き、喉が嗄《か》れるほどに叫び、暴れ、地面に頭を打ちつけて死んで楽になろうとする。苦しみから逃れたい一心で、己の胸に短刀を突き立てようともがく。

意識が遠のく。

逃げるな、戦え。

両腕に顔を突っ伏し、上着に埋もれ、意味もなく暴れる足を封じ込める。ここで己の手足を制御できなければ、いままでと同じだ。

ここで楽にはなれない。

縋るように、ユドハを想う。

この世でただひとつ、絶対に手放したくないものだけは逃がさないように、忘れないように。

大事なのは、一番最初。

出会った時。

そう、出会った時。

俺を狂わせたもの。


きもちよくて、とろけて、あつくて、いいにおいがして、最初からひとつの生き物みたいにぴったり嵌まって……。

ディリヤの頭上で狼が喉を鳴らして、ディリヤを背中から抱きすくめて、尻尾を巻きつけて、言葉以外の方法で心を満たしてくれて、その愛がディリヤをひどく穏やかな気持ちに誘《いざな》ってくれて、腹の底まで温かくて……。

これは、そういうもの。

一度でも知ってしまえば、病《や》みつきになる。

二度とそれと縁を切れなくなる。

金色の星屑がキラキラと散る瞳で、いつまでもずっとディリヤを見つめてくる。

はなれがたい。

そのきもち。

「……ディリヤ！」

「……!?」

その声で、頭の奥底に沈んでいた意識が引き戻された。

ぼやけた視界めいっぱいに金色のキラキラが光る。

ユドハが二重三重に見えて、ひどい頭痛と吐き気、倦《けん》怠感《たいかん》、胸の痛みがある。

体感ではとても長く感じていたが、どうやら薬を飲んでから四半刻と経っていないらしい。気を失っている間に、腕の拘束は解かれていて、目醒めの悪さのわりに、ふわふわと気持ちいい夢を見ていた気がする。

ディリヤはゆっくりと視線を動かし、その動きだけで酔って目を回し、瞼を落とす。

記憶が曖昧《あいまい》だ。

自分がいま誰なのか分からない。

ふたつの自分が混ざっている。

水と油のようでいて、そうでもない。

「マディヤディナフリダヤ、二十五歳、……ユドハ、俺はアンタの嫁さんで、旦那で、つがいで、伴侶」

「ディリヤ……？」

ユドハがディリヤの肩を抱き、懐に抱きしめている。

心配する瞳も、腕の逞しさも、頬に触れる鬣のやわらかさも、耳を打つ低い声も、ぜんぶ、知ってる。

俺の大事なつがいだ。

それが分かれば、こわくない。

目を開かずとも、縋るようにディリヤが両手で摑んでいるものがユドハの尻尾だと感触で分かる。

「なんで、こっち来るんだよ」

「様子がおかしかった。それより、具合は……」

「大丈夫。自分で薬飲んだ」

「まさか……」

「死ぬためじゃない。自分のためだ」

思い出すためだ。

「ディリヤ、お前、本当に……」

「ぜんぶじゃないけどな、……十二歳でアスリフを出てから、十七でアンタと出会ったあたりは完璧に思い出せてる。十二歳以前と、十七歳以降二十五歳までの記憶と感覚は……いま、徐々に、現在進行形で頭のなかで蘇ってきてる最中だ」

「それは……」

「思い出す順番がめちゃくちゃだけど、いまはアシュとララとジジのことばっかり思い出してる」

「混乱は……」

「してない。大丈夫。アシュとララとジジは、……俺が産んだ息子だ」

「そうだ。……だが、なんて無茶を……」

「俺が無茶する。アンタが適当なところで止める。……いつもそうだろ？」

「お前の心と体にかかわる」

「……ぉ、おお」

肩を強く摑んでまっすぐ見つめられ、気圧《けお》される。

だが、負けじとディリヤもユドハの両頰を掌で押し包み、「大丈夫だ」と見つめ返した。

「大切なのは、お前だ、ディリヤ」

「俺も、アンタが大事にしてくれる俺が大事。でも俺の一番目はアンタだ、ユドハ」

「…………」

「しっぽ」

「……すまん」

「いいよ、ごめんな。尻尾、いままでけっこう我慢して動かさないようにしてたんだろ？　これからは思う存分動かせ、我慢するな」

「……調子が狂う」

素っ気なかったディリヤと、男気溢れるディリヤ。

どちらもユドハのなかではディリヤだが、我慢していた分だけ尻尾の調子が取り戻せない。

「ユドハ、……俺は、失踪する間際、誰かと争ってた」

本調子ではない尻尾を撫でながら、ディリヤは記憶を失う寸前のことを語った。

「お前がいなくなった場所からは、出血痕と、争った形跡があった」

「相手は、たぶん同じ赤毛だ。俺と同じアスリフで、……だから、俺は、逃げた。ウルカから去らなければならないと思った。だから、たぶんいまも俺はウルカへ帰らないほうがいい」

「なぜだ？」

「ウルカに戻ったら、……アンタが、……」

「俺が、なんだ？」

「アンタが、殺される」

ユドハが殺される。

だから、戻らない。戻れない。傍にいてはいけない。

だからあの場所から咄嗟《とっさ》に逃げた。

記憶がなくなっても、それだけは心の奥底で忘れなかった。

ユドハを守る。

愛する人から危険を遠ざける。

「俺が誰に殺されるんだ？」

「……思い出せない」

ぐしゃりと前髪を掻き毟る。

頭を掻くように爪を立て、じわりと鎌首をもたげてちらつく痛みを覚悟して、思い出す。

「ディリヤ」

「………」

やめろと言うユドハを手で制し、息を深く吸う。

一呼吸ごとに、心臓が痛みを覚える。

きっと、脳が記憶してしまっているのだろう。思い出せば死にたくなるほど苦しいことが起きる、と。

だが、ディリヤが死ぬことはない。

ユドハに二度とあんなに悲しい顔はさせない。死んでたまるか。わけの分からない頭のなかの声に支配されてたまるか。心で抗って、ディリヤに忘れろと命じる声を捻《ね》じ伏《ふ》せる。

でも、逃げたい。

こわい、いたい、苦しい、つらい、かなしい。

負の感情がぜんぶ一度にディリヤを襲う。

「ディリヤ」

負けそうになった時に、自分の肩を抱く掌の温かさに救われる。

握った拳が傷つかないように、掌を開いて、己の手を代わりに握らせてくれる手がある。

ディリヤの手に手を添えてくれる力強さがある。

「ユドハ……」

「ここにいる」

「ユドハ、……俺のこと愛してるって言え」

「愛してる」

「一生ずっと死んでも愛してるって言え」

「一生ずっと死んでも永遠に愛している」

「俺の隣で一生ずっと愛してるって言い続けろ！」

「愛してる。お前の隣で、一生、ずっと、死んでも」

「……っ」

思い出せ、思い出せ、思い出せ！

自分に命じる。

ユドハを殺す男は誰だ？

なぜ殺す？

ディリヤは口を覆い、逆流してきたものを飲み下す。

脂汗が吹き出て、顔色ががらりと変わったことをユドハにも隠せず、耐えきれず、その場に吐きもどす。

ユドハの毛皮を汚すが、それを怒るような狭量《きょうりょう》な男ではない。

「俺を掌握《しょうあく》するのは俺だ……っ」

他人じゃない。

忘れろなんて命令、クソ喰らえだ。

俺の人生に食い込んでくんな。

俺の人生は、ユドハのもんだ。

「ユドハ……っ」

「愛してる。傍にいる。はなさない」

「………」

ユドハがいればそれでいい。

傍にユドハがいる。

それだけで心は強くなれる。

耐えられる。

乗り越えられる。

諦めない。

蹲《うずくま》って、吐いて、それでも、思い出すことはやめない。十六歳の自分は、必ず、二十五歳の自分に通じている。

ユドハと永遠に人生が交わらないで死ぬ一生なんて絶対にいやだ。ユドハが俺の人生にかかわらないなんていやだ。

「忘れたら、俺はずっと独りだ。……でも、独りなら、俺の好きに生きて死ねる。俺はマルスィヤみたいに俺のために死んだり苦しんだりしない。そんなこわいこと……こわいっ……こと、いやだ……、いやだ、っ、いやだ……っ!!」

でも、一番いやなことはなんだ？

俺の人生で一番目はなんだ？

ユドハだ。

誰かが俺の記憶を奪った。こんな芸当ができるのは、同じアスリフのはずだ。

「イェヒテ……」

ちがう。イェヒテはそんな大それたことができる奴じゃない。

「イェヒテはいまアスリフにいる。お前のことを調べに……」

「……アンタ、イェヒテのことまで知ってんのか……ちがう、そうじゃない、知ってて当たり前だ。与都で会ってる。……イェヒテが俺のことを調べに……ってなんだ、俺のなにを調べに行かせた」

「お前の過去」

「……俺の過去、俺の過去は……っ、俺の過去をアンタは知ってるか」

「知っている」

「ほかは誰が知ってる」

「イェヒテと、……アスリフの村長と当時の生き残りだ」

「当時の生き残り……」

「…………」

「ユドハ、アンタ、その男の名前知ってるだろ」

「男だと分かっているということは、お前も、それが男だという記憶があって、大方の見当がついているんだな？」

「……エリ」

「………」

「エリ、…………エリハ」

俺の記憶を奪ったのはエリハだ。

ユドハを殺すのはエリハだ。

俺が独りで生きていけるように。つながりを絶つために。俺を弱くする存在を奪う。俺が二度とウルカに戻る必要がないように、俺が大事にしてるものを殺す。

エリハが殺す。

ディリヤが戻らなければ、ユドハは殺されない。

だから、ウルカから逃げた。

「ディリヤ、お前、マルスィヤという名を口にしていたが、それは……」

「マルスィヤを殺したことも思い出してる」

ユドハには隠せない。

震える手も誤魔化せない。

一番最初の人殺しは、母親殺し。

家族を大事にして、愛して、群れで育てられたユドハ。ユドハは、早くに亡くした両親のことも愛している。母親のことももちろん、愛している。

ディリヤとは真逆だ。

「……ろくなもんじゃないな」

ユドハが、ちょっとかわいそうだ。

現実だけを見れば、自分は母親を殺していて、そんな男をつがいにしたユドハに申し訳なくて……。

「アンタ、厄介な男に引っかかったな」

「ディリヤ、そういう強がり方はよくない」

「……だって、分かんないんだ」

マルスィヤへの気持ち。

言葉にできない感情が溢れて、強がってるフリでもしないと挫《くじ》けそうで……。


「マルスィヤ……」

忘れてごめん。

苦しい時に助けてあげられなくてごめん。

あんなにたくさん名前の歌を謡《うた》ってくれたのに、あなたの名前すら忘れてしまっていた。

声も、顔も、朧《おぼろ》気《げ》で、抱きしめてくれた匂いも、温かさも遠くて……。

「あいしてたことも、忘れてた」

ごめんなさい。

あんなに愛してくれたのに。

こんなに強くしてもらったのに。

俺があなたに最後にしたことは、あなたを傷つけることで……。

薄情な息子でごめん。

だいすきだったはずなのに、一緒に死んでもいいくらいだいすきだったのに、いまも、だいすきなはずなのに……。

もう二度と、言葉でも、行動でも、あなたの前でそれを示せない。伝えられない。

俺は、あなたにすこしも愛を返せていない。

あなたのおかげで、今日まで生き抜いて、いまこうしてここにいて、ユドハと出会って、子供たちと出会って、しあわせを知って、生きているのに……。

「…………ありがとうも、言えない……」

「ディリヤ」

ユドハは力強く名を呼び、抱きしめてくれる。

ディリヤの心ごとその懐で抱えてくれる。

マルスィヤは、死ぬ時にすら愛しい男の胸に頬を寄せられなかったのに……。

そんな悲しみを微塵《みじん》も感じさせずディリヤを生かした。

潔《いさぎよ》くて、強くて、優しくて、かっこいい女。

「俺のかあさん、最高にいい女だったんだ」

抱きしめてくれるユドハの背に腕を回し、目を閉じた。


ウルカへの馬を飛ばしながら、記憶を整理した。

エリハがユドハの命を狙っているということは、子供たちの命も狙うかもしれない。

道中、街道沿いの村でディリヤは自分の馬を手放した。鞍と鐙《あぶみ》を外し、荷を下ろせば、賢い馬は村へ入っていった。

使った薬の影響か、手綱を握る握力が徐々にしか戻らず、長時間同じ姿勢で馬を走らせることもできず、ユドハの馬に相乗りして、ユドハが手綱を握った。

「俺の腹の傷は、アシュを産んだ時の傷だ」

「ああ」

「…………」

ディリヤがユドハと出会った記憶の次に思い出したのは、アシュとララとジジのことだ。

自分が子供を産んでいる。

十六の自分だったら卒倒しているに違いない。

いまも、心の内側はぐちゃぐちゃだ。混乱と愛しさが同居している。

「……大丈夫、思い出せる。大丈夫」

「自己暗示はやめておけ」

「………」

「こわい時はこわいと言え」

「口にしたら、本当にこわくなる」

「………」

「だめだよな、……なんでだろうな……、アシュを産んだ時のこと、嬉しくて、しあわせで、やっと終わった、赤ん坊が元気だって安堵して、アシュを育てる責任で心臓がどきどきして、死にそうなのにアシュを抱いたまま気を失ったらアシュを落とすって心配してて、俺のなかにはこんなにもいろんな感情があったのかって戸惑ってて、そういうのぜんぶ覚えてるのに、……俺は子供を産んでんのか……っていう初めて知ったみたいな恐怖も蘇ってきて、たぶん、これは十六歳のほうの感覚なんだろうけど……」

馬上でユドハの腕に抱きしめられ、ユドハの腕の重さや温かさに宥《なだ》められる。

「ウルカに戻るまでにぜんぶ思い出すつもりだが、いまの俺はアシュたちに会えると思うか？」

思い出す順番も支離滅裂だ。自分に子供がいることは理解しているが、感情が追いついていない。いまのディリヤがアシュたちに会って、傷つけはしないだろうか。

「その問題は深く考えすぎるな」

「それじゃあだめだろ。ちゃんと打ち合わせとかないと……、アシュとララとジジを悲しませたくない」

「それだけ子供たちのことを想っているお前なら、うまくやれる」

「根拠は？」

「ない。だが、子供たちへのお前の愛は、確かにお前のなかにある。それに、俺がいる。お前に欠けている部分があるなら補う。いざとなったら間に入って取り持つ。お前がすることは、記憶を整理することだけだ。アシュを産んでからの毎日をお前は俺に語り聞かせてくれた。だから、八年分の記憶は任せろ。お前は思い出すがままに話せ。俺がそのすべてに順番をつけていく」

「アンタ、歩く俺の百科事典みたいだな。……だーもう、尻尾うるせぇよ」

「かわいい」

時々十六歳の言葉が混じるディリヤがかわいい。

十六歳に立ち戻っているのではなく、忘れていた過去と現在のすべてひっくるめて一つのディリヤになっていっている。

二人とも、そんな感じがしていた。

「大丈夫、思い出す。ウルカに帰るまでにぜんぶ思い出す。思い出すから……」

「ディリヤ」

「なんだ」

「愛してる」

「…………俺も、……愛してる」

「それだけで充分だ」

「……うん」

ディリヤはユドハの懐に背を預け、目を閉じた。

そうすることにほんのわずかの気恥ずかしさと、それを上回る安堵があって、馬に揺られていても、久しぶりに心の底から穏やかだった。


「うまれたばっかりの、あなたをうたいましょ～、あなたがだきしめて生まれてきたおほしさま～、キラキラよ～、ちらちらかがやいて～、ちかちかまたたいて～、しゅんってながれて、かくれて、パって消えて、またキラキラ生まれるおほしさま～、どうぞ教えてちょうだいね～、おほしさまをいっぱいいっぱい持ってうまれたあなたのおなまえを～、そうね～アシュのおなまえはね～アシュなのよ～長いおなまえはないしょなのよ～、ララちゃんとジジちゃんのおなまえはなんですか～？」

間の抜けた歌声が庭に響く。

ディリヤから教えてもらったお名前の歌を、自分なりに脚色してアシュが歌っている。

その手には、ディリヤが作ったお人形のおともだちが握られていて、アシュの膝の上に頭を乗せて欠伸をする双子の前で動かしている。

双子は、だいすきなおにいちゃんの歌声に尻尾と耳をくったりさせて、お人形にあやされて、うとうと舟を漕《こ》いでいた。

「なぁ、その歌、ディリヤに教わったのか？」

「あ、ディリヤ！」

斜め後ろから声をかけられたアシュは満面の笑みで背後を振り返った。

「……あれ？」

「ちがったな」

「ちがう」

ディリヤじゃない。

でも、ディリヤにそっくり。

においがそっくり。

このにおいは、旅行している時に嗅いだにおい。

「よう、……お前がアシュか？」

「そうよ、アシュのおなまえはアシュよ」

「そっちがララとジジ？　お前の弟の？」

「うん！」

「いまの歌は、名前を覚える歌だな」

「ないしょのおうただから、ちいさいこえで歌ってるのよ。……ねぇねぇ、こっちにどうぞ」

「あぁ？」

アシュにズボンの裾を引かれて、同じ目線に屈みこむ。

「おなまえなぁに？」

「エリハだ」

「エリハ！　ユドハとよく似たおなまえね！　あのね、金狼族のおとこのこはね、よく似たおなまえが多いのよ。よく似たおなまえの子がいたら、仲良しになるの。……エリハは、ユドハのおともだち？」

「そう思うか？」

「うん！　だって、ここ、ユドハの縄張りだからね、ユドハのおともだちとか、ユドハのお仕事の人とか、家族とか、仲間があつまってくるの」

「へぇ……」

「エリハは、まっかなおめめとたてがみだから、ディリヤとおそろいね。においもディリヤとそっくり。

「……あしゅ、すきぃ」

えへへ……と尻尾を振って、胸の前でお人形を抱きしめる。

「ディリヤが好きか？」

「だいすき！」

「俺のことはどうだ？」

「分かんないけどディリヤといっしょだからすき！」

「残念だ。お前は俺を好きでも、……どうやら、お前の仲間からは嫌われてるらしい」

エリハは顔を上げた。

すぐ傍に、剣を構える二匹の狼がいた。

「アシュ様から離れろ！」

「アシュさん、動かないで！」

ライコウとフーハクが叫ぶ。

エリハの手には短刀が握られている。時折それをちらつかせ、ライコウたちが味方を呼ぶために口吻《こうふん》の先を持ち上げ、遠吠えの姿勢をとると、アシュの尻尾の毛をわずかに切り落とす。

「ライちゃんとフーちゃんだよ」

「あっちのメスは？」

「イノリちゃんとトマリちゃんよ」

「四匹とも戦闘能力高そうだな……、いいのをそろえてやがんな」

エリハは口端を持ち上げる。

さて、どの順番で殺すか。

先にガキを三匹とも殺すか。いや、あのライとかいう狼が一番目だ。その次にフー、それから、イノリとトマリ、最後にガキだ。

親のいないねぐらにいる子供など、息の根を止めることはたやすい。

「フーハク、いけるか……」

「正直、無理ですけど……やるしかないのでやります」

ライコウとフーハクは互いにしか聞こえない声量で、口を動かさずに話す。

エリハの手に短刀があるかぎり、近寄れない。

そもそも、ライコウとフーハクは決して警戒をゆるめていなかった。敵襲に備えて、トリウィア宮内でも警護を固め、侵入者が隠れられる障害物のない庭を選んで子供たちを遊ばせていた。

「………」

そんなライコウとフーハクの思考を読み取ったかのように、エリハが右手の人差し指で天を指さす。

「屋根か……」

「途中で勢いを殺す壁も屋根も軒先もないのに、あの高さは……人間には飛び降りられないですよ」

「だが、やってのけた人間がいる」

「……俺、今夜あたり、あの赤眼と赤毛の悪夢を見そうです」

「生きてたらな」

「あ、ララちゃんとジジちゃん起きた！」

アシュが立ち上がった。

その瞬間、エリハの背後にいたイノリメが、スカートをたくしあげ、短刀を投げた。

同時にトマリメが走り、一度に三人の子供を掬《すく》い上げてエリハの足もとから離脱する。

「……くっ！」


アシュの服に引っかけたトマリメの中指の爪先から付け根まで血が溢れ、アシュだけが落ちた。

「おっと、一匹手癖の悪いメスがいた」

アシュの尻を蹴って蹴鞠《けまり》のように跳ね上げ、エリハが己の腕に抱く。その手にはトマリメの血に濡れた短刀がぬらりと輝く。

「アシュ様を離せ！」

「ふ、わぁあ～……！」

エリハではなくアシュが歓声を上げる。

一瞬の出来事に、アシュはトマリメの怪我に気付いていない。ただ、血の臭いは嗅《か》ぎとったらしく、きょとんとしていたが、エリハの次の動きで意識はそちらへ向いていまう。

エリハの右腕に抱えられたアシュが、右へ、左へ、蝶々のようにひらひら、揺り籠《かご》のようにゆらゆら、揺れる。

ライコウとフーハクがエリハに斬りかかり、エリハがそれをいなす。まるで、アシュがディリヤに剣の稽古をつけてもらっているかのようだ。

「短刀くるくる動くの、ディリヤにそっくりね〜」

「おい、ガキ」

「アシュよ。……なぁに？」

「こわくないのか？」

「だって、アシュ、もっとこわいの知ってるもん。あのね、高い高い屋根から、ぽーん！　って放り投げられちゃうのよ」

「俺もするかもしれねぇぞ」

「ふふふっ、しないよ。ここ、屋根ないもん！」

「肝《きも》の据わったガキだな」

エリハは、ライコウとフーハクの相手をしながらアシュと話をする余裕がある。

エリハの視界の端で、メス狼二匹が虎視眈々《こしたんたん》とエリハの首を狙っている。迂闊《うかつ》にあのメスに手出しはできない。手負いのメスはオスよりも厄介だ。片方は双子を死んでも離さないといった様子で、もう片方は刺し違えてでもアシュを取り戻す気でいる。

二匹のオスのほうは自分たちの命を使ってでもエリハを追い詰め、メス狼が噛みつく隙を与えようとしている。

それに、四匹ともがアスリフとの戦闘に慣れていた。

「ディリヤか……」

あのバカ、アスリフの手の内を狼に教えたらしい。

なんと愚かな息子だろうか。

「クッ、ソ……！」

フーハクが悪態をつく。

あと一歩というところで切っ先がエリハに届かない。

エリハの戦い方はディリヤのそれとまったく同じだ。

そのうえ、匂いも、見た目も、佇《たたず》まいも瓜二つで、ライコウとフーハクは戦いにくさを覚えていた。

本能が、「アレはディリヤだ、ディリヤの血縁だ、ディリヤの家族で、ディリヤと同じ血が流れている」と判断する。群れを大切に想う狼の血が邪魔をして、非情に徹しきれない。

ディリヤと錯覚してしまう。

ディリヤを殺せない。

切っ先が鈍《にぶ》る。

ディリヤではないのに、ディリヤだと思わされてしまう。

目の前にいるのは、まるで情のないディリヤだ。そんなものと戦って無事では済まない。

ライコウとフーハクは、とっくの昔に死を覚悟していた。

「匂い以外もディリヤを真似てみたが、この手法はわりと有効だな」

今後の仕事に使える。

エリハは逃げて遊ぶのをやめて、攻撃に転じた。

「……！」

死ぬと悟ったのはライコウだ。

それを悟ったうえで、ライコウはエリハの視界を妨《さまた》げるように大きな体で立ちはだかり、弱点を晒した。

ライコウを囮《おとり》に、フーハクがエリハの死角に位置取り、エリハの左腕を斬り落とす。

同時にイノリメがエリハの首筋に牙を立てた。

「残念」

エリハの短刀はライコウの腹部を突く。

噛みついたイノリメの牙が欠け落ち、エリハに顎の付け根を殴られて吹っ飛ぶ。

フーハクは攻撃の手をゆるめなかったが、エリハの左足で回し蹴りを食らう。右腕の骨が折れるも、寸前で体重を移動していなし、粉砕《ふんさい》骨折だけは免《まぬか》れる。

「……っ、どんな足してんだよ！」

「そっちも、よく蹴りがくるって分かったな」

「アンタの戦い方、ディリヤ様にそっくりなんだよ！」

「あいつ、足癖悪いからな」

「知った口きくんじゃねえよ！」

「というか、俺がアイツに似てるんじゃなくて、アイツが俺に似てるんだ」

「お前とディリヤ様は似てるけど似てない！　一緒にするな！　あの人は俺たちよりもよっぽどけもので、狼で、仲間思いだ！」

「その言い草、腹が立つな。お前たちのディリヤのつもりか？」

「義手に、義足かよ……」

フーハクは再び剣を構えた。

斬り落としたエリハの左腕からは出血がない。

左腕が地に落ちた瞬間、がしゃんと硬質な金属音がした。フーハクの右腕の骨を折った足蹴りからも、同様の質感があった。

おそらく、イノリメの牙を砕いたのは、急所である首もとを保護するための装備だ。

対狼戦の完全装備でこの場に挑んできている。

とはいえ、義手と義足でこれだけ戦えるのか……。

「アシュさん、目ぇ閉じてて！」

「やだぁ……」

ライコウから流れる血を見たことで、アシュはエリハの腕から抜け出そうともがく。

なんでケンカするの。

こわいよぅ、ディリヤ。

ユドハ、おしごとからかえってきて。

たすけて。

みんなが怪我しちゃうよ。

いたいよ。

かなしいよ。

「でぃいやぁ……」

「アシュ、尻尾！」

「……ん！」

ほんものの声！

その声に反応したアシュは尻尾を逆立ててエリハの視界を奪った。


エリハを地面に押し倒す。

エリハの首にはディリヤの短刀が食い込む。

防御するものがない首と顎の付け根に刃先を突き立て、動けばこのまま後頭部までまっすぐ貫くぞと視線で訴える。

そのディリヤの視界の端でアシュの尻尾が揺れた。

「でぃいや」

「ただいま帰りました、アシュ」

「おかえりなさい！」

ディリヤに抱きつきたいのにエリハの腕が邪魔をしてできない。

エリハとディリヤ、両方の胸の間にむぎゅっと挟まれたアシュは「あしゅのほっぺ、つぶれちゃう……」と困り顔で尻尾を振る。

「……どこまで取り戻した？」

「ぜんぶ」

エリハの問いに簡潔に答える。

記憶がこんがらがっていて、整理がついてないところもあるけれど、すべて思い出している。

ユドハがすべてに順序をつけてくれたから、その順番を信じられるから、ディリヤはいまこうしてこの場で誰が敵かを間違えずにいられる。

「アンタ、もう一回俺の記憶を奪うつもりだな」

「さぁな」

エリハはあやふやな言葉でディリヤを惑わす。

短期間に、そう何度もあの薬を使ってたまるか。

エリハは独白を腹の底に飲み込む。

どれほど身体能力に恵まれたアスリフでも、乱用には耐えられない。

ディリヤを殺しては本末転倒だ。

それではマルスィヤに申し訳が立たない。

エリハはフーハクに切り落とされた左腕の断端でディリヤの顔面を殴り、下腹を蹴ってディリヤから距離をとる。

やっぱりだ。

弱っている。

だが、目は死んでいない。

一番厄介なのは、手負いのメス狼だ。

「自分で薬を使って思い出したか」

「ああ」

ぶっ、と口中の血を吐き出し、ディリヤは立ち上がる。

「そこのクソ狼」

ディリヤのその肩を支えるのは、あの忌々《いまいま》しい狼だ。

「ユドハだ」

「お前が肩を抱いている赤毛は、過去を忘れていたからこそ強くいられた。お前らさえいなければ、けもののごときディリヤでいられる。飼い慣らすつもりなら手を引け。そいつはお前らごとき狼には手に余る。食い殺されるのが落ちだ」

こいつら金狼族がディリヤを不幸にする。

弱くする。

離れるべきだ。

だいすきな人を忘れるくらいなら、いっそ死んだほうがマシだと心と体と頭のすべてで抗うのがディリヤだ。つがいができたらきっと愛で身を滅ぼす。子供を持てばマルスィヤのように己の命と引き換えにしてでも守る。

「ディリヤを離せ。自由にしろ」

「離さない。一生涯俺の傍に置く。ディリヤは家族と群れを大切に想い、いまを生きている。その努力を自分勝手な考えで奪うな」

「そのディリヤが、っ……お前らといるだけで壊れるっつってんだよ！」

家族を大切に想うディリヤが、己の母親を殺した記憶と向き合ったなら、ディリヤはまた壊れる。

平気な顔をしてすべて思い出したと言っているが、きっと、夜になったら泣く。ひきつけを起こして、喚《わめ》いて、暴れて、自分で自分の頭を殴って、額を地面に打ちつけて、「ごめんなさい、ごめんなさい」と喉が切れて血が出るまで謝って、叫んで……。

いま、こうしてエリハと対峙《たいじ》しているだけで、顔からは血の気が引き、唇は白く、短刀を握る手は震え、呼吸は浅く、荒く、不規則に乱れている。ただでさえ雪のように白いのに、生きているディリヤからは体温すら感じとれないほど儚《はかな》くて……。

「俺の目をまっすぐ見られないくらいには死にたくなってんだろ？」

「……っ」

「ざまぁねぇな」

この狼の傍で暮らす腑《ふ》抜《ぬ》けたディリヤなど、いずれ無駄死にするだけだ。十六歳の記憶のまま、自分独りで自由に生きて死ぬほうがしあわせだ。

「俺にはお前への責任がある。ディリヤ、こっちへ来い」

「……アンタの言い分は分かった」

ディリヤがエリハのもとへ歩み寄り、恭順の姿勢を見せる。

　隣に立つユドハをディリヤが手で制し、独りでエリハに向き直る。

「その気になったか？　それとも、次の手でも思いついたか？」

「マルスィヤが言ってた」

　ディリヤの言葉に、エリハの表情がわずかに動くこともない。

　だが、心が張り詰めたのは感じとれる。

「マルスィヤが言ってた。俺のことを愛している、と。……アンタ、マルスィヤが愛してたものを苦しめるのか？　俺は、アンタの愛したマルスィヤが愛した、この世でたったひとつの血の繋がった生き物だぞ」

「…………」

「死ぬ前に、マルスィヤはアンタの指揮下に入れと言った。俺はそうした。でも、俺はもう俺の人生の指揮は自分で執《と》れる。俺の人生ぜんぶ預けたい奴はアンタじゃない。ユドハだ。アンタの指揮下からは離脱する」

「言いたいことはそれだけか？」

「アンタも、もう、マルスィヤの遺言みたいに俺のことだけ考えて生きなくていい」

「…………」

「だから、……な？　俺の子供に手を出すな、クソ親父」

　ディリヤがエリハの右前に立つ。

　次の瞬間、ディリヤの首筋ぎりぎりのところをユドハが投げた短刀がすり抜け、エリハの右のこめかみから側頭部をまっすぐ横一線に裂いた。

「……っ」

　エリハの視界が血に染まる。

　ディリヤはアシュを奪い返して後方のユドハに放り投げる。

「片目が義眼じゃ不便だな」

　ディリヤがエリハの左顔面を殴った。

　その衝撃で、赤い石の義眼が零れ落ちる。

「左側ほとんど使えないのかよ……」

　フーハクが呟く。

　義手、義足、義眼。

ディリヤと同じく雪のように白い皮膚に、長い赤毛が散る。

顔の下半分を隠しているせいで気付きにくかったが、白日に晒された左半顔は、炎に舐められたような火傷で引き攣《ひっ》れ、耳も形が崩れている。

おそらく、服の下も同様だろう。

「アシュの尻尾で殴られた時、目を瞑《つぶ》ったのも、涙で滲《にじ》んだのも右眼だけだった」

「……いやなガキだな」

エリハは右眼の視界を奪う血を拭う。

観察眼の鋭さは、マルスィヤ譲りだろうか。そう考えて、なにもかもすべてに面影を見てしまう自分に嫌気が差す。

「このままここで俺に殺される覚悟はあるな」

「あるわけねぇだろ、母親殺しのついでに父親殺しまでさせてたまるか。俺が死んだ時にあの世でマルスィヤに殴り殺されるだろうが」

「逃げるつもりか」

「さぁな」

拭った己の血をディリヤの目に投げつけ、その隙に走る。

ガキは殺せなくても、せめて、あのクソ狼だけでも。ユドハとかいう狼を殺せば、ディリヤがここにいる意味はなくなる。

「狼!」

ドスの利いた声で威嚇《いかく》し、全速力で走る。

小細工なしの真っ向勝負で挑む。

「ディリヤ、手を出すな!」

ユドハが声を張り、剣を構える。

ユドハには、これに応じる理由がある。

目の前にいるのは、愛した男の父親だ。

親は、子を守る。

エリハはディリヤの心を守ってきた。

その方法しかなかったのかと問えば、ほかの方法もあったのかもしれないが、それは、環境、生き方、育ち方、生きる場所、それらによって異なる。

エリハとマルスィヤにとっては、これがディリヤを守る最良かつ最善の手段だった。

その結果、ディリヤは十七まで一人で生き抜くことができた。

いまもそうだ。

エリハは、ディリヤの未練や執着を断ち切ろうとしている。

独りで生きていけるように。

独りで死ねるように。

「腹の立つ狼だな！」

「それはどうも！」

好いた男の父親の弱点を抉るような卑怯な真似はしない。ユドハはエリハの左半身を狙わず、真っ向から攻撃を受け止める。

エリハには、それさえ虫唾が走る。

一撃、二撃、三撃と刃を交える。

右半身しか使えずとも、エリハのそれはディリヤに引けをとらない。

遠慮がないからだ。

殺すこと、傷つけること、奪うことに。

ディリヤよりももっと完成されたかたちで、アスリフとしての生き方がエリハのなかに根付いている。

「ディリヤはあなたの子供だが、あなたの所有物ではない！」

「俺のガキだ、一生涯、俺の責任下にある！」

「いいや、ない！」

「ある！」

攻撃と口撃が同時に展開される。

「あろうがなかろうが、それを強制すべきではない！　もし、あなたがそういう考えならば、行動ではなく言葉にすべきだった！」

「……はっ、まるで政治屋だな！」

「言葉にしなければならない時がある！　行動だけでは想いが通うことはおろか交わらないことすらある！　あなたはまずディリヤと互いの想いをすり合わせるべきだった！」

「無駄だ！」

「だが、あなたの愛した女はディリヤにそうした！」

「…………」

「歌にして、言葉にして、伝えた」

ユドハの言葉にエリハの動きが鈍った。

鈍ったが、諦めてはいない。

エリハが身を低く構え、足首から千枚通しのように細い短刀を抜く。

突進するエリハの前に、ディリヤが割り入った。

鼻先が触れ合う距離で、父と子が睨み合う。

「どけ、ディリヤ」

「ユドハに向けてるそれを下ろせ、エリハ」

「親父の言うことがきけねぇのか？　あ？」

「親父面してんじゃねぇよ、クソが、あ？」

同じ顔で、同じように凄み合う。

「テメェ、調子乗ってんじゃねぇぞ、ガキの分際で」

「あぁ？　俺のこといくつだと思ってんだ？　二十五だぞ。そもそもアンタ、俺の父親面できるほど父親やってないだろうが」

「…………」

「んだよ、なんで黙ってんだ？　なんか言ってみろ。黙ってると、その喉、縦開きに掻《か》っ捌《さば》いて直で空気ぶち込むぞ」

「二十五……」

エリハが呟く。

「あぁ？」

「お前、もう二十五か……」

「見れば分かるだろうが」

「……失礼だが、あなたのなかでは、もしかしてディリヤは別れた五歳の頃のままで止まっているのではないか？」

ユドハは咳払いをひとつして、不穏な父子の会話に割って入る。

「五歳、……二十五歳……、二十年……」

エリハが、武器を構えていた手をだらりと下ろす。

まるで、ユドハに指摘されていま気付いたといった様子で、目を丸くしている。

「俺はいま二十五だ。なんなら三人の子持ちだ」

そのエリハに、ディリヤ本人が現実を突きつけ、追い打ちをかけた。

「三人の子持ち……」

「俺も、アンタと同じで、親の立場だ。俺独りだけの人生じゃない。死んでもずっと一緒にいるって決めてるつれあいがいて、責任もって育てないといけない子供たちがいる。アンタたちがアンタたちなりに俺を守って、想ってくれたみたいに、俺は俺なりに家族を愛していきたい。大事なことを忘れてる暇なんてない」

　忘れなさいとマルスィヤが命じたこと。

　マルスィヤの気持ちを汲《く》んで、そして、ディリヤの心を守るためにエリハがしたこと。

　ディリヤはすべて思い出している。

　それでもここに立っていられるのは、ユドハに支えられているから。

　そして、子供たちがいるから。

「おんなじ群れのかぞくだもん！」

　いつの間にやら、アシュがディリヤの足にぴっとりくっついていた。

「ディリヤ、……お前、どうやって記憶を取り戻したって言ってたか……。確か、薬って言ってたが……」

「イェヒテが作った薬を使った」

「死ぬ気か」

「イチバチで俺が勝った」

「馬鹿じゃねぇのか」

　思い出させないようにするために使った毒薬を、ディリヤは思い出すために使った。

　それほどに忘れたくないと強く願って、賭けに出たのだろうが……。

「馬鹿と笑われようとも、命を懸ける意味があった」

「アレ使ったのかよ……信じらんねぇ。俺の覚えてるイェヒテはお前と同じくらいのガキだったが、アイツ、確かすげぇ雑で適当だろうが……。粗悪品使ってんじゃねぇよ」

「そこまで言うな、イェヒテが可哀想だ。アイツもアイツなりに頑張ってる」

「……………」

「俺も、俺なりに頑張ってる。趣味も見つけたし、護衛官の仕事にも就いてるし、群れに馴染んで周囲に溶け込む練習もしてるし、座学にも励んでる。自分で自分のしたいことを見つけて生きてる。最良だと思える死に方も見つけた。最近だと、過去の記憶もぜんぶひっくるめて生きていくことを選んだ」

「………」

「これが、いまの俺の幸せな生き方だ。俺の幸せを奪うな」

「………」

「ユドハとアシュとララとジジとの毎日を奪うな」

「………」

「アンタとマルスィヤと一緒に過ごした日々を奪うな。それぜんぶひっくるめて俺で、俺の幸せだ」

「お前、ちゃんとマルスィヤって呼べる年になったんだな……」

エリハは肩からひとつ力が抜けた。

そうか、もう五歳じゃないのか……。

あれから二十年経つのか……。

「エリハ……？」

「もういい」

やる気の失せたエリハは疲れた声でディリヤの隣を通り過ぎる。

ユドハの脇を通り過ぎざまに拳を振り上げて一発殴ろうとしたが、ユドハがそれを当然のように防ぐものだから、「このっ、クソ狼、うちの息子を誑《たぶら》かしやがって……、一発ぐらいおとなしく殴られろ」と睨みつけた。

「……すみません、反射で。あなたに殴られたら顎の骨が砕けそうで……」

「顎ぐらい砕かせろクソが」

「それはできません、ですが、生涯をかけてディリヤを愛して、幸せにします」

「そんなん当たり前に決まってんだろうが」

「ありがとうございます」

ユドハがエリハの背に頭を下げる。

「………」

認めたわけではない。

認めたわけではないが、エリハは引き下がった。

エリハが持っているのは、ディリヤに対しての責任だ。合理的に判断して起こしたこの行動を他人が理解することはないだろうし、理解してもらおうとも思わない。

それでも、これがエリハとしての責任の果たし方だった。

マルスィヤとエリハはそれで想いを交わらせることができたし、想いを通わせることもできた。

ただ、ディリヤがこの手段を望まなかっただけだ。

「まって！　まって！」

ディリヤの足にしがみついていたアシュが走った。

呼び止められているのが自分だと分かっていても、エリハは歩みの速度をゆるめない。だが、左足にガタのきているエリハをアシュが必死に追いかけた。

「おいついた！」

「…………」

「あしゅ、かけっことくい！」

にっ、と満面の笑みでエリハを見上げ、右足にぎゅっと抱きつく。

ディリヤとユドハもアシュのすぐ後ろにいるが、エリハから引き剝がそうとはしない。

「おいディリヤ！　お前んとこのガキ、もうちょっと警戒心育てろ！　コイツの脳味噌、綿菓子でできてんのか⁉」

「アシュ、ふわふわだけど綿菓子じゃないよ。あのね、エリハ、アシュのおともだちをどうぞ」

アシュは自分のおともだちのお人形をエリハの手に握らせた。

「……いらねぇよ」

「あしゅのおともだち、かしてあげるの！　さみしくないよ！　持ってて！」

「…………」

「持ってるの！」

エリハの指を摑んで、強引に折り曲げ、ぎゅっと握らせる。

エリハの腕ごと抱きしめるように頰ずりして、「だいじにしてあげてね」と尻尾を振る。

「ふん」

アシュの抱擁から腕を引き抜いたエリハは、人形を摑んだ手でアシュの丸い頭をぐりぐり撫でて、再び歩み始めた。

「またきてねー！　もうケンカはだめよー！　アシュ

が、ライちゃんとフーちゃんとイノリちゃんとトマリちゃんにごめんなさいって言っておくからね！　つぎは、アシュと一緒にごめんなさいしましょうね！　おやくそくよ！」

大声でアシュが両手と尻尾を振る。

「うるせぇ！　……あークソ、クソが、……喋りすぎて顎だりぃ……」

エリハは、前半をアシュに、後半を独り言のように口中で唱えた。

想い交わる。皆それぞれ心に想いを秘め、目に見えぬかたちで交わっている。

想いは通う。交わった想いがまっすぐ通うことが、どれほど幸せなことか。

より深く愛しい人と、より深く己と、より深く他者と、運命や定命の下に、望むと望まざるとにかかわらず、想いは交わり、その結果としてごく稀《まれ》に想いを通わせることができる。そうして想いが通ったら、それはとても愛しいこと。

でも、時には想いを交わらせることすら困難なこともある。一方的で傲慢な想いであっても、その想いによってあなたが生きていくならば、それがしあわせ。そんなひとりよがりな愛もある。

想いを交わらせることも、想いを通わせられることも、とても特別なことだから。

「ねぇねぇ、エリハってなんなの？」

「なんでしょうか、……生き物です」

「いきもの……」

「あの生き物は、アシュとララとジジのおじいちゃんです」

アシュの問いにディリヤは簡潔に答えた。

「おじいちゃん！　……お、おぉおおじいちゃん？」

「はい、おじいちゃんです」

「おじいちゃんは、おじいちゃんせんせぇよ!?　おひげで、よぼよぼよ!?」

「あの人、若いですよね」

我が父親ながら、年齢がよく分からない。

「ちっともおじいちゃんじゃなかったよ？」

「続柄上そうなるらしいです。……いや、ディリヤもちっとも実感がないんですが、どうやらディリヤにも人間の親類がいて、親がいたようです」

「ディリヤも人の子なのね～」

「はい、どうやらディリヤも人の子でした」

「あしゅ、おじいちゃんと初対面しちゃったのね」

「そう言えばそうですね……」

孫と祖父の初対面という雰囲気ではなかったが、確かにそうだ。

「そっかぁ～、おじいちゃんだったのね～……」

「アシュはどうして最後におともだちをエリハに貸してあげたんですか？」

「おともだちね、アシュと一緒に寝てるからアシュのにおいがするでしょ？　くんくん、すんすんしたら、アシュといっしょにねんねんしてるきもちになるよ。そしたら、エリハもきっとぐっすりねんねんできるよ。ララちゃんとジジちゃんがね、アシュのおともだち貸してあげると、あっという間にすよすよするの」

「アシュはエリハにぐっすり眠ってほしいんですか？」

「ねんねんする時のね、おふとんに入って、すやすや、うとうと、もうすぐ寝ちゃうな～って、ふわふわするのがきもちいいの。エリハも、そんな気持ちになったらうれしいな、って思ったの」

同じ気持ちになれたらいいな。

そしたら、ちょっと想いを通わせられる気がするから。

おふとん、きもちいいね。

そんな気持ち。

「おともだちがいたら、エリハもちょっとはさみしくないかもしれません」

「エリハ、さみしいの？」

「たぶん、きっと……、はい」

つがいを失った悲しみは、きっと一生埋まらない。

それだけは、ディリヤも分かる気がする。

「じゃあ、今度は、エリハを探して、見つけて、ぎゅってしてあげようね！」

「……そうですね」

果たして、そんな日がくるのか。

そもそも抱擁できるような隙をあの男が見せるのかどうか。

それすらも分からないけれど、……生きていればまた会うこともあるかもしれない。

ディリヤはそう思った。

不思議と、記憶を奪われたことに怒りはなかった。

ただただ、愛し方が違っただけだから。

ユドハと出会わなければ、きっとディリヤもエリハと同じように生きただろうから……。

生き方や死に方が人それぞれ違うように、愛し方も違っただけ。

ただ、それだけの話だ。

第五章

ライコウは負傷した腹部の治療で一日だけ休み、翌日から子供たちの護衛官職に復帰した。

フーハクは折れた腕を保定して護衛官職に従事している。

イノリメは幸いにも大きな怪我はなかったが、打撲がひどく、座ってできる仕事から始めた。

トマリメは負傷した手に包帯を巻いて子供たちの傍にいてくれている。

ディリヤとユドハは、四人それぞれに適切な休暇をとるよう進言したが、四人ともが「ああしたことがあったあとです。日常と変わりなく過ごしましょう」と譲らなかった。

子供たちを想ってのことだ。

その言葉に感謝すると同時に、一時的に護衛を増員し、四人が日常のなかでもしっかりと休息をとれるよう配慮した。


「おしごとおつかれさま」

暖炉《だんろ》の前で、ディリヤの懐に抱かれたアシュが、すりすり頬を寄せる。

「長い間留守にしました。すみません」

「ディリヤ、おそとの子のにおい」

「まだ外の匂いがしますか？」

「うん。……でもね、ディリヤのにおいもするのよ。それとね、えっとね……」

アシュはぴっとりくっついてディリヤの服を摑み、尻尾でディリヤの太腿をゆっくり叩く。

なにか考えているらしく、ディリヤはアシュが言葉を思いつくまで頭を撫でて待った。

「いままでのディリヤとちょっとちがうにおいなの」

「違いますか？」

「うん」

「……こわいですか？」

「ちょびっとね」

「…………」

「それからね、さみしいの」

なみだがでちゃうの。

よしよししてあげたくなっちゃうの。

ララちゃんとジジちゃんが泣いてるのを見て「どうしよう、どうしよう、かわいそう」って想っちゃうのと同じきもちになっちゃうの。

尻尾がうろうろしちゃうの。

「そのにおいがね、エリハとおなじにおいなの」

「……エリハとディリヤは同じ匂いがしますか？」

「アシュがちっちゃい時からね、ディリヤはそのにおいがしたのよ。いまだから分かるのよ。さみしいにおい。待荷《たいか》からもしたからね、これがさみしいきもちなのね、って分かったの」

おむねがぎゅってなるの。

だきしめてあげたくなるの。

そばにいてあげたいの。

ディリヤとユドハがアシュにしてくれるみたいに。

「こわいにおいと、さみしいにおいも、ぜんぶ、きっとディリヤなの」

「この匂いに慣れなくていいです。この匂いが苦手なら、苦手だと思うアシュの気持ちを大事にしてください」

「あしゅね、わかんないの」

狼と人間の寿命の違いを初めて教えてもらった時みたいなきもち。

かなしいけど、はなれたくない。

さみしいけど、そばにいたい。

だいすきだから。

「分かんないから、このままでいいの」

「このままで……」

「このままでいいの。ユドハとディリヤ、いつも言うもん。アシュはアシュのままでいいよ、って。だから、それでいいの」

アシュは答えの出ないきもちをそのまま受け入れる。

ディリヤはアシュのその姿勢と言葉に感謝した。

「ありがとうございます、アシュ」

「ふふっ、なんでありがとう？」

「ディリヤをディリヤでいさせてくれるからです」

誰かが考えて、想って、認めて、慕って、かかわって、知っていてくれるから、あやふやな自分の存在がすこしハッキリする。

ディリヤという生き物は、他者と交わって初めて、自分自身を自覚できる。それを知ったのは、ユドハと出会って、アシュを産んでからだ。

それまでは生きて死ぬだけの、世界の一要素でしかなかった。

「……あしゅ、ディリヤだいすき」

「そんなに擦り寄せたら、ほっぺたの毛が抜けますよ」

「いいの。ディリヤをおうちの子のにおいにするの」

「では、たくさんお願いします」

「ララちゃん、ジジちゃん、おいで～」

ユドハの膝の上にいたララとジジが、アシュに呼ばれてじりじりディリヤの傍ににじり寄る。

おとうさん大好きな時期の双子だが、今日は素直にディリヤの腕に抱かれてアシュと三人で懐で団子のように丸まる。

ディリヤが双子の尻尾を撫でると、ディリヤの腹をはぐはぐして、もっと、とねだる。

「久しぶりだな、お前の膝に三人とも乗っているのは」

「瞬く間に毛まみれになった」

穏やかな眼差しでつがいと子供たちを見つめるユドハを仰ぎ見て、唇を寄せ、息子たちの頭のてっぺんにも唇を落とす。

四匹それぞれ喉を鳴らして大合唱するので、ディリヤは毛繕いに大忙しだった。


久しぶりの自宅の寝床は、すこし気恥ずかしい。

ユドハと膝を突きあわせて座る。

こういう時、かつてのディリヤなら正座をしていただろうが、今日は胡坐を組んでいる。ユドハもそれにあわせて胡坐だが、なんにせよ、互いの膝が触れあう距離なのは変わらない。

ディリヤの心境の変化を察しているのか、ユドハもありのままのディリヤを受け入れる心づもりでこの場に臨《のぞ》んでいた。

「アシュに、匂いが違うと言われた」

「なにか感じとっているのやもしれんな」

昔のディリヤと、いまのディリヤ。

アシュにとってのディリヤは、優しくて、強くて、かっこよくて、可愛くて、だいすきなひと。そこに、過去のディリヤが交じって、溶けて、ひとつになったことで、まとう雰囲気も変わった。

ディリヤ自身も戸惑いがあるのだから、周りの人もきっとそうだろうと思っていたら、狼たちのほうが素直に受け入れつつあった。

「ディリヤ様らしいですよ、いまのほうが。いままでは狼の群れで遠慮しすぎていたかと」

ライコウにはそう言われた。

「ずっと借りてきた猫みたいでしたもんね！　本性クッソ狂暴でつよつよな虎なのに！」

「不敬」

「途轍《とてつ》もなく不敬」

ディリヤが帰ってきたことで尻尾を振って喜ぶフーハクは、イノリメとトマリメに尻を叩かれていた。


「俺自身は普段どおりにしているつもりだが、アンタから見ても、やっぱりいつもと違うか……？」

十六歳のディリヤを知る唯一の男、ユドハに尋ねた。

「こちらへ帰ってきてまだ一日や二日で、大きな違いが目立つかと問われれば否だが……」

「だが……？」

「いまのお前には、再会したばかりの時の雰囲気がある」

「感じ悪いか？」

「お前らしさが出ていて、そちらのほうがずっと自然な感じがする。時折、言葉が粗野になるのも気にしなくていい。きっと、そちらが本来のお前なんだろう」

「やっぱり、いままでは借りてきた猫だったか？」

「そうだな、いま思い返せば借りてきた猫だったな」

「……十六の俺は虎だったか？」

「そんなお前もとても可愛い」

「忘れてくれ……」

ユドハが覚えているように、ディリヤもまたすべて覚えている。

ユドハにとても雑な態度をとってしまった。何度も尻や裏腿を蹴ってしまったし、心ない言葉で傷つけてしまったし、口も悪かったし、なにより、ユドハにちっとも優しくなかった。

「最悪だ、クソ、……あぁもう、このクソって言うのも口癖みたいになってるから、ほんとやめないと……」

子供たちには絶対に聞かせられない。

粗雑な言葉が零れ出てしまうたび、ユドハに微笑ましげに見つめられて気恥ずかしい。

「十六のお前を見て想ったことがある」

「……なんだ？」

「十七のお前と出会ったあの夜、もし、お前を逃がさず、離さず、傍に置いてウルカへ連れ帰っていたら、きっと、あの跳ねっ返りのお前を相手にしていたのだろうな……、と」

「毎日取っ組み合いのケンカになってそうだな」

「それはそれできっと楽しい」

「恋にも愛にも発展せずケンカ別れして終わる気がする」

「お前を逃がすわけなかろう」

「アンタはさも当たり前のように言ってのけるな」

ディリヤには、ユドハのその自信が心強い。

ディリヤを愛することにひたむきな強さが、ディリヤ自身も強くしてくれるからだ。

「今回のことは、八年前にお前と出会った日の続きだと思った。追いかけるべき時に追いかけられなかった俺の愚かさを改めて思い知り、お前に対して果たすべきだった責任をとる機会を与えられたとも思った」

「アンタ、そんなこと想ってたのか」

「十六歳のお前を見て、お前がどう生きてきたかを考えた。お前がアシュを一人で育ててきた六年間の苦労と、狼の群れで生きる窮屈さ。それを堪えてでも俺の傍にいてくれることの尊さ。言葉にはできない」

「愛の為《な》せる業だな」

「お前は本当にすごい」

「……そんなことはない」

「俺は、お前が言った言葉をずっと噛みしめている。人が人らしく生きることが幸せだと思うな、という言葉だ」

ディリヤはこう言った。

俺が人間らしく生きる人間になればなるほど、お前ら狼は幸せか？　ふざけんな。人間っぽくなったところで、生きづらいだけだ。なんで俺がお前らに合わせなくちゃならない。俺は俺で勝手に生きてんだから、人間っぽくなることが幸せだとか勝手に決めつけんな。それはお前らの価値観だ。大体、なんで俺がそっちの常識とか型に嵌められて生きてかなきゃならないんだ。お前らが俺みたいに生きるって手段もあるだろうが。そもそもの時点で、俺の生き方が可哀想だとか想ってるからウルカに来たほうが幸せだとかそんな傲慢なセリフが出てくるんだ、ふざけんな。

「あれは、あの場で一人になるために咄嗟に出た言葉だ」

「咄嗟に出た言葉というのは、飾らぬ言葉だ。話す前に言葉を咀嚼《そしゃく》し、吟味《ぎんみ》するお前が、嘘偽りなく吐露した心だ」

「………………」

「黙ってしまうということは、それなりに思い当たる節があるんだろう？」

「ちょっとだけ……あの時、言いたいこと言えて、すっきりは、した……」

アレは十六歳の自分の感情だが、もしかしたら、必死に狼の群れに馴染もうとしていた二十五歳の自分も、同じように叫びたい時があったのかもしれない。

いや、確実にあった。

ディリヤのことを陰でけなす者。ディリヤをけなすついでにユドハのことまで侮辱《ぶじょく》する者。ディリヤを嫌う者。

ディリヤは言葉より先に手が出るほうだから、叫ぶより先に「ふざけんな！」と殴って蹴って殺してやると何度も思った。

そのうち、我慢を覚え、しばらくすると我慢しなくても耐えられるようになり、動じなくなった。

ユドハと子供たちがいるからだ。エドナ、アーロン、ライコウ、フーハク、イノリメにトマリメ、コウラン。ディリヤを理解しようとしてくれる人たちがいるから、どうでもいい奴らのことなんて気にならなくなった。

「でも、本当は、……叫びたかったのかもしれない」

「お前の優しさに甘えていた。想い交わり、通じあっていると思い上がっていた。すまない」

「謝んなよ……」

すこし前なら、謝んなよ、ではなく、謝らなくていい、と言っていた。

言葉遣いの端々に、いままでとの差異がある。

ディリヤはがしがしと頭を掻いて思案し、「どれが素の自分か分からない」と吐露する。

「でも、アシュがそのままでいいって言ってくれたから、それも、心強い」

ユドハがディリヤにとって心強い存在であるように、アシュの何気ない言葉もまた、心強い。

言葉を信じるには勇気がいる。いまは、それがある。仲間の言葉を信じる心。それが、二十五歳のディリヤらしさだ。

「お前は一度自分の意見を飲み込むだろう？　今朝はそれがなくて、俺はとても嬉しかった」

「今朝……」

今朝は、互いに早く目を覚ましたこともあり、すこし遠くまで散歩に行こうか、と寝床で話していた。

だが、ディリヤは話をするうちに「やっぱり寝る……」と言って布団に潜ってしまった。

いままでのディリヤなら、前日にどれだけ疲れていても、どれだけ眠くても、もうすこし眠りたい時でも、絶対に起きて散歩へ行く。ユドハと一緒に過ごす時間をわずかでも増やしたいからそうしていた。

「今朝はそれがなかった」

「……あれは本当に悪かった。朝の散歩は縄張り確認みたいなもんだし、長いこと留守にしてたら絶対にアンタなら散歩に行くのに……、気付いたら断ってて、二度寝してて……。なんか、ウルカまで旅してる時にアンタに我儘言うのが染みついたみたいで……」

「大歓迎だ」

「歓迎するなよ」

「まぁそう言うな。俺としては、眠りたい時は、散歩をやめて寝たい、と言ってみる毎日もいいんじゃないかと思っている」

「…………」

「互いを思いやる気持ちは大切だ。だが、自分の想いを伝える気持ちも大切だ。お前はいままで俺たち狼に合わせすぎてくれていた」

「……毎日は、積み重ねだ」

もし、散歩をやめて眠ってしまったら……。

一度でも睡眠を優先してしまったら、二度目、三度目と自分に甘くなって、そのうち、ユドハではなく自分の気持ちばかり優先してしまう気がする。

人の心は弱いから、甘えてしまう。

最初は、散歩か睡眠かを選ぶだけだったのに、そのうち、ほかのことでもユドハ以外を優先してしまうかもしれない。

その甘えが積み重なって、愛することをおざなりにしてしまうかもしれない。

「だから、最初が肝心だ。それが間違った道への第一歩かもしれないと思うと、こわくて踏み出せない。そういうことがきっかけで、……もしかしたら、それが最後の決定打で、アンタとの関係が破綻《はたん》するかもしれない」

「俺はまだ努力が足りんようだ」

「アンタの問題じゃない。俺が、距離感が分かんなくて、なにしても誰かを傷つけるような気がして……」

自分の意見を主張するのは、勇気がいる。

想いを押しつけて苦しめたくない。

裏を返せば、そうして、ユドハの気分を害して、自分が嫌われたくないのだ。

「アンタに、嫌われたくない。ずっとアンタの一番目にいたい。……それだけなんだ」

「なら、一度咀嚼《そしゃく》して吟味するのではなく、心の赴くままを口にしてくれ。俺はお前にぞんざいに扱われるのもなぜだか嬉しい。ほら、見てみろ、俺の尻尾を。お前に素っ気なくされた時のことを思い出して尻尾がばたばたうるさい」

「……アンタ、自分でちゃんと尻尾の制御できるだろ」

ばたばた床を叩く尻尾を手繰り寄せ、掌でそっと握る。

「だが、この尻尾は時々言うことをきかん。それに、制御していても、していなくても、どちらにせよお前に尻尾を振っているんだ。意味は分かるな？」

「俺のことならなんでも大歓迎？」

「そのとおりだ」

ユドハはディリヤの肩を抱き寄せ、己の懐に引きずり込む。

雪崩《なだ》れるように寝床で横になり、鬣に埋もれるディリヤのつむじに鼻先を寄せる。

「俺の匂いは、エリハの匂いに似ているらしい」

「それはまぁ、そうだな……。俺の鼻でも、そう判断する」

「…………」

「匂いが似ているだけだ。生き方や考え方、愛し方、想い方、すべてが同じで、すべてが似ているわけではない。案ずるな」

「俺は、エリハに似てる」

「子供たちはお前に似てほしくない。そう続けるつもりだろう？」

「そうだ。顔や容姿が似ていないのが、せめてもの救いだ」

「お前とお前の父上殿の容姿は本当にそっくりだったからな。さすがにアレには俺も驚いた」

髪の色、瞳の色、男前で、横顔の美しいところ。佇《たたず》まい、まとう雰囲気、身のこなし、短刀の扱い方、喋り方、足癖と口の悪さ。

強さ。

生きているだけで他者を魅了する美しさ。

けものとしての強か《したた》さ。

「だが、俺が一番似ていると思ったのは、心が不器用なところと、愛情深さだな」

「アレに愛情があるのか？」

「アレも愛情の一種だと思うぞ。愛し方は人それぞれ、お前だって、命懸けで俺に愛を示そうとする」

「…………」

ユドハの尻尾がきつくディリヤの足首を締める。

ユドハの怒りが伝わってくる。

ユドハは、ディリヤが勝手に記憶を取り戻そうとしたことをずっと怒っていたらしい。

十六の自分を殺して、二十五の自分を取り戻す。ディリヤのその覚悟を裏切るように、ディリヤは生まれてからいままでの記憶を取り戻した。強欲なことに、それらのすべてを覚えている。なにひとつとして取り零すことなく、馬鹿みたいに独りよがりな感情で生きて死のうとしたことを覚えている。

「俺、記憶があってもなくても、好きになる奴は一緒なんだな」

「ディリヤ……」

「分かってる。ごめん。悪かった」

「もう二度としないとは言ってくれないんだな」

「……ごめんな」

もし、また、どうしてもそうするべき時がきたら、命懸けで戦うべきだと判断したら、ディリヤは同じことをする。

それが本心だ。

ユドハのために「もうしない」と言うことはできるけれど、言わない。

言ったところで守れる約束ではない。

できない約束はしないことが、ユドハへ示せる誠実さだ。

「つがっていても、なにもかもすべての想いが通じ合って、互いの意見や気持ちがひとつになるというものではない、ということか……」

ディリヤの頭上でユドハがひとつ息を吐く。

ディリヤに呆れているのではなく、いままでディリヤが自然とユドハを甘やかして、ユドハの意志を優先してくれていたのだと思い知っている。

「無駄死にはしない」

「そこは論点ではない」

「そうだな、知ってる」

「知ってて言っているのか」

「アンタは俺に甘いから、誤魔化されてくれるだろ?」

「お前、俺に対して上手な言葉の誤魔化し方を学習してきたな……」

「対アンタ用の我儘の言い方と交渉の仕方を覚えただけだ」

自分の気持ちを曲げる時と、曲げない時。

十六歳のディリヤはそれを教えてくれた気がする。

十六と二十五の自分が交わって初めて知った感覚だ。

「ドキドキするだろ？」

「…………」

「アンタ、反抗的な俺、好きだもんな」

狼の本能を刺激する。

逃げる獲物、生意気な視線、好戦的な態度、刃向かって、抗って、反抗的な性格。捕まえても捕まえきれていないような焦燥《しょうそう》を体験させて、狩りの本能を刺激して、狼の興味を駆り立てる。

ディリヤが己の身も心もすべてユドハに捧げていることは互いに百も承知のうえで、言葉遊びで戯《たわむ》れる。

それは、いままでの二人がしてこなかったことだ。

これまでどおり、甘い言葉を吐いて、互いを愛していくだろう。そのなかに、すこしの刺激を投入して、互いを興奮させる材料にする。

ここからの人生の楽しみ方だ。

「いままでは行儀のいい恋愛だったかもな」

「では、ここからは上品で洗練された恋愛以外も楽しもうか」

「……国王代理殿下に野蛮な恋愛ができるのか？」

「覚悟しろ？　逃げ足の速い赤毛に、野趣溢れる恋愛を教えてやろう。その身でもって……」

「明日はアンタ、鼻の頭に俺の歯形つけて仕事に行け」

ディリヤはがぶりと大きな口でユドハの鼻を噛み、その首に両腕を回した。


「あ、れ……」

ユドハの体を見ただけで赤面してしまった。

その熱は止《と》め処《ど》なく、耳も、首も、うなじも、喉の奥も、瞬く間に浸食し、ディリヤは寝床で戸惑いの声をあげて固まってしまった。

「どうした？」

「ちょ、っと……待て、……待て……」

ユドハの胸板を押し返す。

十六と二十五の自分が交わっても、今日までさして混乱はなかった。なのに、いまになって感情が交錯して、恥ずかしい。

なにが恥ずかしいのかは分からないが、宿屋で手を出された時と同じ感情が腹のなかでぐるぐる渦巻いている。

互いに乱れた衣服で、ディリヤを寝床に押し倒したユドハは、ディリヤの許可が下りるまで手を触れず、じっと待っている。尻尾も動かさず、まっすぐディリヤを見下ろし、許可が下りた瞬間すぐさま手を出そうとしている。

「バカみたいな話なんだが……、十六の俺は、二十五の俺に嫉妬《しっと》してたみたいだ」

「……なぜだ」

「この腕に抱かれたかったんだ」

仰臥するディリヤの頭の真横にあるユドハの腕を撫で上げ、唇を寄せる。

ユドハの嫁さんに嫉妬して、……それが自分だって知らなくて、「この狼は、いまは俺が一番だけど、嫁さんのとこに帰ったら嫁さんが一番になるんだろうな、帰したくないな……」なんてことを想った。

想像ばかり働かせて、悲しくなっていた。

自分はいつも誰かの一番目じゃない。

あの気持ちを思い出すと、いまも胸が苦しい。

だから、こうしてユドハに抱かれるのだと思うと、それこそ十六歳の頃の自分が「俺が一番目！」と喜んでいるのが分かって、恥ずかしい。

これから、この狼の胸に身を預けて、腕に抱かれて、組み敷かれて、くちづけをされて、ぐずぐずにされる。

二十五歳の自分はそれを知っている。

抱かれる前から、もうぐちゃぐちゃだ。

「つまりそれは、……俺に手を出されることが待ち遠しくて興奮していて情緒がおかしい、という解釈でいいのか？」

「いい……」

ディリヤは小さく頷き、「変なこと口走ったり、なんか、……いつもと違ったら悪い……」とユドハの首に腕を回し、鬣に埋もれて顔を隠した。

今日はいつも以上に声を出さない。

ユドハは、ディリヤの尻の奥を開いていた指を三本に増やす。

「……っ」

ユドハの肩に乗せた足が、びくっ、と跳ねる。

ディリヤは自分の腕で顔を覆い隠し、二の腕のあたりに鼻先を埋めている。喘ぐために唇が薄く開けば、肉のない腕を噛む。

尻に埋めた指に添って香油を垂らし、奥へ注ぐ。指にゆっくりと伝わせることで、冷えた液体もディリヤの腹のなかに消える頃には体温に馴染む。

親指の腹で会陰を押し、人差し指から薬指までの三本を根元まで含ませ、外と内側の両方で前立腺を刺激する。

「ふ、……っ、ぅ……」

腹の底から吐息を漏らし、身悶える。

ディリヤの陰茎はさほど勃っていないが、固さは保っている。右の鼠径部《そけいぶ》に沿うように、だらりと先走りで液溜まりを作り、臍《へそ》まで濡らしている。

久しぶりの交尾に、ユドハは、今夜中に繋がることは難しいのでは……と覚悟していたが、ディリヤの体は想像よりもずっと容易に開いた。

いまに始まったことではないが、体のほうは本当に快楽に弱い。こんなに弱いと心配になるくらい軽率にユドハに股を開く。

「も、いぃ……はやく、やれっ……」

「もうすこし」

もうすこし堪能したい。

焦《じ》らせば焦らすほど、ユドハのメスは乱れる。

「じゃあ、はやく……つづけろっ」

「四本目だ。これが馴染んだら挿《い》れような」

「あ、……ぅ……っ、ぅう――……」

「そう、上手だ。しっかり深呼吸をしろ」

縦に伸びた穴に四本目を滑り込ませる。

綻《ほころ》んだ隙間から滑り落ちる香油が、腫《は》れぼったく形を変える括約筋《かつやくきん》にまとわりつく。それを親指で掬《すく》いとり、奥へと埋める。

このメスは、ユドハしか知らない。

十六のディリヤはあんなにも無防備だったというのに、ここはユドハを咥え込むための形に変わり、一生涯ほかのオスを知らず、ユドハに純潔を捧げる。

ディリヤの腰はわずかに揺れ、ユドハの指を拒むことなく美味そうに食《は》み、辛抱がきかず、陰茎を咥えて内側を擦るための動きを繰り返す。

物足りないのか、体の表面ではなく内側の筋肉をしっかりと使い、ユドハの腕をまたぐらで挟んで尻の筋肉も使い始めた。

「んっ、ぅ……ぅ、ン、っん」

喘ぎ声の質が変わった。

ユドハが視線を上げると、ディリヤが自分の陰茎を握り、自慰に耽《ふけ》っていた。

「お前、前だけでは射精できんだろ」

「うっせぇ……でき、る……っ」

乱れた呼吸の合間に言い返してくるが、いつまで経っても射精へは至らず、次第に、前ではなく後ろを締めつけるほうに集中し始め、とろりと視線を虚《うつ》ろにさせる。

腹の奥がびくびくと痙攣《けいれん》して、射精もなしに達しているようだが、あまりにもゆるやかな波で、ディリヤ自身もこれではないと不満顔だ。

そんな表情、寝床で見せてくれるのは初めてだ。

ユドハが尻尾で寝床を叩いて喜んでいると、「分かってんなら、ケツんなかとっととぐちゃぐちゃに突け」と可愛い顔で悪態をつく。

睨んで、すごんで、ユドハの陰茎を欲しがるディリヤ、とても新鮮だ。

いい。

すごくいい。

興奮する。

「……っん、ぅ」

ユドハが指を引き抜けば、名残惜しげな声と物欲しげな視線がユドハの股間に注がれる。

期待に満ちたディリヤの眼差しと荒い息遣いから、

待ち遠しくてたまらないという興奮が伝わってきた。

たったいま指を含んでいた場所を指の腹で引き伸ばすように開き、そこに陰茎を押し当てた。やわらかく開いたふちに先端を引っかけて潜り込ませ、角度を調整していますこし奥へ進める。

「ひっ……ぅ、ぅー……」

「っ、ディリヤ……すまん、ちぎれる……ゆるめてくれ」

「でかい、……いつもより、……アンタがちっさくしろっ」

「無理だ」

「……無理でも抜くな」

腰を引くユドハの太腿の裏にディリヤは両足を回して固める。

逃がさないようにしてから、「腹のほう抉《えぐ》る感じで、……ゆっくりやって」とユドハの肩口に額を預け、息を吐く。

「くっ、ぁ……」

ユドハが眉根を寄せ、腰を進める。

ディリヤの爪がユドハの背を掻き、筋肉に弾かれた指が、縋るように背中に流れる鬣を摑む。

「ユド、……ユドハ……」

あえかな吐息の合間に、健気にユドハを呼ぶ。

ユドハはくちづけでそれに応え、髪を撫でてあやせば、ディリヤはユドハの掌に小さな頭を預けて目を閉じ、安堵の息遣いで頬を寄せる。

「いい子だ」

「……ん」

頷いて、キスをねだる仕種がまたかわいい。

汗で額に張りつく赤毛を撫で、唇を舐めて、いまからくちづけるぞと教え、下唇をやわらかく齧り、開かせた唇の隙間に舌を差し入れる。

肉の薄い小さな舌がユドハの舌先を舐めて奥へ招き入れてくれる。

些細な力加減で砕けそうな細い顎を狼の口内へ隠し、逃げられないようにして、喉の深くまで味わう。

長くくちづけるうちに、そこかしこに入っていたディリヤの体の力が抜けていく。呼吸をする隙を与えずにいるとふわふわとした表情を見せ、息をすることを許せば胸を浅く上下させ、深くくちづければ必死になってそれに応え、表情も、瞳も、とろけた飴《あめ》のように潤ませる。

次第に、鬣を摑む手がゆるみ、ユドハの背に腕を乗せるだけになり、その手もだらりと落ち、ユドハの裏腿に引っかけていた足も脱力し、股関節がよく開くようになる。

「ぉ、あ、っ……、ぁー……」

けものの赤ん坊みたいな声で喘ぐ。

中途半端に放置されていたユドハの陰茎がディリヤの腹の奥に隠れていく。

じわじわと肉と肉が馴染み、熱と熱が重なってひとつになる。

「……っ、は」

ぴたりとくっついて離れぬディリヤの腹を味わい、ユドハは喉の奥で息を吐く。

いつぶりかに味わうディリヤだ。

随分と久しい気がする。

たまらなく心地好い。

ユドハは尻尾の先まで身震いして喉を鳴らした。

毛皮の濡れる感覚にユドハは下肢に視線を落とすと、挿入した拍子にディリヤが射精していた。

本人は気付いていないらしく、下腹を撫でて切なげな溜め息を吐き、腹の内側を埋める熱さに陶酔《とうすい》している。

「んぁ、っう」

ディリヤが眉根を寄せ、喉の奥で唸った。

陰茎の先端が行き止まりに触れる。ユドハはそこで押し留め、ディリヤの首筋を伝う汗を指の背で拭う。

ディリヤがその手をとり、己の唇まで運ぶ。

じゃれるように唇で指先を食み、猫の仔のように甘嚙みし、唾液を絡めてしゃぶり……。

「……つっ！」

思い切り嚙んだ。

がじがじ、がりがり、ユドハの指に牙を立て、ご機嫌斜めだと主張する。

「……今日だけだからな」

ユドハが嘆息すると、ディリヤは言葉を使わず、あからさまに機嫌を良くして、噛み痕の残るユドハの指を舐めた。

「後悔しても知らんからな？」

ユドハは寝台に膝をつき、跪坐《きざ》の姿勢をとると、己の踵《かかと》に尻を乗せて太腿に傾斜をつけ、そこにディリヤの尻を乗せる。

腰が浮いたディリヤの下肢をさらに持ち上げ、ディリヤの膝頭が鎖骨に触れるほど足を折り畳ませ、結合部がユドハの目に触れるほど尻を高くさせた。

「……っ、ユド……」

「お前はすぐ恥ずかしがるから、あまりいやらしい体位ですするのもな……と思っていたが、そろそろ、こういうこともしていいか？」

まだ二年目の新婚だしな……と思い、遠慮していたが、ディリヤが望むなら仕方ない。

今日は盛大に恥ずかしい格好で最高に乱れてもらい、陰茎骨の入った亀頭球ごと腹に納めてもらうことにしよう。


「へんたい……ドスケベ……っ」

ディリヤはユドハの胸を叩いて毛を毟る。

「そっくりそのまま返すぞ、ドスケベ」

すぐに種付けをねだり、根元まで嵌めろと駄々を捏《こ》ねるいやらしい赤毛のけもの。

ふしだらで、かわいらしい。

「はっ、あ……ぅ……ぅあ、ぁ」

唇を戦慄《わなな》かせ、ディリヤはユドハの腕を引っ掻く。

「すこしの辛抱だ。そうしたら、気持ちいい」

後ろが締まって窮屈であろうとも、それを割り開き、ユドハの陰茎が結腸口の向こうに潜り込む。

一番狭いところを暴けば、亀頭球も腹のなかにすっかり隠れてしまう。

ディリヤは声もなく感じ入り、腰を反らせ身をよじり、足指の先が寝具に皺を作る。下腹をうねらせ、ぐにゅりと内壁が蠕動《ぜんどう》し、また一段ときつい締め上げでユドハを悦ばせる。

下腹を押さえ、前立腺も、精嚢《せいのう》も、快楽に繋がる場所すべてを掌ひとつで圧迫すると、ディリヤはだらだらと射精を始めた。

「ぁ、ぅ……ぅー……」

構わず陰茎の挿入を押し進めれば、ディリヤはけもののように唸り、寝具を濡らす。

ユドハのメスが発情している。情けなく潮を漏らし、盛っていることを匂いで伝えてくる。

快楽の持って行き場を持て余しているのか、ディリヤは浅い呼吸を繰り返し、腹の奥底から湧き上がってくる快楽に耽《ふけ》っていた。

「ディリヤ、お前のここのほうがよっぽどはしたないぞ」

萎《な》えた陰茎を指先で弄《もてあそ》び、尿道の先端を抉れば、それだけでディリヤの腰が跳ね、臍の向こうまで嵌まった陰茎を締めつけた。

「……はしたない？」

「ああ」

「もっとはしたなくなってやるから、動け」

「……敵《かな》わん」

ユドハは天を仰ぎ、かわいいかわいいつがいの誘い文句に完敗する。

「っふ、は……っぁ、っんぁぅ、……ぉ、あっ」

ディリヤは、珍しく声を上げて笑い、その声に喘ぎ声を混じらせる。

ユドハの動きにあわせてディリヤの視界が揺れ、結合部から湿った音が漏れる。

初めはゆっくりと、次第に速く、深く繋がったまま奥を揺さぶり、ディリヤが主体ではなくユドハが己の快楽を貪るようになると、互いの間に言葉はなく、息遣いだけが交錯する。

「ディリヤ、……っは、ディリヤ……っ」

「ユド……」

ディリヤの視界がユドハでめいっぱいになる。気持ち良さそうだ。眉根に皺が寄り、喉の奥を詰めて射精の準備に入る。

狼の広い背が強張り、ディリヤのなかに種を付けた。

大きく肥え太って、固い陰茎がびくびくと跳ねるのにあわせて種汁を撒き散らす。重く、熱く、ディリヤのものとは異質な体液が粘膜を通して馴染み、それが馴染む前にさらに射精が続き、精液が溢れ、奥へ奥へと注がれる。

亀頭球までぴったり嵌められた結合部に隙間はなく、ディリヤを孕ませたかのように下腹を膨らませ、身を重くさせていく。

久しぶりの感覚にディリヤは下腹が切なくなるほど悦ぶ。

「そのまま、腹んなか、揺すられんのすき。きもちぃい」

「次からは、どういうふうに気持ちいいかもっと言葉にさせるのもいいいな」

「……やっぱり言わない」

「急に恥ずかしがるな」

「だって、そんなん言い出したら、このままいつもみたいに背中抱きしめて、俺のことあったためて、孕むまでずっと嵌めてろって……」

おかしなことを口走って、狼を焚《た》きつけてしまう。

だが、それを既に口走ってしまっていると気付いた時にはもう遅い。

「ディリヤ……」

「ひっ、あぅ、ぅう……」

望みどおり、繋がったまま体勢を変えられ、耳もとで低く囁かれ、懐に囲い込まれる。

重い腕が腰に回り、いまままさに種を付けられている腹を尻尾が温める。

「はなさない」

「耳もとで、話すのは……なし」

「なんだ、お前、耳が弱かったのか？」

「……ち、がう」

「なにがちがう？　俺が耳もとで話すと、よく締まるぞ。ああ、分かった。……最近、耳も気持ち良くなれる場所になったのか」

「……ゃ、だめ……っやめ……」

「やめない」

耳朶を齧り、耳の軟骨に沿って舐め、奥に息を吹きかけ、舌先で耳孔《じこう》を犯す。

反対の耳を指で可愛がれば、ディリヤが背を丸めて小さくなり、愛らしい声で喘ぐ。

その体を抱いて、お望みどおり揺さぶって、種を付けながら奥へ奥へと陰茎を穿《うが》ち、時折、胸や耳をつみ、齧り、捻《ひね》り、引っ掻く。

しまいには嬌声が弱々しい啜《すす》り泣きに変わり、ユドハの腕の中でぐずぐずにとろけて、下肢をしとどに濡らした。

「も、でない……っ」

「お前は出さなくてもいい。俺が出す」

「うしろ、感覚、ない……」

「漏れてはいない。緩すぎるということもない。ちょうど、俺のためのものになっている」

「……っぉ、ぁあ、あっ、ぁや、……っ、へんな、こえ、でる……っ」

「声が出るうちは問題ない。お前はどうしようもなくなったら声も出ないで小さく震えて感じ入る。そろそろそっちの波がくるんじゃないか？」

「……っ」

「泣いてもはなさない」

かわいいかわいいつがいのうなじに牙を立て、二、三日は足腰が立たないようにしてやる。

「ほら、休むなよ」

「……ユド、……っ、ユドハ……っ」

「うん？」

「これ、おわりたくない……」

「ああ、終わってほしいと懇願されても終わらない」

懐に抱え込んだメスを鬣に埋もれるほど掻き抱き、頬ずりをする。

ディリヤが困るほど優しくして、どろどろに甘やかして、ふわふわとしたやわらかな交尾も好きだが、こうしてじゃれあって、いじわるしあうのも好きだ。

ディリヤがよく乱れて、よりいっそう愛らしくなる。

ユドハは愛しい赤毛を心ゆくまで堪能した。


ユドハがディリヤをずっとぎゅっと抱きしめている。

まだ腹のなかにはユドハがいて、ちっとも出ていく気配がない。

ウルカへ帰ってきてからほぼずっと子供たちにディリヤを譲っていたせいか、今日のユドハはひっついてはなれない。

二度とはなすものか。

そんな強い意志が感じられる。

だが、そろそろ子供たちが起きてくる時間だ。

当のディリヤも「そろそろ起きるぞ」と言い出せず、ユドハの腕の毛をずっと撫でては逆立てるを繰り返していた。

「……ユドハ？」

不意に、ユドハがディリヤの腹や脇腹を撫で始めた。

「なぁ、もうすこし肉をつけんか？」

「うん？」

「ほら、お前、記憶がない間に体重を落としただろう？」

「ああ、動きにくかったから絞ったな」

「その分を取り戻す気は？」

「ない。体が重くなる。動きにくい」

「だがなぁ……」

「せっかく落としたんだから、このまま維持する。ただでさえウルカに来てから運動量のわりに、いいメシ食いすぎて怠惰だったんだから、これでいい」

「しかしながら、こうも贅肉が削ぎ落とされていると……お前をひっくり返したり、表返したり、裏返したり、交尾の最中に抱きつかれたりするたび、骨の動きが丸見えで……」

「なんだそれ？」

ユドハがまた新しい心配事を口にし始めた。

首筋に血管が浮いていれば弱点が丸見えだと心配し、肌の白さと薄さ、毛皮がない皮膚を見ては、「これではなんにも守れんではないか」と狼狽《うろた》える。

今日は、余分な肉を削ぎ落とした体だと骨組みが丸見えでそわそわドキドキするし、肩甲骨がこんなに動いて脇の下まで動くのがこわいと言い始めた。

「骨盤の動きもおそろしい。背中や脇もだ。骨と筋肉が、こう……ちょうどいい具合に、ここの接合部から肉と骨に分離できます、解体しやすいです、食いやすいですと自ら宣伝しているように思えてならない」

「素っ裸で人前に出ないからいいだろ、別に食いやすい体してても。そもそもアンタ、俺の体を可食部の多少で見てんのか？」

「ほどよく肉と脂があるほうが美味そうだ」

「あー……もうすこし筋肉はつける予定だから、そんな心配すんな」

「もっとかっこよくなってしまうではないか」

「だろ？　楽しみにしてろよ。現役の頃くらいまでは戻すつもりだ。……それに、ちょっとやりあっただけだけど、エリハの奴、いい体してたんだよな。アレに余裕で勝てるくらいに鍛《きた》え直さないと……」

「強いな、お前は……」

「それが俺の取り柄だ」

「だがな、戦狼隊の訓練で、周りに混じって上半身裸で手合わせをしたり、水浴びをする時はどうする」

「誰も俺の体見て、この人食いやすそうな体してんなぁ……とか、バラしやすそうな骨組みだなぁとか思わない。そんなの思う物好きはアンタだけだ」

ディリヤはがしがしと頭を掻き、「狼、変なとこで心配性でめんどくせぇな」と欠伸をする。

「面倒臭いのか、俺は……」

「その面倒臭いとこがかわいい」

ディリヤはユドハの顎下に腕を回して引き寄せ、頬に唇を寄せた。

「愛している、ディリヤ」

「俺も愛してる、ユドハ」

俺の永遠の一番目。

絶対に動かない一番目。

死ぬまで、死んでも、ずっと愛している。

ディリヤは、愛しい愛しい狼に組み敷かれながら、「今日はアンタと一日中やらしいことしたい」と我儘を言った。

想いがすべて通じるわけではないけれど、想いを交わらせることすら、互いの思いやりがないとできない。

この冬は、もうひとつ踏み込んで会話ができている気がする。

「そのうち、アンタと意見がぶつかって、譲れるところと、譲れないところ、食い違いが出てくるんだろうな」

「望むところだ。きっと俺にも譲れないところ、譲りたいところ、そういうものが出てくるはずだ」

「いまのところ生活が落ち着いてるから、いざって時にいきなり衝突するんじゃなくて、いまから適度にやりあっとくのもいいかもな」

大きな衝突も、決定的な言い争いも、何日も引きずるようなケンカも、一度もしてこなかった。申し訳ないと思いつつも謝るきっかけが得られずギスギスすることもなく、時間が溝を埋めてくれるだろう……などという甘ったれた考えで冷却期間を置くような事態も発生しなかった。

そんなことをしている暇があったら愛したかったから、そうした事態になることを避けていた。

思いやって、思いあって、話しあって、相談して、共有して、信じて、許して、預けて、委ねて、交わらせて、通わせて、互いを知っていったいまは、衝突したとしても愛しているという土台は揺るがない。

「俺は、アンタとどんなことでケンカするんだろうな……」

「想像もつかんが、それが今後の人生の楽しみだ」

「子供たちの前でそうなることは……まぁ、ないか」

「ないな」

「うん、ないな」

ディリヤは膝の上のララとジジを撫でる。

双子は相変わらずユドハが大好きだ。だが、再びディリヤの膝にも乗ってくれるようになった。

ウルカもすっかり冬めいた気候になり、暖をとりたい時はユドハのもとへ行くが、こうして、昼間、外でひなたぼっこをしている時は、ディリヤの傍で、ディリヤの子守唄と毛繕いで腹を見せてくれる。

ディリヤの右手をララが、左手をジジが、それぞれ両手でしっかり持ち、がじがじ、がじがじ、甘噛みする。

股の間から出した短い綿毛のような尻尾をディリヤの手首の裏にすりすりして匂いづけを怠《おこた》らず、両足を腕に巻きつけてぎゅっとしがみつく。

「重くなったな」

久々に感じる双子の重みにディリヤは目を細めた。

両腕に重石を吊り下げているみたいだ。

しがみつく力も、指を噛む力も、どちらも強くなっている。

「このまま、ディリヤが大好きな双子に戻るだろうか？」

「赤ん坊の嗜好《しこう》は分からん。そのうち、俺とユドハの両方をいやがって、アシュにだけ懐くかもしれない」

「それは、……困るな」

ユドハが苦笑する。

息子から避けられる自分を想像して、尻尾がへしょへしょだ。

「ディリヤー、ユドハー……！　おやつのしたくができましたよ～！」

部屋からアシュの呼び声が聞こえる。

「はやくいらっしゃい～！」

ドレスは無事なのに尻尾の先だけ小麦粉で白くしたエドナが手招く。

「儂《わし》は酒でけっこうけっこう」

「おじいちゃんせんせぇ、おさけのむの？」

「さようじゃ」

「あしゅがお茶を淹《い》れても？　きょうのおやつね、おいしいおちゃにぴったりのおやつよ。アシュとエドナちゃんがね、がんばってこねこねしてつくったのよ」

「……ぐぅ」

「アシュが、あったかいおちゃ、ふぅふぅしてあげるよ？　ぎぅにぅ、いっぱい入れる？　あしゅ、がんばってお茶淹れるよ？　あちちのやつよ」

「……うぅぅ」

「おさけ、のむの……？」

「ぉ、ぉおお……」

「あしゅ、アーロンおじちゃんといっしょに、おじいちゃんせんせぇのお湯呑み、えらんだのよ……きれぇなのよ？　えっと、ふうりぅ……なのよ？」

「……今日は……、茶を、飲もうかのぅ……」

「ん！」

にっ、とほっぺのお肉が持ち上がるくらい満面の笑みでアシュがコウランと手を繋ぐ。

「ディリヤ」

ララを片手に抱いたユドハが立ち、ディリヤに手を貸す。

「ああ」

ジジを片腕に抱いたディリヤがユドハの手に手を重ね、立ち上がる。

「ディリヤ！　ユドハ！」

皆が待つ屋根の下へ入ると、手を繋いだディリヤとユドハの間にアシュが突進して、跳ねて、飛びこんできた。

それを受け止めた二人は、子供たちに頬を寄せ、くちづけた。


イェヒテは旅をしていた。

アスリフからウルカへ戻る旅路だ。

かなりウルカに近付いてきている。その証拠に、ちらほらと小雪がちらつくし、山の端はすっかり雪化粧だ。

その道すがら、ウルカの国王代理のもとへ送った鷹が戻ってきた。

なにやら話すと長いらしいが、「赤毛のじゃじゃ馬は戻った。礼をしたいのでウルカで待つ」と国王代理の直筆があった。

どうやら丸く収まったらしいが、それよりも、ディリヤをじゃじゃ馬程度だと言ってしまえる胆力と鷹揚《おうよう》さに「あの王代殿、底なし沼みたいだな……」と天を仰《あお》ぐ。

国王代理殿の文字の隣に、ディリヤだとひと目で分かる文字で「お前の好きな魚の甘酢漬けを作って待っている」とだけ書かれてあった。

二人して、ウルカへ戻ってこいと言っている。

「まぁ、戻ってもあそこに長居するつもりはないけどなぁ……」

イェヒテは苦笑いする。

狼に囲まれたあんな窮屈な場所、ごめんだ。

イェヒテには、ディリヤほどの忍耐力はないし、あそこまで自分を押し殺せるほどの根性もない。

だがまぁ、せっかく戻ってこいと言っているのだから、休暇がてらウルカで衣食住の世話をしてもらって、楽させてもらって、束の間の悠々自適を満喫しよう。

「……っと、ほらほら、こっちこい」

イェヒテは馬の手綱を引き、物陰に隠れた。

イェヒテの鼻先が血の臭いを捉えたからだ。

「ここにいろよ」

脅える馬に低い声で言い聞かせ、イェヒテは武器を片手に一人で先を進む。


真昼間から尋常ではない血の臭いだ。

街道を外れて、冬枯れの森を進んでまもなく、一体目の死骸と行き当たった。

服装から察するに、このあたりの盗賊だろう。

「……っ！」

さらに進んだ先で、イェヒテは足を止めた。

反射的にその場にしゃがみこみ、自分の口を両手で覆って息を殺し、気配を絶った。

背中に汗が噴き出た。

見つかったら死ぬ。

これは、ウルカの国王代理に睨まれた時と同じ感覚だ。

「…………」

眼球だけきょろりと動かし、恐怖の根本を確認する。

人を殺す赤毛がいた。

あの赤は、アスリフの赤だ。

顔の下半分を布で隠し、フード付きの外套を着ていてほとんど顔は見えないが、長い赤毛が血飛沫に舞う。

まるで、蝶々のようだ。

ディリヤだ。

本能がそう勘違いさせた。

多勢に無勢《ぶぜい》だろう人数に囲まれていたのも束の間、イェヒテが「逃げるか、留まるか、動けば見つかるか」と逡巡している間に、その場に立っているのは長髪の赤毛だけになっていた。

冬の冷気で冷えた鼻に、なまぬるい血の湯気と、噎《む》せ返るような臭いがまとわりつく。

足音もなく、だが、わずかに重心が右に偏《かたよ》っていて、歩き方に特徴がある。長髪の赤毛は、死体の服で己の短刀の血脂を拭い、金目のものを抜き取る。

冬とはいえ、あれだけの運動量だ。それでも汗ひとつ搔かず、息切れさえ起こしていない。

そのうえ、使っていたのは右腕だけだ。

「……ぅ、お……」

思わず声が出た。

髪を直すためにか、フードを下ろした横顔が見えた。

ディリヤだ。

いや、ちがう、ディリヤはウルカにいる。

だが、明らかに血縁を感じさせるあの横顔は……。

イェヒテは内心で、「うぉおお……ディリヤそっくりっていうか、四十路《よそじ》くらいか？　四十路のディリヤってこんなふうになるのか？　って感じの男前でやべぇええ……っていうかディリヤの親父だよな!?　若!?　ユドハの旦那に出会わなかったディリヤってこうなんのか!!??」と叫んだ。

人生で三本の指に入るすごいものを見てしまった。

見た目も立ち姿も生写《いきうつ》しだ。

なにより、ディリヤとあの長髪の赤毛の人の殺し方はまったくの瓜二つで見分けがつかない。

「……っ！」

先に長髪の赤毛がイェヒテを捕捉した。

気付いてる、こっちに気付いてる。

見てる、殺される。

むりだ、死ぬ。

とりあえず敵意がないって示そう。

イェヒテは武器から手を離し、深呼吸した。

蛇に睨まれた蛙になったイェヒテは、蛇が立ち去ってくれることを祈った。

あんなのは疫病神と同列だ。

鉢合わせたら一貫の終わりの災厄だ。

同族殺しは禁忌《きんき》の鉄則があるが、疫病神がそんな掟《おきて》を素直に守ってくれるとは思わない。

イェヒテが身動きとれずにいると、疫病神は自ら立ち去ってくれた。立ち去ったというより見逃してくれた、と言ったほうが近いかもしれない。

姿が見えなくなったあとも随分と長くイェヒテはその場から動けずにいたが、それまで一切耳に入ってこなかった鳥や虫の声、風の音、そうしたものを感じとれるようになってから、ようやく立ち上がることができた。

「こわかった……むり……」

イェヒテは武器を鞘に納め、馬のもとまで戻ると、

「こわかったよ～ほんとむり～……はー……馬あったけ～」と馬の首を抱きしめて暖をとり、鬣を撫でた。

馬は尻尾を振っておとなしくイェヒテを温めた。

「はー……もうやだ、帰ろ……とりあえずはまぁウルカに戻って、ディリヤの魚の甘酢漬けを食い飽きるまではウルカにいよう……、あ、そうだ娘《にゃん》々《にゃん》に手紙出さないと……忘れてた……！」

イェヒテは慌てて矢立《やたて》を取り出し、その場で与都への手紙を書いた。


過去はディリヤを苦しめる毒。

その過去を忘れさせるための薬。

だが、ディリヤにとっては過去を忘れさせるための薬こそが毒だったらしい。

忘れさせた過去をディリヤは取り戻した。

無意識に家族を想う行動をとり、ウルカを去り、独りでいることを選んだ。それほどに守りたいと強く想ったのだろう。

だが、まさか、記憶を取り戻すために、自らすすんで薬を飲むとは思わなかった。量を間違えれば脳や循環器系の機能が落ちる。ほんのわずかの匙加減で心臓

や呼吸が止まる。厳密な調整が求められる代物だ。

「そういうのぜんぶひっくるめて、アイツ、命懸けで自分の記憶を取り戻しやがった……」

悲しいことはエリハが覚えているから、捨ててしまえば楽なのに……。

過去のしがらみをすべて忘れて、自分が生きて死ぬことだけに命を費《つい》やせばいいのに……。

きっと、これからもディリヤは過去に苛《さいな》まれるだろう。死にたいと願うこともあるだろう。

それでも、立ち向かうことを選んだ。戦ってでも自分のすべてを受け入れると決めた眼差しだった。

己のつがいや子を想い、心の支えにして生きる強さがあった。

あれから二十年が経った。

ディリヤはもう二十五歳らしい。

だが、まだ二十五歳だ。

いくつになろうとも、アレは、マルスィヤから託されたこの世でただひとつのエリハの宝石だ。

今後のディリヤの人生に干渉することはないかもしれない。二度と交わることはないかもしれない。だが、せめて自分が死ぬまでは見守り続ければいい。

「…………」

草っぱらに立つ。

冬を越して、春。

アスリフの村の近くまで戻った。

なにもない静かな場所だとマルスィヤは言っていた。

だが、エリハには充分うるさい。

鳥や虫の鳴声、岩肌を駆け上がる山羊《やぎ》の声、山から吹き下ろす風の音、木々のさざめき、川のせせらぎ、けものの足音。

こんなにうるさいのに、アンタだけが静かだ、マルスィヤ。

エリハは墓の前に立ち、報告する。

墓石代わりの素っ気ない石を撫でる。

石が埋もれるほど春の花が咲き誇り、甘やかで、爽やかな香りを運ぶ。

「マルスィヤ、……あいつ、ちゃんとアンタの名前を呼べるようになってたぞ」

報告を終え、墓石に背を向け、二歩、三歩と進み、引き返してマルスィヤの隣に腰を下ろした。

「……今日は、ここで寝る」

荷物を下ろし、立て膝に頬を預け、墓石を見つめる。

狼の子供を模《も》した小さな人形を外套から取り出し、墓の前に座らせた。

俺とアンタの孫が貸してきやがった。

俺とアンタの息子は、親になったぞ。

不思議な感じだな。

「ちちくせぇ……、……くぁ、あぁぁ～……」

人形を握っていた手を、すん、と鼻先へやり、エリハは珍しく大きな欠伸を漏らした。

しっぽのれんしゅう

ユドハとディリヤの留守中、アシュはフーハクと手を繋いで図書室を訪れた。

「こんにちはぁ」

「これはアシュ様、ごきげんうるわしゅう、こんにちは」

司書は優雅に腰を折り、アシュに挨拶を返す。

図書室にはディリヤと頻繁に訪れており、アシュと司書は顔見知りだ。

「今日は、ごほんをさがしにきました。しっぽのごほんはありますか？」

「尻尾のご本ですね。狼の尻尾でよろしゅうございますか？」

「はい！　えっと、アシュは、しっぽのね……えっとね、……おみみかしてください」

「はい、どうぞ」

「あのね、ないしょにしてね。アシュね、さがしてるごほんがあるの」

ひそひそ。フーハクに抱き上げてもらい、背を曲げた司書の耳に、そっと耳打ちする。

「ふむ、ふむ、なるほど……」

「だからね、ないしょでれんしゅうしたいの。そんなごほん、あるかなぁ？」

「ございますとも。少々お待ちいただけますか？　すぐにお持ちいたします」

「おねがいします。アシュは、いつものところでごほんをみてます。フーちゃん、こっち行こ」

アシュはフーハクと手を繋いで図書室の奥へ向かう。

書架の列をいくつも抜けて、二階へ続く階段の脇を通り抜け、背の低い書棚へまっすぐ進む。

「アシュさん、ここはなんですか？」

「ここはね、みはらしのいいところなの」

アシュとフーハクは声を潜めて静かに話す。

「確かに、空が見えますね」

フーハクが斜め上方を見上げた。

やわらかな木漏れ日が小窓から差し込み、板張りの床を暖めている。ちょうどその位置に毛足の長いふかふかの絨毯《じゅうたん》が敷かれていて、アシュが座るのにぴったりのクッションや背の低い机と椅子が置かれていた。

「ごほんが日焼けしないように、アシュが座るところだけぴったりおひさまぽかぽかよ」

もともと明かり取りの小窓があった場所だが、太陽の下でアシュが本を選んだり読んだりできるようにと司書が設《しつら》えてくれたのだ。

そのおかげで、アシュはいつでもぽかぽかの明るいところでたっぷり読書ができる。

「まだ読んだことのないごほんと、いままでアシュが読んだごほんを置いてくれてるの。もう一度読みたい時にすぐ読めるの」

「便利ですね」

「それでね、このむこうにね、ユドハが小さい時に読んでたごほんがあるの。いま、アシュはそれを制覇《せいは》してるの」

「殿下、……ユドハ様は小さい時にこんな難しい本を読んでたんですね」

書棚の前で立ち止まるアシュにあわせてフーハクも歩みを止め、アシュの目線まで屈み込む。

「アシュはね～、絵がいっぱいのほうがすき」

「俺も絵がいっぱいのほうがすきですね」

「あっちにね、ディリヤの生まれたところのごほんもあるよ。でもね、文字がいっぱいでアシュまだ読めないの」

「……どれどれ」

フーハクが身を乗り出して別の書架に視線をやると、フーハクでさえ一度も目にしたことがない文字の背表紙が目に入り、「大丈夫ですよ、アシュさん、あれは俺も読めません」と力強く頷いた。

「アシュ、おっきくなったら読めるかな？」

「読めますよ、きっと。今日は、ひとまず絵がたくさんの本を借りて、それが読めたら、次はもうちょっと難しいのに挑戦してみるのはどうですか？　ディリヤ様もいつもそう仰《おっしゃ》ってますし」

「うん、そうね、そうする。アシュ、今日はこれにしよ」

アシュは書棚から野菜の本を取り出す。

ちょうどその時、司書が本を手にアシュのもとにやってきた。

「アシュ様、お待たせいたしました。ご所望のご本をお持ちいたしました」

「わぁ！　……あ、おっきい声だしちゃった」

アシュは掌で自分の鼻を圧《お》し潰《つぶ》すように口を塞《ふさ》ぐ。

この図書室はトリウィア宮内にあり、利用するのはユドハとディリヤ、子供たち、利用許可を得た使用人のみだ。声を出しても誰も咎《とが》めないが、アシュは図書室の約束事をきちんと守っていた。

このほか、外部の図書館と同じような決まりごとを設《もう》けていて、一般的な子供たちがそれを守るように、アシュもその決まりに則《のっと》って図書室を利用していた。

「今日はこちらでお読みになられますか？」

「おへやで読みます」

「では、お手続きを……」

「はい！　フーちゃん、つぎはね～貸出票におなまえ書くの」

アシュは、司書からもらった二冊の本と自分で選んだ一冊を大事に胸に抱えて歩く。

「俺が持ちますよ？」

「だいじょうぶ」

フーハクの申し出を辞退して、アシュは司書の机まで進むと、「おねがいします」と背伸びして机に本を乗せようとするが、届かない。

フーハクにすこし手伝ってもらって机に乗せてもらい、貸出票に自分で名前を書き、礼を言って図書室を出た。

「次はコウラン先生のところでいいですか？」

両手で本を抱きしめて歩くアシュに尋ねる。

「うん！　おじいちゃんせんせぇのところでごほんを読んで、しっぽのけんきゅうするの！」

「いいですね、尻尾の研究」

「あのね、フーちゃんもてつだってくれる？」

「もちろんですよ」

「それからね、あのね、やっぱり、ごほん持ってくれる？」

「三冊は重いですからね」

「ちがうの、フーちゃんとおててつなぎたいの」

「三十冊でも三百冊でも持ちます」

「ちからもち！」

本を持ってもらったアシュはフーハクと手を繋ぎ、長い廊下を二人で跳ねて歩いた。


季節は真冬。すっかり冬支度も整い、パチパチと爆《は》ぜる暖炉の火を囲み、家族の群れは平穏な日々を過ごしていた。

「きょうは、はっぴょうかいを、します！」

トリウィア宮の居間で、アシュが家族の前に立ち、挨拶をした。

絨毯敷きの床に腰を下ろしたディリヤとユドハは拍手で挨拶に応える。ララとジジは尻尾をたしたし、床を叩く。

「では……」

こほんと芝居がかった仕種《しぐさ》で咳払いをしたアシュはおもむろに家族に背を向け、「みててね！」と振り返って念押ししてから前を向く。

「はい、しっかり見ています」

「二人ともちゃんと見ているぞ」

ディリヤとユドハが返事をすると、アシュはきゅっと脇を締め、お尻がよく見えるように腰を曲げて、すこし前屈みになる。

「……ん！」

アシュが全身に力を篭《こ》めた。

その瞬間、尻尾が、ぴっ！　と上手に立った。

「おぉ……」

「おお！」

ディリヤは感動で思わず声が零れ出て、ユドハは感動で声を張り、二人して拍手する。

ララとジジはよく分かっていないが、両親の拍手が自分たちに送られているものだと思ったようで、尻尾を振り、手をぱちぱちするのを真似ている。

「動いたな、ユドハ……！」

「ああ、動いた！」

ディリヤとユドハは顔を見合わせる。

「アシュ、自分でしっぽ動かせるようになったよ！」

アシュは盛大な拍手に嬉し恥ずかしでふにゃふにゃしながら自分で自分に拍手を送った。

いままでは意識して尻尾を動かそうとしたら、左右にぱたぱた、上下にふりふり、お尻も一緒に動いていたが、なんと今日は尻尾だけが動いている。

「すごいです」

「すごいな……！」

「んふふふふ……、しっぽはね、アシュの言うことをきく子なのよ」

両親に褒められて気をゆるめた途端、尻尾が嬉しそうにぱたぱた揺れるが、本人は気付いていない。

「いつの間に練習したんですか？」

「ユドハとディリヤがおしごと行ってる間に、内緒でれんしゅうしたのよ！　図書室でごほんを借りてね、おじいちゃんせんせぇと、ライちゃんとフーちゃんと、イノリちゃんとトマリちゃんに手伝ってもらって、しっぽのけんきゅうをして、じょうずに動かすコツを教えてもらったの！」

「すごいぞ、アシュ」

「もういっかい見せてあげるね」

「はい」

「見逃さんぞ」

「それでは、いきます！」

後ろを向いて、きゅっと脇を締め、鼻元に皺を寄せて、お尻を持ち上げて、力を篭めて……。

「ん～!!　……ん！」

うごかない。

「…………」

「…………」

ディリヤとユドハは拍手を送る姿勢のままじっと見守る。

だが、アシュの尻尾は動かない。

「ん！」

きゅっと力を篭める。

だが、動かない。

「ん～……！」

尻尾は、うんともすんとも言わない。

「……アシュのしっぽ、アシュの言うことをきいてくれない……」

「緊張してるんですかね」

「身構えるとまだ難しいのかもしれんな」

「もう一回挑戦してみますか？」

「がんばれ、アシュ」

「すーはー、すーはー……、……ん！」

大きく胸を張って深呼吸して、ぎゅっと力を篭めた。

ぴよっと尻尾の先だけ動いた。

「もうちょっとです！」

「がんばれ！」

「ん！」

今度はお尻が動いた。尻尾が揺れる代わりに、お尻がもにょもにょしている。

「ん〜〜っ……つかれた……！」

ぼてっとその場に座り込み、止めていた息を吐く。

いつの間にか力んでいたディリヤとユドハも息を吐く。

「ちょっと肩の力を抜きましょう」

「休憩してからにしよう」

「だめ、できるまでする」

アシュは立ち上がり、二人に尻を見せた。

頃合いを見てお茶のおかわりを淹《い》れてくれたイノリメが、そそ……っと近付き、「アシュさまは、十七度に一度ほど成功なさいます」と二人に耳打ちして去って行った。

「ん！」

イノリメの言葉どおり、その日も、十七回目に再び尻尾が立った。

アシュと一緒になって力んでいたディリヤとユドハもようやく肩から力が抜けて、「変なとこが筋肉痛になりそうだ」「同じく」と肩や首を回して筋肉をほぐした。

ララとジジはすっかり飽きていて、ユドハの尻尾をがじがじしていた。

「あのね、アシュが、ん！　ってしたら、しっぽちゃんは、ん！　って立つのよ。まっすぐよ。ん！　よ？　できる？　いっぱいれんしゅうしたでしょ？　わすれないでね、ん！　よ」

自分の尻尾を胸の前に抱えたアシュが、その尻尾に向けてこんこんと言い聞かせている。だが、その声には元気がない。

双子を昼寝させたディリヤはアシュの隣に腰を下ろし、胡坐《あぐら》を掻《か》いて膝を叩く。

膝を叩いて呼ぶ音に吸い寄せられたアシュがディリヤの腹にぎゅっとしがみつき、じっと顔を伏せる。

「じょうずに、できない……」

ディリヤが背中を撫でていると、アシュが鼻を啜《すす》った。

「そんなことないですよ。上手にできてました」

「でも、二回しか、成功……しなかった」

「二回も成功したじゃないですか。充分です」

「でもね、もっとね、ユドハみたいに、じゆうじざいにしたいの」

「ユドハは尻尾を使うのが特別上手ですからね。でも、ユドハは大人で、アシュは子供です。これからですよ」

「あしゅ、おみみも上手にうごかせないのに……」

「耳も勝手に動きますもんね」

「くすぐったかったり、うれしいとね、ぴるぴるしちゃうの。撫でてほしい時、ぺしょってなるの。ディリヤの声が聞こえたら、そっちのほう向いちゃうの」

「でも、ほら、アシュはちゃんとまっすぐ耳を立てることもできるじゃないですか。ディリヤはあれ、できませんよ？」

「できないの？」

「はい」

「どうして？」

「人間で耳を動かせる人はたぶん特技になりますね。たまにいるんですよ、耳とか鼻とかを大きく動かせる人」

「にんげんは、うごかない？」

「すくなくとも、ディリヤは。もしかしたら練習したらできるのかもしれませんが、練習したことがないので……。それに、ディリヤは尻尾もありませんから、……たとえばですが、尻尾のかわりに髪の毛を動かせと言われてもできません」

「アシュも頭のふわふわはうごかないよ」

「……それもそうか」

アシュの言い分に頷く。

尻尾を上手に動かす助言はユドハのほうが向いていそうだ。

だが、ユドハは仕事へ行ってしまって不在だ。

「あしゅのしっぽちゃん……はんこうきなのかなぁ」

「反抗期……」

「あしゅがどれだけ言ってもね、そっぽ向いちゃうの。おじいちゃんせんせぇと、しっぽのつけねのところに力を入れて、ん！　ってする、とっくんしたのに……」

「特訓したんですね」

「そうよ。でもね、れんしゅぅいっぱいしてると、どこがしっぽのつけねで、おしりのしっぽの生えてるところか分からなくなってきちゃうから、しっぽのつけねにリボンを結んでもらってね、そこに、ん！　ってしたの」

「かわいい特訓ですね」

「かわいいと、しっぽもはんこうきになっちゃうのかなぁ……。かっこいいのがよかったのかなぁ……」

「反抗期ではなく、成長期かもしれません」

「成長中だから、まだ動かないの？」

「はい」

「じゃあ、うごかなくても悲しくならなくていい？」

「悲しくならなくていいですよ。だいじょうぶ、だいじょうぶです」

「だいじょうぶ、だいじょうぶ」

元気になる言葉を唱えて、アシュはじんわり涙が滲《にじ》んでいた顔をディリヤの腹でごしごし拭うと、ふぁぁ～……と気の抜けた欠伸をする。

ディリヤはアシュのその背をゆっくり、優しく叩いて、名前の歌を歌う。

「生まれたばかりのあなたを謡《うた》いましょう……」

あなたが抱きしめて生まれてきたお星さま。

輝いて、瞬いて、流れて、隠れて、消えて、また生まれくる、あなたのお星さま。

どうぞ私に教えてちょうだい。

お星さまをたくさん持って生まれたあなたの名前を……。

「……あしゅのおなまえは……」

むにゃむにゃ。

今日は、尻尾を動かすために何度もぐっと力んだり、上手に尻尾を扱えなくてめそめそしたり、朝からずっと忙しくて疲れたようだ。

お昼寝時だったこともあり、アシュは瞬く間にうとうとし始め、自分の長いほうの名前を唱えながら眠りにつく。

アシュがすっかり寝入るまでディリヤは繰り返し謡い、一定の間隔でおしりをとんとん。次第に、ディリヤの膝枕で、丸い背中を規則正しく上下させて、尻尾も耳もくったり寛《くつろ》ぐ。

「あんまり急に大きくなるとディリヤはちょっとさみしいです」

一度でも大きくなったら、二度と小さくなれないから、無理せず、焦らず、大きくなってほしい。

エリハとマルスィヤは、こういう時、どんな気持ちだったのだろう？

答えは返ってこないけれど、膝の上の小さな体温が愛しくて、きっと自分もそう想われていた気がする。

ディリヤはアシュの耳と耳の間に唇を寄せ、両親が謡い聞かせてくれた歌を音にした。

その歌の途中で、夢のなかのアシュが「ん！」と、小さな握り拳を作って尻尾を立てようとしたので、それがあまりにもかわいくて、「ふ、……っ、ははっ」と思わず声に出して笑ってしまった。

笑って、ぎゅっと抱きしめて、自分が、愛しいという心を理解できる生き物でいられる、そのしあわせを噛みしめた。

昼間、アシュの尻尾の発表会を楽しんだ分、ユドハの夜はすこし忙しかった。

トリウィア宮の書斎で、持ち帰った書類仕事を片付け、近隣国で発禁処分になった政治批判の書物に目を通し、東側からの難民の救済措置についての報告書を読むうちに夜は更けていく。

だが、ふとした瞬間、昼間のアシュの一所懸命な顔と尻尾を思い出して頬が綻《ほころ》ぶ。

何度も頑張って挑戦して、力を篭めて、失敗してもめげず、失敗続きで「もうだめ～」とぺったり床に寝そべって尻尾も疲れ果てた末、二度目が成功した時などは家族全員で歓声を上げた。

そんなアシュの姿を思い描くだけで「さぁがんばろう」と自分も力が湧いてくるのだから、不思議なものだ。

「……？」

次の報告書に手を伸ばした時、ユドハの耳が一度だけ動き、すこしの間を置いて、静かに扉を打つ音があった。

「ディリヤか？」

「正解。入っていいか？」

「ああ、おいで」

ユドハが応じると、漆塗りの盆に茶器と軽食を乗せたディリヤが室内へ入ってきた。

盆を置き、机に浅く腰かけたディリヤがユドハの鼻先に唇を落とす。

「子供たちは？」

「全員寝た。……で、茶を淹れてきた。そろそろ腹が減る時間だろ？」

「……言われてみれば」

「先にこっち食ってろ。茶が出るまでもうすこしかかる」

「…………美味いな」

口に放り込まれた肉の塊に舌鼓を打つ。

塩茹でした鶏肉が香辛料で揉み込まれていて、あっさりとして口当たりがいい。

「明日の朝メシ用に仕込んだやつ。アンタの分だけ大人味。子供は辛いのナシだから」

「遅くまで頑張った甲斐がある」

「こっちは甘い味。胡桃《くるみ》に黒糖をまぶしただけだけどな」

「これもうまい」

「うん、うまい」

ディリヤはユドハの口端を舐めて味見をすると、自画自賛する。

「膝においで。お前も一緒に食べるといい」

「だめだ」

「なぜだ？」

「俺、分かったんだよ」

「なにが分かった？」

「ここで暮らし始めてから、アンタにくっついてこうやってせっせと夜食を運んでるだろ？　昼間、アンタが家にいる時もおやつだなんだと運んで、最低でも週に五回はこうしてることになる」

「そうだな」

「そのたびに、アンタと一緒になってアンタの膝に座ってちまちま食ってるからだめなんだよ」

「なにがだめだ」

「間食は太る」

「………」

「アンタの体格ならこれくらいの栄養補給は必要だが、俺まで一緒になって食ってたら、十六歳の俺が体を重く感じたのも当然だと思った」

「肉づきがほど良いのがいい」

「そのほうが抱き心地いいもんな？」

ディリヤはユドハの手を取り、己の内腿を撫でさせる。

「それはその、それだ、そのとおりだ……」

「ドスケベ、太腿に目がいってるぞ」

「触り心地が好いのが悪い」

「摑み心地もいいぞ」

ユドハの手がディリヤのまたぐらのほうへ伸びるので、ぎゅっと両腿の間でその手を挟む。

だが、隙間の多いディリヤの太腿からするりと抜けてしまう。ユドハは鼻先を下げて、口吻《こうふん》を使って閉じられた内腿に潜り込むと、服の上から右の鼠径部《そけいぶ》を噛んだ。

「……っ、ユド、ユドハ……っ、こら……」

むぎゅ、とユドハの口吻を腿の間に挟む。

「…………」

無言のユドハがうっとり目を閉じ、ディリヤの太腿の感触を味わって陶酔し、尻尾が盛大に床を掃《は》く。

「俺を噛むのは次の休みまでおあずけ」

ディリヤはユドハの頭を両手で包むように持ち上げて、さっきまで自分の腿を噛んでいたピカピカの牙に唇を落とす。

案の定、ユドハは流れるような動作でディリヤの唇を奪おうとしてくるから、ぐいっと剝《む》いた牙の隙間に鶏肉を噛ませる。

「…………」

ユドハは渋々、もぐもぐ。

ごくんと飲み干してから、「間食を控えるのは理解したが、お前は毎年夏に必ず体重が落ちるし、冬を越すには脂肪も必要だから、いまのうちに食べて蓄えなさい」とディリヤの尻を撫でる。

「俺、これから寝るだけだから食わない」

ディリヤは食べ物の代わりにユドハの鼻先を噛み、ちょうどよい塩梅《あんばい》に出た茶を茶碗に注ぐ。

「ディリヤ、茶を淹れてしまったら……」

「なんだ?」

「手が出せないじゃないか」

いたずらを仕掛けて熱い茶がディリヤにかかってしまうことを考えたら、ユドハは手も足も尻尾も出せなくなってしまう。

「手も足も尻尾も出さずにしまっとけ」

「幼き頃の俺が、アシュのように、日々、尻尾の鍛錬に励んだ結果が結実するのは、今夜この瞬間だと思わないか?」

「幼い頃の日々のたゆまぬ努力を嫁にちょっかいかけるために使うな、国王代理」

「…………」

「あぁもう、しょうがない男だなぁ、……アンタ」

じとっとした目で見つめられるから、ディリヤは可愛さが勝ってしまい、ユドハの鬣《たてがみ》をわしゃわしゃと撫でくりまわす。

「呆れてるな？」

「というよりも、次からはアーロンさんか夜番の人に夜食を運んでもらうことにする」

「なぜだ」

「だって、俺がいたらアンタの仕事ぜんぜん進まないから。じゃれてたらあっという間に休憩の時間も終わるし、集中も途切れるだろ」

「それでもお前がいい」

「困った狼だな……」

「愛してる。一時でもお前を見つめていたい」

「俺も愛してる。……でもまずは茶を飲め。熱いからゆっくり飲めよ」

ディリヤが茶器を差し出すと、ユドハはゆっくりと喉を潤し、肩で息を吐く。

茶で毒気を抜かれたのか、ディリヤの太腿には未練がありつつも、二杯目を注ぐと、ユドハはおとなしくそれを飲んだ。

「この茶は飲みやすくていいな。この時間に最適だ」

「本来、息抜きっていうのはこういうのだ」

「お前に手を出すことではない？」

「そういうことだ」

「もう行ってしまうのか？」

机から下りるディリヤをユドハが視線と尻尾で追いかける。

「アンタももうすぐ寝るか？」

「いや、もうすこしかかる。先に休んでくれ」

「分かった」

ディリヤは窓辺の長椅子まで歩き、そこに置かれている毛布を腕に掛け、クッションを三つ四つ抱えてユドハのもとへ戻ってきた。

「俺は寒くないぞ。大丈夫だ。お前が戻る時に寒いなら持っていくといい」

「アンタ用じゃなくて、俺用」

ディリヤはクッションをユドハの椅子の脚の傍に敷き詰め、その一つに頭を乗せ、残りを背凭《せもた》れ代わりにしてユドハの足もとに寝転ぶ。

「……ディリヤ？」

「ここで寝る。仕事終わったら寝床つれてけ」

「俺の願いを叶えてくれるのか？」

「そう。ずっと俺のこと見つめてたいんだろ？　仕事の合間にとくと堪能しろ」

くぁあ。大きな欠伸をして丸まり、毛布をひっかぶって目を閉じた。

「…………」

頭からかぶってしまっては愛しいお前の寝顔が見られないではないか……。ユドハはそう思ったが、ディリヤも眠いらしく、そこまで頭が回っていないようだ。それに、毛布の端から見える赤毛だけでも愛しくて、ユドハはそれ以上なにも言えなくなってしまう。

一度だけ毛布の隙間から顔を出したディリヤが、いたずらっぽい視線で「食い物の質と時間帯を変えてるだけで、食う量は減らしてない。一ヵ月後には最高に抱き心地のいい体に仕上げて抱かせてやるから楽しみに待っとけ」と宣言して、また頭をひっこめた。

「仕事、がんばろう……」

ユドハは天を仰ぎ、男前な嫁の「俺の最高にやらしい体を抱かせてやる」宣言に感謝し、増しに増した仕事への意欲をきちんと仕事へ向けた。

まもなく、規則正しい寝息がユドハの耳に届く。

ディリヤの寝顔が見たくて、ユドハが器用に尻尾を使って毛布をずらすと、ディリヤがごく自然にその尻尾を胸の前で抱きしめて、気持ち良さそうに頬ずりして、尻尾の先にくちづけてくれた。

報告書を片手に寝顔を見つつ、尻尾を上手に使える大人でよかったとユドハはつくづく思った。

後記

こんにちは、八十庭たづです。

『はなれがたいけもの』シリーズ7作目『想いは通う』をお届けいたします。

とんでもないところで『想い交わる』から『キラキラのほん』へと続き、長らくお待たせいたしました。そして、待っていてくださってありがとうございます。

5巻『想い交わる』の説明と重複しますが、可能でしたら刊行順で（短編集を含めて）お読みいただくと話の筋道が通りやすいです。既刊6冊で紡いできた狼の群れの物語をこの巻でひとつずつ拾いあげて、まとめて、描いています。


まず先に結論を書きますが、今作で完結ではありません。まだまだ続きます。

ユドハとディリヤの群れに新たな展開が！　アシュの成長と活躍が！　ララちゃんとジジちゃんはいつ流暢な言葉を喋るのか!?　ついにエドナちゃんの春が……！　『想い交わる&想いは通う』を乗り越えたディリヤとユドハの日常はどうなるのか！　えっちの時はもっとえっちになるのか!?　はたまたドスケベなのか!?　ツンギレしながらデレるディリヤがかわいすぎてユドハの息の根が止まってしまうのではないか!?　などなど目白押しです。引き続き、大きくすくすく育つ狼の群れを見守っていただければ幸いです。８巻は黒い表紙の予定です。


突然ですが、以下、ずっと一人で考えていてどこにも出すところがないのでここで書きます。

現代にユドハとディリヤと三人の息子がいたら、車は2台持ちで、1台はユドハの体が入る超大型獣人用、もう1台は人間のディリヤ用で、チャイルドシートにアシュがちょこんと座って歌ってるんだろうな～とか想像しています。夕方、ディリヤから電話をもらって仕事帰りにトイレットペーパーと双子用のおむつを抱えてスーツで帰ってくるユドハが玄関前で「今日の夕食はディリヤのハンバーグ！」と鼻をくんくんさせて尻尾を振っていたら可愛いなって思います。そしてディリヤが毎日ネクタイ選ぶのかな～。革靴はピカピカに磨いてそうです。

幼稚園に通っているアシュが「ねぇねぇ、ディリヤはユドハのどこがすき？」とディリヤに問うて「そうですね、強くて、かっこよくて、力持ちで、優しくて、賢くて、ディリヤのことがだいすきで尻尾がぱたぱたするところがすきです」と答えて「ユドハはディリヤのことがだいすきでしっぽがぱたぱた！ありがと！」「どういたしまして。でも急にどうしたんですか？」「はっぴょうかいで、はっぴょうするの～！」「そうですか、発表するんですね。……うん？ちょっと待ってください！発表！？幼稚園で！？いまのを！？」って慌ててアシュを追いかけるディリヤがいる日常です。日曜日に家族でショッピングモールに出没してほしい。

今作も、佐々木久美子先生に表紙と挿画を手掛けていただきました。ありがとうございます。美の競演です。圧倒されます。現時点で表紙の完成版を拝見しており、拙文から想起していただいた先生の絵に心臓を鷲摑みにされています。表紙の宝石とユドハが腰に佩いている剣のデザインが素敵で大好きです。裏表紙の、飲み物を飲んでほこほこのアシュ＆指をくわえている＆おまたぱっかーん！の双子ちゃんがだいすきです。かわいい……かわいいと涙が出てくる……いとしい……。三兄弟の下にあるイラストはアスリフの村をイメージして描いていただきました。ディリヤのさんのご実家、本邦初公開。そんな気持ちです。さて、私は実は黒い背景になる手前の表紙も拝見しており、そちらもとても緻密で、大好きな雰囲気で個人的に鑑賞しながら最後の追い込み作業に励んでいます。これは作者に許された贅沢だと噛みしめています。

鳥海よう子先生によるコミカライズ第2弾『はなれがたいけもの 恋を知る』の配信が始まりました。電子コミック誌『秒で分かるBL ダイヤの原石』で3話（2023年2月時点）まで配信されています。あしゅかわいい……あしゅ、おぉ、アシュ、アシュよ永遠なれ……。可愛いと尊いの共存に両手で顔を覆って天を仰ぐ日々をエンジョイしています。ディリヤは表情に愛されし者の自信と艶と強さがあり、湖水地方の人がいまのディリヤを見たら「は～きれいになったね～ディリヤちゃん！」と、にこにこになるな～！　と思いました。そんなディリヤに見え隠れする儚さと脆さを内包した表情にぐっときます。要所に配された小物や仕草での演出に感銘を受け、1話読み終わるごとに笑顔になっています。続きが楽しみで楽しみで待ち遠しいです。

おかげさまで8冊目も予定しており、はなれがたいけものと八十庭を応援してくださる読者様の支えで、デビュー作でこんなにも長く書き続けられています。ひしひしと愛を感じています。お手紙、アンケートや感想、ツイッターでの応援、差し入れ、伝えてくださるお言葉や気持ちに触れるたび初心に返ります。いつもと同じ言葉になりますが、本当にありがとうございます。

それでは、次の本で再びお会いできれば光栄です。

この本を読んでくださるあなたの毎日が優しく穏やかで愛に溢れていますように！

「ディリヤ、家族になろう」
大人気シリーズがコミック化！
秒で分かるBL
はなれがたいけもの
著：鳥海よう子　原作：八十庭たづ
定価：758円（10%税込）

たった一夜の契りで、
愛を体に教えこまれた。
けれども、彼は獣人の王で、
ディリヤは敵国の兵士。
はなれがたいけもの
八《や》十《そ》庭《にわ》たづ
Illustration
佐《さ》々《さ》木《き》久《く》美《み》子《こ》
大好評発売中！
はなれがたいけもの
はなれがたいけもの　恋を知る
はなれがたいけもの　心を許す
はなれがたいけもの　かわいいほん
はなれがたいけもの　想い交わる
はなれがたいけもの　キラキラのほん
はなれがたいけもの　想いは通う

リブレの小説書籍（四六判）
春夏秋冬
情熱と摩天楼
遠野春日
円陣闇丸 画
竜の歌声
紅蓮をまとう
空に響くは
飯田実樹
ひたき
人気シリーズ作品のスペシャルブックや話題のWEB発BLノベルを続々刊行！
Chiuko Miyashiro presents
user
みやしろちうこ
緑土なす
黄金の王と杖と灰色狼
〜愛を与える獣達シリーズ〜
毎月19日発売
試し読みもできる♥
サイト

『はなれがたいけもの　想いは通う』をお買い上げいただきありがとうございます。
この本を読んでのご意見、ご感想など下記住所「編集部」宛までお寄せください。

アンケート受付中
リブレ公式サイト　https://libre-inc.co.jp
TOPページの「アンケート」からお入りください。

初出
はなれがたいけもの 想いは通う………書き下ろし
しっぽのれんしゅ………書き下ろし

はなれがたいけもの
想いは通う

著者名　八十庭たづ

発行日　2023年3月17日　第1刷発行

発行者　太田歳子

発行所　株式会社リブレ
〒162-0825 東京都新宿区神楽坂6-46 ローベル神楽坂ビル
電話　03-3235-7405（営業）　03-3235-0317（編集）
FAX　03-3235-0342（営業）

印[illegible]　株式会社光邦
装丁・[illegible]文デザイ[illegible]　ウチカワデザイン

Printed in [illegible]
ISBN978-[illegible]91-5